【鉴小说轩】

殷商帝國

"武丁中兴"与国史第一天后

『浪淘沙』：华光璀璨耀青铜，高古皇皇颂武丁。莫道雄奇三千载，唯闻妇好敢屠龙。

从"商汤灭夏"到"武王伐纣"，在苍苍中古史上声威赫赫的殷商王朝，沐浴在600年的历史烟云中。有灿烂，有苍凉，有旖旎，更有传奇。

耀人眼目的"武丁中兴"，名垂青史，缔造这一亘古传奇的青铜群像中，屹立着熠熠生辉的一个人物——王后妇好！

且看史有所载的第一个无敌女将军，为波澜壮阔的殷商史书写了怎样的辉煌！

华夏出版社
HUAXIA PUBLISHING HOUSE

王中一 白凤伶 著

图书在版编目（CIP）数据

殷商帝国/王中一，白凤伶著. --北京：华夏出版社有限公司，2021.10
ISBN 978-7-5222-0064-4

Ⅰ.①殷… Ⅱ.①王… ②白… Ⅲ.①长篇历史小说－中国－当代 Ⅳ.①I247.5

中国版本图书馆CIP数据核字（2020）第249256号

殷商帝国

作　　者	王中一　白凤伶
责任编辑	高　苏
出版发行	华夏出版社有限公司
经　　销	新华书店
印　　刷	天津海德伟业印务有限公司
装　　订	天津海德伟业印务有限公司
版　　次	2021年10月北京第1版 2021年10月北京第1次印刷
开　　本	710×1000　1/16
印　　张	16
字　　数	285千字
定　　价	52.80元

华夏出版社有限公司　地址：北京市东直门外香河园北里4号　邮编：100028
网址：www.hxph.com.cn　电话：（010）64663331（转）
若发现本版图书有印装质量问题，请与我社营销中心联系调换。

目 录

引　　子	殷商地广宝物多	欧人垂涎战刀扬	1
第 一 章	轩辕大鼎埋地宫	国王小乙遭暗算	3
第 二 章	苦役营中见武丁	甘盘拥立新国王	10
第 三 章	武丁为阻九世乱	危难之时成新王	16
第 四 章	武丁殿前遇妇好	偏殿灵堂蒙面人	22
第 五 章	小乙国葬大祭祀	妇好甘盘动干戈	27
第 六 章	妇好武丁设巧计	欲擒刺王杀驾贼	33
第 七 章	废太子谋鼎篡位	太后七王子遇险	37
第 八 章	武丁纳妃妇妌女	泞旸封邑见妇好	42
第 九 章	武丁梦中得良相	妇好六甲迎武丁	48
第 十 章	版筑之间出宰相	奇才傅说辅明君	55
第十一章	子明贪心引外寇	甘盘将军遭残杀	60
第十二章	瘟疫殷都多人死	妇好封邑血祭忙	66
第十三章	欧人骑兵联土方	首领泞旸阵前亡	72

第十四章	抵御外敌无良将	武丁招募大将军	……………	78
第十五章	妇好自荐请王命	武丁钦命大将军	……………	82
第十六章	妇好率兵出殷都	初战大捷胜土方	……………	89
第十七章	妇好大义放俘虏	救治伤兵军心归	……………	96
第十八章	殷都妇好捷报传	深宫妇妌生嫉妒	……………	100
第十九章	欧人战场遇妇好	埋骨他乡不瞑目	……………	103
第二十章	妇好征战各方国	欧人首领成囚犯	……………	111
第二十一章	孝己宫院遇刺客	思母心切铸铜鼎	……………	120
第二十二章	妇好回朝知缘由	巧计挽回妇妌妃	……………	125
第二十三章	武丁占卜征南夷	妇好做主收妇癸	……………	133
第二十四章	妇好集训众将领	武丁专心筹大婚	……………	143
第二十五章	武丁军营探妇好	带兵有方镇朝纲	……………	149
第二十六章	武丁妇好婚庆忙	傅说献图建水军	……………	158
第二十七章	殷商鼎盛失妇好	太子孝己散民间	……………	164
第二十八章	妇好托梦伤心人	国王武丁神思清	……………	174
第二十九章	武丁梦醒治水患	妇好长卷绘黄河	……………	214
第三十章	武丁壶口改水道	黄河从此润万方	……………	218
第三十一章	太子失踪国王痛	妇癸率军收各方	……………	225
第三十二章	子明造船强水军	远涉重洋拓疆土	……………	237
第三十三章	倭寇入侵殷军败	妇癸祖己及时归	……………	243
后记	历史与现实的交汇处		……………	250

引子　殷商地广宝物多　欧人垂涎战刀扬

公元前十三世纪，欧洲气候发生巨变，常年风雪交加，稼穑停止，迈锡尼王国分崩离析，形成若干分散的部落，生存成为各部落唯一的信仰。就在各部落为了有限的土地和生活资源浴血奋战而不得饱足的时候，有消息传来，有人在东南方向发现了一个土地辽阔、气候温暖的国度——大商。去过的人四处炫耀他们带回的奇珍异宝：美丽柔软的丝绸，精致绝美的青铜，璀璨炫目的珍珠。于是，掠夺、侵占这个美丽国度成为越来越多的人的渴望，此风像瘟疫一样在欧洲传播着，挥舞马刀向东南，远征迅速成为各部落一代代人的共同梦想。

白雪皑皑的高山俯视着脚下一望无际的原始森林，在森林边界有一大片空地，这里是孩童们玩耍的乐园。今天这里人喊马嘶，热闹非凡，如果从高空俯视会发现正在集结的骑兵兵团，约有两万人。白色的皮肤，金色的头发，碧蓝、碧绿色的眼睛，闪亮的盔甲，寒光凛凛的兵器，无不透露着这是一支骁勇善战的队伍。兵团的最后跟着很多载着辎重的马车、牛车和全副武装的妇女儿童，预示着兵团将要进行远征。

首领鼻直口阔，头上的皮帽上插着三根令人瞩目的漂亮羽毛，羽毛在寒风中不停地舞动。他骑在一匹红色高头大马上，大声喊道："勇士们，我们要跨过雪域杀向东方，有一个温暖富足的大国正等待着我们去征服，那里应有尽有！祖辈们的梦想需要用我们的铁蹄和战刀去实现！"

一位身材肥胖的大胡子将领应声附和道："我去过大商国，那里地域广阔，水草丰美，粮食富足，美女如云，城池坚固，他们用甲骨记载自己的历史，崇拜先祖炎黄，他们以自己为中心，自称中国。勇士们，亮出你们的刀剑吧，只要你们敢去，欧罗巴铁骑将踏平大商！"

"杀过去！杀过去！占领大商！"很多人附和道。他们棕色的连鬓胡须似乎显示着无穷的蛮力和勇气，在他们的心中，此次远征必胜无疑。在此之前，大胡子将领早已摸清了大商的国情，该国共约两百万人口，军队总数两万人，散布在各边塞驻守，无法集中，所以，大规模强势进攻是取胜大商的法宝。

欧人首领两眼放出凶光，猛地拔出佩剑，恶狠狠地喊道："锋利佩剑将涂抹他们的鲜血，我们铁蹄践踏之处将不再有商国的文字，商国人将全部沦为低等贱民，将来，商国将成为欧人的天堂。勇士们，出发！"

欧人首领将佩剑插回剑鞘，与大胡子将领骑马并肩而行，走在最前边。欧人骑兵队伍随后出发，再后边跟着一些马车和牛车。欧人首领扭过头来小声问大胡子将领："现在距离商国有多远？"

大胡子将领也低声回答："商国地界太大了，翻山越岭半年即可到达，不过要走到它中心的都城殷都，恐怕要三年时间。首领不必担心，沿途有很多部落方国，我们一路劫杀过去，会有源源不断的食物、奴隶和女人。占领商国，必须要有耐心。"

"久未嗜血，我锋利的佩剑有些等不及了。你说过，大商的国王叫作惠王子敛？"欧人首领说。

大胡子将领解释说："是的，姓子名敛，族内人称小乙。他们的名字按照商国的天干地支顺序排列，非常独特。"

欧人首领问："他会率领士卒拼死反抗吗？"

大胡子将领犹豫了一下说："在下只能说，杀死他的那一天，就是咱们完全征服商国的那一天。"

第一章　轩辕大鼎埋地宫　国王小乙遭暗算

　　傍晚的袅袅炊烟过后，夜幕迅速覆盖了殷商北部一片大大小小的寨子，这片寨子归属于同一个部族。

　　一处密林里，神秘地宫的大门敞开着，白发苍苍的殷商王朝第二十二代国王惠王子敛站立在门外，伴随他的是高大魁梧的大将军甘盘、头发花白的部族首领汻旸。老国王子敛和大将军甘盘都穿着盔甲，部族首领汻旸一身素衣，腰间挂着青铜佩剑。

　　大将军甘盘、首领汻旸最后看了一眼轩辕鼎，地宫里的油灯熄灭了，两人合力关闭了地宫大门。老国王子敛走上前来，亲自为大门上锁，并将两把钥匙分别递到两人手中。

　　老国王子敛说："今夜，咱们三人共同将轩辕鼎藏在了地宫，你们二人各有一把钥匙，只有你们共同在场才能打开地宫之门。尧舜禹以来，得轩辕鼎者得天下，将来，你们要共同作证，只有合法继位的新国王可以拥有它。"

　　首领汻旸、大将军甘盘异口同声地回答："国王英明。"

　　首领汻旸的名字很独特，汻是指雨后的泥汻，旸却是指旭日东升，两个字连起来有点矛盾，不过细细品味确有些雨过天晴的意境。

　　三人走出地宫入口，大将军甘盘、部族首领汻旸合力挥动青铜锨，用土将地宫入口填埋了。似乎在这个深夜，一个惊天秘密就这样被黄土掩埋了。

　　凌晨时分，部族的一处院落外，大门两边站立着两名全副武装举着火把的卫兵。院子里边，面南的正房是一间木板搭成的房屋，随着微微的夜风从窗口刮进来，墙角的一盏油灯忽明忽灭闪烁不定。房屋的木门被推开了，老国王子敛走进来，摘去头上的青铜头盔，对跟在身后的部落首领汻旸说："寡人将轩辕鼎秘密存放在你部落的地宫，你一定要拼尽全力守好它。"

　　大将军甘盘也跟着走进了房间，抢先一步接过老国王子敛的青铜头盔放在一边，又帮助老国王脱下了甲胄。

　　首领汻旸连忙施礼说："臣一定不辱使命，率领全族誓死捍卫轩辕鼎，人在鼎在，鼎失人亡。"

老国王子敛盘腿坐在蒲团上,右手端起几案上的陶制茶碗,喝了一口凉茶,接着对首领泞旸说:"你也不要过分紧张,毕竟此事只有你和大将军二人知晓,不会有人想到寡人会将珍贵的轩辕鼎移出了殷都,老宰相也不知道。未来岁月,只有在寡人驾崩后,你们二人方可共同挖开地宫,将大鼎交给寡人指定的继位者。对了,你的公主美貌如玉,绝世无双,听说她含玉出生,十分离奇。寡人此次返回殷都,想把公主带走,她将成为寡人的儿媳,未来新国王的王后。"

看到老国王如此看重自己的女儿,首领泞旸又施礼说:"谢国王厚爱,一切听从国王安排。"

老国王子敛放下了茶碗,笑着问:"不知公主向你要了什么嫁妆?你说说看,寡人也要有所准备,聘礼相当。"

首领泞旸说:"小女她自幼习武,研习兵法,所以,她曾提出一旦出嫁,她想要走我部族的全部士卒。"

老国王子敛有些意外,收住了笑容问道:"士卒?你的三千士卒号称虎狼之师,她带走你的三千士卒,你的部族将难以自保,谁来守卫大鼎?"

首领泞旸解释说:"大商如此强大,无人敢侵犯。在大商庇护下,我无须自保;刚才国王也说了,轩辕鼎深埋于地宫,没有任何外人知晓,不会有风险;再说我们是大部族,人口鼎盛,要不了几年,我还能再组建三千士卒。"

老国王子敛说:"公主有你这么一位疼爱她的父亲,是她的福分;大商有你这么一位忠心耿耿的良臣,也是大商的福分。"

首领泞旸再次施礼道:"国王过奖,今夜过于劳累,国王早点歇息吧,臣告退。"

首领泞旸慢慢退后,转身离开了房间。他一边向院子外边走一边心里犯嘀咕:老国王生育了一群儿子,他说的未来新国王,究竟是他的哪个儿子呢?

大将军甘盘上前走了两步,看到首领泞旸走远了,刚要说话,老国王子敛忽然问:"太子有动静吗?"

老国王子敛所问的太子,姓子名明,因为年龄在所有王子中最大,所以在少年时就被立为太子。但是,随着近年来子明有了一些不轨举动,老国王子敛终于得知子明在结党营私,试图择机篡权谋政。老国王子敛一气之下废黜了子明的太子身份,把他赶到了东夷军营服役。

大将军甘盘赶紧回答:"子明已被您免去太子身份,只能待在东夷,近来他老实多了,除了造船出海打鱼,没有什么举动。"

老国王子敛说:"子明身为太子,居然私下诅咒寡人早日驾崩,还密谋前往殷都武力抢夺轩辕鼎,寡人气愤至极,免去了他太子身份,不得不把轩辕鼎藏在殷都之外。就让他永远在东夷服役吧,一直到死。寡人如此藏匿轩辕鼎,正是为了防止将来他们兄弟内讧。你是大将军、朝中重臣,国家安危你要多多用心。"

在老国王子敛的身后有一扇木窗敞开着,窗外闪过一个黑影儿,大将军甘盘假装没有看见,而是对老国王子敛施礼道:"今夜天色已晚……天快要亮了,国王赶紧歇息吧,朝廷政事明日再议。"

大将军甘盘退出了房间,却没有关闭房门。离开院落时,大将军甘盘招了招手,带走了大院门外的两名卫兵。

两名卫兵举着火把在前边走,大将军甘盘跟着走了十几步站住了,面无表情地回头借着月色看了一眼房顶上趴着的几个黑影儿,然后转身走了。

埋伏在房顶的数名蒙面刺客看到院落外边解除了警卫,立刻跳下房檐冲进了房间。老国王子敛听到门外有响动,立刻警觉起来,回身去拔自己的青铜佩剑。一个蒙面刺客率先冲进房屋,手持匕首猛地刺向了老国王子敛的后背。鲜血顺着老国王子敛的白色衣衫流了下来,他回过身来,惊恐地说:"是你……逆子……"

显然,老国王子敛从蒙面刺客的眉宇间辨认出了刺客正是自己的儿子。蒙面刺客恶狠狠地说:"抱歉父王,您太长寿了。"

蒙面刺客松开了匕首,然后后退两步挥挥手,身后几名蒙面的倭人武士纷纷上前,一阵乱刀刺死了老国王子敛。

摸摸脉搏和呼吸,蒙面刺客确认老国王子敛已经死亡,他的第一项任务已经如期完成。他立即命令说:"快走,马上挖出轩辕鼎,离开此地。"

蒙面刺客与倭人武士冲出院子,来到一片林地,刚刚判断了密宫进口的位置,尚未挖掘,忽然,远处有人高喝一声:"谁人在此?"

蒙面刺客回头一看,是首领汻旸独自一人举着火把站在不远处。蒙面刺客低声命令:"杀了他!"

几名倭人武士举着弯刀围拢过来,首领汻旸也明白了对方的身份,只得拔出佩剑直杀进来,与一群刺客搏杀在一起。很快,首领汻旸一剑刺伤了蒙面刺客的大腿,蒙面刺客倒在地上。首领汻旸刚要上前,却被其他刺客围住。虽然在自己部族的地盘上,但首领汻旸毕竟只是孤身一人,加上年迈力弱,只有拼尽全力才能抵挡一群刺客的疯狂围攻。他左手的火把被一名倭人武士的弯刀砍断了,索性扔掉了剩余的半截木棍,双手握紧佩剑与对方搏杀。天空更加明亮,就在蒙面刺客与首领泞旸搏杀难解难分、首领泞旸渐渐失去控制权的时候，忽然，大将军甘盘带领一群士卒出现了。士卒们纷纷举着火把，集体大声喝道："抓贼人！抓贼人！"

大腿受伤的蒙面刺客被倭人武士扶了起来，看到大将军甘盘出现，心中一惊："大将军？他说好了不来的。"

数名倭人武士连忙拉着蒙面刺客向后退去："不好，我们中计了。快走，快走！"

一群刺客趁着首领泞旸气喘吁吁之际，集体上马离开林地借着夜幕逃走了。

"你为何在此？"看到刺客们全都骑马逃走了，徒步赶来的大将军甘盘没有追赶，他屏退了士卒，问首领泞旸。

首领泞旸解释说："守卫轩辕鼎责任重大，第一个夜晚我不太放心，就一个人过来看看，没想到真的遇到了贼人。奇怪，他们如何神速知道轩辕鼎的消息？对了，我还要问你，你为何会带着士卒赶来？难道你早知有人预谋盗窃？你为何不去追捕他们？"

大将军甘盘冷冷一笑，说："他们骑马逃了，你让我如何追赶？你一定怀疑我和贼人是一伙的吧？若是，刚才早就一起杀了你，何必大声呼叫？"

首领泞旸又问："那就奇怪了，老宰相虽然也来到了我的部族，可是他病了几天一直没出房门。知道轩辕鼎在此的只有你、我和老国王三人，不是你，难道会是老国王偷窃自己的轩辕鼎？"

大将军甘盘说："你不用瞎猜，实话告诉你，老国王已经驾崩，现在知道轩辕鼎在此者只剩下你我二人。"

首领泞旸十分吃惊，后退一步说："你说什么？老国王身体康健，你身为朝廷重臣怎能开如此的玩笑？太子正是为此受到贬黜，大将军万万不可儿戏。"

大将军甘盘争辩说："就在刚才，老国王在驻地遇刺而亡，我追踪刺客才到了此地。"

"不行！"首领泞旸依旧坚持说："我不相信老国王已经驾崩。我现在就要回去查看你是否骗我。你一定要跟我回去，所有人都回去。你们留在此地，轩辕鼎若是丢失就是你们偷的。"

大将军甘盘说："我们都走了，窃贼再次返回作案，可如何是好？"

"不！"首领泞旸说，"哪里有窃贼被发现之后又立刻返回作案的？何况他们头领的大腿已经受伤，他们现在怕是已经逃得很远了。再说天色大亮，人多眼杂，他们白天不敢公开盗窃。走吧，咱们一起返回驻地，我要看个究竟。"

首领泞旸和大将军甘盘还有一群士卒返回院子，走进了老国王子敛居住的房间。首领泞旸一眼就看见老国王子敛倒在血泊中，身中数十刀，现场依旧是刚才激烈搏斗的样子，几案翻倒了，陶制茶碗茶壶摔得粉碎。

首领泞旸看着血腥的现场，气愤地责问："你带着这么多士卒，为何没有抓获凶手？哪怕抓获一人，也能知道他们到底是谁。"

"我听到卫兵呼喊立刻赶来，不料凶手已经逃走了。我带着士卒们追到林地，再后来的事情你都看到了，他们骑马逃了。不是我没有追赶，是无法追上，如何抓获？再说你也在林地当面遭遇凶手，你也未能抓获凶手。"大将军甘盘说。

首领泞旸说："你在强词夺理，我是独自一人，我难以抵挡他们众人的围攻，而你却带着如此多的士卒，看见他们逃走为何不去追？"

"如果相互猜疑，你我谁都无法解释清楚。不要再说了，谁都不会故意放走凶手。现在，必须挖出轩辕鼎了，放在地宫里已经不再安全，免得贼人惦记。"大将军甘盘说。

首领泞旸坚持说："不！在凶手身份不明、老国王遗嘱不明的情况下，我绝不同意挖出轩辕鼎，那样更会引发王室混乱。"

"你为何不同意？如果王室成员和朝中大臣都来了，你千万不要忘记老国王是在你的部族领地遇害被杀的，你的嫌疑最大，难辞其咎，王室成员和朝中大臣谁都有理由怀疑你。"大将军甘盘吼道。

首领泞旸拔出佩剑抵住了大将军甘盘的胸口，大声说："老匹夫不要妄泼脏水！我乃大商世代分封的邦伯，是一方诸侯盟主。守卫老国王本是你的职责，你疏忽警卫导致国王被杀，你难辞其咎。我们马上把老宰相叫来，大家一起评评理。我泞旸绝不受人构陷。"

听说首领泞旸要去叫来老宰相，大将军甘盘缓和了口气，用手指轻轻拨开首领泞旸的剑锋，说："我们都冷静一下，现在趁着老宰相还未醒来，你我唯一能做的是马上处理老国王的尸首，擦拭血迹，更换全新衣衫，让外人看不出一点受伤而死的痕迹，仿佛寿终正寝。"

首领泞旸慢慢放低了佩剑，却不解地问道："你这老匹夫在打什么鬼主意？你究竟想隐瞒什么？为什么不敢向朝廷公开老国王遇刺的消息？"

"你怎能如此愚钝？国王在你的部落身亡，你是百口莫辩，而我护驾不利，也是死罪。只有寿终正寝，你我才能免除失职之责。我们别无选择。反正老国王已经驾崩，再无睁开眼睛的可能。现在，老宰相就在自己的房间养病，趁着他尚未知晓内情，我们必须马上动手。再说，老国王已经明确告诉了你，在他驾崩时，你我二人共同挖开密宫，将大鼎交给新任继位者。你应该高兴，你的女儿就要成为王后了，新任继位者将成为你的女婿。我是在帮你，你怎么就不明白呢？"大将军甘盘说。

首领泞旸再无反驳之理，只得收了佩剑，说："唉，好吧，那就挖出轩辕鼎，送回殷都。"

东方的天空露出了鱼肚白，泛红的阳光照亮远处的山顶。达成一致的首领泞旸和大将军甘盘带着一群士卒又返回林地，带着工具挖开了地宫进口的土堆。然而，当他们兴奋地走进地宫的时候却发现，被火把照亮的地宫里空空如也，早已不见了轩辕鼎的影子。

大将军甘盘十分紧张，质问首领泞旸："这到底怎么回事？你说过地宫只有一个进口。"

"你怎么问我？我怎么会知道轩辕鼎去了哪里？昨夜，你我同在现场，亲眼看着轩辕鼎埋进了地宫。地宫只有一个进口，是你我共同填埋的。"首领泞旸并不服气。

大将军甘盘仍然情绪激动："可是轩辕鼎分明不在了，你做何解释？"

"老国王死在我的部落，轩辕鼎也在我的地宫失窃，又是难辞其咎，又是无法解释，可我是无辜的。为何我会沦落到如此地步？难道是你在害我？你一定是幕后凶手！"首领泞旸气愤地说。

大将军甘盘降低了嗓门，解释说："你的女儿已经被确认为王后，我为何要陷害你？这对我毫无意义。"

两人还在猜测时，有兵士上报说发现了密宫的另一条通道。显然，有人趁着夜晚挖了一条新通道偷走了轩辕鼎，又用黄土将进口堵死了。

大将军甘盘只得让步，说："时间紧迫，咱们如此约定吧，我瞒着老宰相提前将老国王的遗体带回去。另外，我将按照老国王的遗愿带你的女儿前往殷都，你留下继续寻找轩辕鼎，找到之后立刻送往殷都。"

"那么，老国王究竟指定了哪位王子继位？我想知道我女儿究竟要嫁给谁？"首领泞旸问。

大将军甘盘说："一切以朝廷公开发诏为准，你不必提前知晓。既然老国王单独吩咐我，我会按照老国王遗愿行事。我安排公主暂住王宫，然后我去传诏，请新国王迅速返回殷都。"

尽管轩辕鼎意外失踪，大将军甘盘还是按照与首领泞旸的约定，带着老国王子敛的遗体和美丽的公主回到了殷都。一路上，大将军甘盘派了几名亲信严密守卫老国王子敛的遗体，禁止任何人靠近，唯恐走漏了消息。

来到王宫大院，年轻美丽的公主走下马车，好奇地环顾四周，这里，将是她未来生活的地方，她要仔细查看一下。

大将军甘盘跳下战马，走过来向美丽公主施礼道："王太后已经提前半个月返回了王宫，公主也请暂住王宫，臣甘盘这就去传诏，请新国王迅速返回殷都继位。"

大将军甘盘再次上马，带领数名随从疾驰而去。

第二章　苦役营中见武丁　甘盘拥立新国王

夜晚，河岸筑坝工地一片漆黑。一切都安静下来了，河边到处都能听得到青蛙的叫声。

一个地窖里，晚饭过后的苦役们开始休息了。苦役们无权燃用油灯，只得借助月光度过夜晚的生活。傅说一边用毛巾洗脸一边对旁边的武丁说："苦役就是国家的牲口，白天干活慢了挨几鞭子很正常，你不必往心里去。"

武丁坐在地铺上拿着一块锋利的石块在另一块石头上削磨，气愤地说："你们信不信，明天我一定杀了那小子。"

武丁说的那小子，是一名留着小胡子的士卒，经常用鞭子抽打苦役，也时常抽打武丁。傅说赶紧说："你怎么不听劝？你太奇怪了，你不是苦役，却执意与我们在一起干活。嗨，你却又偏偏看不惯苦役挨打。"

其他苦役各自忙着自己的事情，没人与他们俩搭话。昨夜，傅说做了一个怪梦，梦见自己腾云驾雾绕着太阳飞行。他醒来以后觉得十分奇怪，就告诉了武丁。武丁听后高兴地说此梦大吉大利，代表他即将到一个高贵之处成为公侯。因为太阳代表君主，绕着太阳飞翔就是将来要为君王服务。傅说只是笑了一下，根本没有往心里去。

傅说脱下赭衣，继续用毛巾擦拭身体，接着劝说武丁："士卒穿着军装，带着佩剑，代表国家行使权力，你不要和他争执。"

囚犯、苦役穿着暗红色服装的赭衣，这样既便于官府管理，又便于他们逃跑后官府或者百姓辨认抓捕。

一名如厕归来的苦役走过傅说身边，在铺上躺下，不屑地说："傅说，你又开始鼓吹了，张口国家闭口国家。"

武丁对其他苦役说："你们睡吧，我喜欢听，你接着说。"

忽然，一名苦役从外边跑来，在地窖口收住脚步几乎是侧身滑进了地窖，兴奋地喊道："哎哎哎，你们听说了吗，老国王外出巡视，将要与一个部族联姻。老国王又要娶妻了，新妻子一定年轻貌美。"

躺在铺上的苦役嘲笑说："嗨，国王娶妻跟你有何关系？"

武丁听到了他们说的国王娶妻，并没有参与讨论，而是对傅说说："对了，你先说说国王，国王如何执政才能让国家兴盛？"

傅说一边擦拭双腿，一边回答："唯木从绳则正，后从谏则圣。后克圣，臣不命其承，畴敢不祗若王之休命？啊，我解释一下，木材在伐锯时依照准绳就非常平直，君王执政只要听从大臣谏言就能治理好国家。"

武丁问："谏言？乃不良于言，予罔闻于行。"

傅说解释道："虽然我们是苦役，可是我们要有贵族的思想和高度，一旦有了机会就能释放自己的才华。非知之艰，行之维艰，就是说做所有事情，如果不提前了解事情的艰难，做起事情来就会感到非常艰难。"

武丁点点头说："虞舜发于畎亩之中，傅说定能于版筑之间被高举。你分析得很有条理，也很有道理。好，傅说，如果我是国王，一定封你做宰相。"

地窖里的苦役们哈哈大笑："土窝子之中臭味相投，一个想当国王，一个想做宰相，真是异想天开！"

另一名苦役早已经睡着了，又被大家的笑声吵醒了。他板着面孔埋怨说："妄议国政。我若举报，你俩明日就被拉去殉葬了……"

傅说走过去，手按在他肩膀上："兄弟，我们尽管地位低下，但是灵魂可以是高贵的。"

"可以吗？每天不被当人，流血流汗的。"那个苦役看着傅说。

"只要我们不自轻自贱就好！"傅说坚定地看着他。

突然，刚才被武丁痛骂的那名留着小胡子的士卒举着火把沿着坡道走进了地窖，身上甲胄哗啦啦响着，给人一种难以接近的威严，地窖里的苦役们立刻不作声了，不知道将要发生什么。

小胡子士卒环顾四周，看见了坐在地上的武丁，厉声喝道："不许喧哗！武丁，出来。"

武丁立刻怒目圆睁，悄悄抓起那块锋利的石块站起身来慢慢走向小胡子士卒，他想趁小胡子士卒不备之时割破他的咽喉。

小胡子士卒举着火把转身走出了地窖，身上的甲胄依旧哗啦啦响着。地窖里暗下来，甲胄的响声和地窖的幽暗大大增加了苦役们的恐惧心理。

傅说连忙扔掉毛巾，用自己赤裸的身体拦住了武丁，劝说道："你不要冲动，你打不过他们。"

怒火升腾的武丁试图向前挣脱，解释说："我若连决斗都不敢，枉为男人！"

傅说使劲儿争夺武丁手中的石块，手流血了。傅说劝说道："你是苦力，根本没有资格与军人决斗。"

武丁愤怒地说："那我就只能向他跪下求饶吗？"

傅说拦住武丁说："把石头给我，我去。"

武丁说："你去一样送死，你也打不过他们。"

傅说心平气和地说："挨几鞭子也就过去了，若我们为一时之气死了，生命就显得毫无价值。不要忘了，你还要封我做宰相呢。"

武丁不想跟傅说说笑，只得叹口气，拍拍傅说的肩膀说："好吧，我自己去，我保证绝不还手。"

傅说松开了手，武丁将带血的石块揣进了怀里，慢慢走出了地窖。

看着走出去的武丁，傅说赶紧披件衣服跟在后面。

傅说和一群苦役纷纷涌出地窖口，默默地看着武丁被几名士卒押走了。傅说暗暗求告上天，期盼武丁化险为夷。

几名士卒举着火把，押着武丁走着，武丁突然停住了脚步。身后一名士卒跟得太紧，撞在武丁身上，立即举起鞭子："你这个混蛋想挨鞭子是吧？"

听到背后有人说话，走在前边的小胡子士卒回过头来命令："不许停留！"

武丁指着小胡子士卒说："你，我要和你决斗！"

身后的士卒放下鞭子，推了武丁一把，冷笑说："不知天高地厚，臭苦力想和高贵的士卒决斗，那要看士卒是否愿意。呵呵呵……"

小胡子士卒并没有动手的意思，他苦笑一下说："我没有心情，刚刚接到命令，今晚有人要见你小子……"

"少废话！"武丁猛地冲向了小胡子士卒。小胡子士卒毫无防备，被武丁迎面撞倒在地，连火把也扔到了一边。武丁扑过去死死卡住小胡子士卒的脖子，说："现在就开始决斗吧，你会求饶的，承诺以后再不用鞭子抽打苦役。"

武丁连续挥拳击打在小胡子士卒脸上，然而，士卒头盔的边缘也撞伤了武丁的右手。

后边的士卒扑过来狠狠地拉起武丁，将他拽开。小胡子士卒迅速翻身跳起，拔出佩剑砍向武丁。武丁连忙躲闪，胸前的衣衫被剑锋划开一道破口。

其他士卒见小胡子士卒占了上风，高兴地笑着，扔过一根鞭子说："用鞭子狠狠教训他，不然他不会怕你的。"

小胡子士卒将佩剑插回剑鞘，接过鞭子开始抽打武丁。武丁举着双手护住脑袋不断躲闪，正要起身反击，突然，傅说扑过来抱住了武丁，鞭子不断落在傅说的后背上，瞬间出现道道血痕。

"啊——"武丁再也忍无可忍,大喊一声使劲儿推开傅说,从怀里掏出了锋利的石块,扑向小胡子士卒,他要用锋利的石块割破小胡子士卒的咽喉。

小胡子士卒甩手一鞭,武丁的手臂就被鞭子缠上,挣脱不得。

武丁对着小胡子士卒怒目而视,眼光如箭。

正在僵持中,一阵急促的马蹄声传来,有人高喊:"大将军到!"

几匹高头大马疾驰而来,大将军甘盘跳下战马,快步向武丁走来。

小胡子士卒挥了一下鞭子,武丁的手臂恢复自由。

傅说再次扑过去抱住了武丁,避免他一时冲动做出不可挽回的事。武丁挣扎着喊道:"你放开我,我一定要杀了他。"

大将军甘盘一边走一边高声喝道:"住手!"

看见大将军甘盘来了,士卒们不敢再轻举妄动。武丁却不管不顾,使劲儿摆脱了傅说,再次扑过去撞倒了小胡子士卒,右手举起锋利的石块。

大将军甘盘已经来到了两人跟前,猛地拔出佩剑,剑锋架在武丁脸前。大将军甘盘高声喝道:"武丁住手!"

武丁举着石块的右手停在那里,抬头怒气冲冲地看着大将军甘盘。此时,武丁看清了面前的大将军就是自己幼时的启蒙老师甘盘。在这个当口,小胡子士卒趁机退到了一边。

大将军甘盘指着武丁吼道:"武丁,你若有胆量就和我决斗!起来!"

大将军甘盘的两名随从也举着火把围了过来,火把的亮光映红了武丁愤怒的脸庞,武丁大口喘气,慢慢地站起身。

"跟我来!"大将军甘盘说完走向附近一个大帐,早有人点燃了油灯。大将军甘盘进了大帐,从腰间摘下佩剑放在兵器架上,然后转过身来,向押送武丁的士卒摆摆手,士卒们离开大帐。武丁将锋利的石块揣进怀里,向着甘盘单膝跪下:"老师,您怎么来了?"

在王宫的甲骨文记载中,大将军甘盘的名字也有被称作师盘、般盘。师,在殷商时期是中央朝廷三公之一的武职,主管军队,地位很高。"师,道之教训。"老国王子敛曾经命令他的儿子武丁拜甘盘为师学习排兵布阵的军事知识。

"今夜不宜师生之礼。"大将军甘盘连忙向前两步搀扶起武丁,待武丁站稳了,"扑通"一声双膝跪下说:"老国王驾崩,臣甘盘受老国王之托……"

武丁大吃一惊,根本没有想到老师甘盘会如此说,连忙问道:"你说什么,父王不是巡游部落去了吗?"

大将军甘盘眼眶发红:"老国王年迈体弱,寿终正寝。臣已将老国王遗体送回了殷都。"

武丁问："那……老师不在殷都主持朝政，来这荒郊野外做什么？"

"臣受老国王生前之托，前来迎接新任国王前往王宫继位。"大将军甘盘说。

武丁看看四周，不解地问："新国王？你的意思是父王指定我做新国王？"

"你还是像以前那么聪明。不错，先王确实指定你为新王。满朝文武都在王宫等候国王，请国王即刻前往殷都继位。"大将军甘盘说。

武丁又问："现在去殷都当国王？老师，我不想做国王，我已经习惯了外边的生活。"

大将军甘盘依旧跪着说："当年，王室后裔众多，老国王让你遁于荒野，为的是不使你陷入王族内争。"

武丁说："我正是厌倦无聊争斗才不想回去。我在河地待了四年，又在亳地待了三年，我喜欢游历民间。再说我父王生了七八个儿子，我又不是太子，我从来没想过要做国王。"

大将军甘盘又说："今夜，臣告诉您一个隐瞒天下三十年的秘密——太子是老国王和王太后收养的孤儿，并非亲生。去年，太子妖言惑众企图篡权，已经被废，历史的重担落在了你的肩头。武丁，正因你游历多年，了解百姓疾苦和稼穑艰难，不像达官显贵游手好闲，你继位后可以好好思考如何稳固朝纲，如何使用王权为百姓谋福。你身体强壮，可以执政多年，老国王这才留下遗嘱将王位传于你。殷商复兴，非你莫属。"

武丁边认真思索大将军甘盘说的话，边扶起跪在地上的甘盘大将军："老师，我已忘记了王宫的模样。我在这里有很多朋友，我不想离开他们……"

大将军甘盘说："筑坝工程即将结束，所有苦役都将被带到傅岩去筑路。"

武丁看着甘盘："如果让我选择，那我就跟他们一起去傅岩。"

大将军甘盘站起身来："武丁，我甘盘辅佐朝政多年，阅人无数，也理解你的想法。可是，你不是普通百姓，你的身上流着成汤的血脉，你是盘庚的侄儿，你也是老国王唯一信任的儿子……你知道王宫历来不乏争权夺利，太子在东夷蠢蠢欲动，你若不回，殷都定会硝烟四起、自相残杀。难道你愿意看到祖先辛辛苦苦巩固的三百年王朝毁在那些无能之辈手中？难道你忘记了九世之乱吗？"

武丁无奈地蹲在了地上："我不回去。"

大将军甘盘一脚踹开了几案，大声命令说："站起来！"

帐篷外边的小胡子士卒等人听到几案翻倒的响动，警觉地拔出剑，进入了帐篷。

　　武丁不乐意地站了起来。大将军甘盘上前一步，猛地攥住武丁的手臂，说："立刻跟我返回殷都！武丁，你将是伟大的殷商帝国第二十三任国王。"

　　几名士卒连忙跪下："拜见国王。"

第三章　武丁为阻九世乱　危难之时成新王

　　武丁扭头看了看跪在地上的小胡子士卒，没有说话，挥了挥手臂，没有理会身躯颤抖的小胡子士卒。此时，武丁觉得自己与小胡子士卒之间的矛盾已经微不足道了，自己肩头担负的不再是一己之私而是殷商天下。他听懂了大将军甘盘所说的九世之乱，那是一场耗费大商国力的内乱，任何成汤的子孙都不能允许这样的情况再次出现。他是成汤子孙，他知道自己不能再用任何理由推脱。

　　武丁知道，自商王仲丁时期开始，王位继承开始混乱，引致诸侯拒不来朝。商王祖丁因贪于逸乐而损寿驾崩之后，商王室发生了激烈的王位之争，祖丁的四个儿子象甲、盘庚、小辛、小乙与叔叔南庚产生了巨大分歧，两派人马剑拔弩张，暗中争斗。然而，四个人争不过一个人，王权最后还是由叔叔南庚夺得。其实王权本应由父亲羌甲传给南庚，怎奈被堂哥祖丁谋得。南庚隐忍多年，终于在祖丁晚年重新夺得王权，用铁腕平息王宫内乱。后在王室反对派势力极力主张下，迁都于奄。

　　南庚驾崩之后，祖丁的儿子象甲联合弟兄盘庚、小辛、小乙重新夺回王权。

　　象甲继位后，商朝内乱不止，各族势力相互残杀，王权不稳，诸侯不朝，商朝再度衰落。象甲病死后弟弟盘庚继位，给大商王朝带来严重内伤的九世之乱才画上了句号。

　　沉浸在殷商王权继位之乱思考中的武丁，任由侍从们为其沐浴更衣，扶上马车。

　　殷都城外的道路上，一队士卒护卫着一辆马车向城门走来。大将军甘盘骑马走在最前边，身后的马车里坐着穿着一身王服的武丁。前往殷都继位的武丁一路上很少说话，即将为王没有给他带来任何喜悦，他要学会用王的思维方式来思考，稍有不慎，国将不国。他没有甘盘大将军那样高兴，因为武丁知道这个很多人梦寐以求的王位，其实是处于风口浪尖，他的一举一动都会影响这个国家的命运。就算有甘盘大将军想护他周全，武丁也感觉正走向刀锋。他自幼离开王宫，隐姓埋名，只为保全性命。而今自己没有做任何继位的准备，却在此时突然要继位。就算做梦，也要给他一个入睡的时间啊，现在他被突然宣布继位，还不能推脱。

武丁坐马车返回殷都的这些日子里，天气一直都是晴天，阳光明媚。然而，武丁一路上浓眉紧锁，难以见到笑脸。

马车颠簸着向前行驶，武丁的身体也跟随着左右摇晃。路途奔波十分辛苦，好在武丁的身体十分健壮。甘盘大将军不愧为老师，放在他车里的丝绢书籍足足装了两大箱子，供他恶补。

武丁翻出记录伯父盘庚的丝绢，认真看了起来。

盘庚，姓子名旬，是开国创业帝王成汤的第九代子孙，殷商帝国第二十位国王。盘庚接到手中的殷商国内战乱频仍，国力日渐衰弱，各种矛盾十分尖锐，百姓们不堪忍受折磨大批逃亡，附属小国也起来反叛，加上水涝干旱等自然灾害，内忧外患使得王国走到了崩溃的边缘。

生逢乱世，盘庚无从回避，只能着手治理，一点一点来做。盘庚自觉吸收先王的治国经验，古我先后，罔不唯民之承保，要求官吏不能聚敛财宝，而要永怀一颗爱民之心，向民众布施恩德。然而，两年时间过去了，殷商帝国的变化并不明显。盘庚不愿意浑浑噩噩打发日子，为改变当时社会不安定的局面，决心迁都。

早在成汤立国前，商族已有八次迁移。商朝建国之后，都城也多次迁移，仲丁由亳迁至嚣，河亶甲迁于相，祖乙迁于邢，又迁于庇，南庚迁于奄。

虽然建筑了坚固城池，商人内心并未脱离游牧民族的影子，迁移也是发展畜牧业的需要。当然，农业生产主要利用土地的天然肥力，实行休耕和轮作，过若干年后就要放弃耕作过的土地，到异地重新开垦。不过在盘庚看来，迁都的目的是去奢行俭——都城固定在一个地方会导致官宦阶层生活奢侈，有必要迁至异地重建，以便恢复比较节俭的生活。迁都以后一切都可以从头开始，王室、贵族将会受到抑制，阶层矛盾就可以得到缓和。王室还可以避开叛乱势力攻击，都城比较安全，外部干扰少了，政权才得以稳定。就自然条件而言，黄河泛滥和改道经常发生，固守都城抵挡洪水既无可能也无必要，迁移避害不失为明智简便的办法。

与此前其他都城相比，殷都地处平原，离黄河河道较远，不会再受洪水泛滥的影响。殷都一带气候温暖，降水充足，植被茂密，野生动物众多，既适合农业生产，也能满足放牧和狩猎需要。可是，让盘庚最为头疼的是大多数贵族贪图安逸，不愿意离开长期居住的奄地。他们拥有大量农业雇民、大面积的土地、很多房屋，迁都必然受到巨大损失。一部分有势力的贵族还煽动平民百姓起来公开反对迁都，有的贵族甚至闯到王宫威胁盘庚说："水能载舟亦能覆舟，你是我们拥立的，我们也可以罢黜你。"

盘庚面对强大的反对势力，一度动摇产生了怀疑。然而，濒临衰亡、摇摇欲坠的大商帝国满目疮痍，只有用迁都的办法快速治愈。盘庚没有其他选择。

盘庚把反对迁都的贵族找来商议，动员他们迁都。盘庚这样说道："各位！大家到前面来，听我来告诫你们，迁都为的是要去掉你们的私心，使你们不要傲慢放肆追求安逸。从前我们的先王，也只考虑任用世家旧臣共同管理政事。先王向群臣发布政令，群臣都遵守先王的旨意，先王因此对他们非常看重。大臣们没有错误的言论，因而臣民的行动大有变化。现在你们拒绝别人的好意而又自以为是，到处散布邪恶浮夸言论，我真不知道你们争辩的是什么。并非我自己放弃任用世家旧臣的美德，只是你们欺瞒了我的好意，不能与我一致。我对这一切像看火一样一清二楚，如果我们不善于谋划，则是过错。我们只有把网结在纲上，才会有条有理不紊乱；只有努力耕种，才会有秋天的好收成。你们能够去掉私心，给予臣民实实在在的好处，才敢说你们积有恩德。如果你们不怕自己的言论会大大毒害远近的臣民，就像懒惰的农民一样自求安逸，不努力操劳，不从事田间劳动，那就不会有黍稷收获。你们不把我的善言向百姓宣布，就是你们自生祸害。你们所做的一些坏事已经败露，这是你们自己害自己。你们既然引导人们做了坏事，就要由你们来承担痛苦，现在悔恨为时已晚。看看普通百姓吧，他们还顾及我所劝诫的话，担心说出错误的话语。别忘了我掌握着对你们的生杀之权呢，你们为何不能与我长期沟通，却用流言蜚语私下煽动，恐吓蛊惑臣民？就像大火已在原野上燃烧起来，使人无法接近，还能够扑灭吗？这都是你们做了许多坏事造成的，不是我有过错。啊！现在我告诉你们：迁徙计划不会改变！要永远提防大忧大患，不要互相疏远！你们要相互顾念依从，各人心里都要想到和衷共济。如果你们行为不善，不走正道，敢于违法越轨、欺诈奸邪，我就动用刑罚把你们灭绝，连子孙都不留下，不让你们的后代在新国都里继续繁衍。来吧！我们共同寻求新的生活！现在我将率领你们迁徙，在新国都为你们建立永久的家园。"

盘庚发布文告，作书告谕，坚持宣传迁都的意义，不断得到更多民众的支持，渐渐挫败了反对势力的不同意见。盘庚在位第三年，终于带着众多朝廷大臣和商族民众，马萧萧车辚辚，西渡黄河，从奄地来到了北蒙之地，史称"盘庚迁殷"。

盘庚在九世之乱的严重政治危机中，完成了商都非常重要的迁徙，也在商朝历史上开启了一次新政。不久，一座规模宏大、占地广阔的都城拔地而起。新国都之中，王宫部分是都城的核心，拥有五十多座宫殿。都城外围是人工挖成的壕沟，形成一条保护都城的水域屏障。在都城周围，有大量的居住区和手工作坊，供平民和工匠们生活劳作。

盘庚十分重视农业生产，除本人亲自视察农田作业外，还经常命令大臣和贵族监督农耕。广泛种植禾、黍、稻、麦，耕田时采用合力耕种以及火耕，并已使用粪肥肥田。粮食有了剩余，酿酒开始盛行，上至王公大臣、下至平民百姓都喜饮酒。园艺和蚕桑业在盘庚迁殷后也有了较大发展。桑农们采集桑叶，饲养家蚕，抽出蚕丝，使用陶制纺轮织成精美的丝帛，供贵族们穿戴。青铜器制造也步入了一个光辉灿烂的时代，作坊规模之大、冶炼青铜技术之高超、产品制作之精美、种类之复杂繁多、制造水平之纯熟令人惊叹。

盘庚以此为理顺朝纲的契机，进行了一系列大刀阔斧的改革，整顿商王朝政治，执行比较开明的政策，去奢即俭，修正法度，改良风气，减轻赋税。在他的带领下，商王朝百姓安居乐业，社会富足繁荣，终于安定了局面，建成不久的殷都发展成为一个十分繁荣的大都市。从此，大商帝国开始被称为殷商。

盘庚病死后，葬于殷都附近的墓区。

读完最后一片丝绢，坐在马车上的武丁凝神沉思。随着距离殷都越来越近，尘封的记忆也渐次打开，武丁感觉自己近乡情更怯。

小时候因为课业出众，武丁多次被大伯父盘庚留在王宫，那时的自己是多么幸福啊。他从小就聪明，记忆力超群，几乎人见人爱，在王室子弟中很是惹人注目。国王特别喜爱武丁，甚至让他住在自己的宫殿里，亲自教导他。在他生日的时候举行宫廷宴会，邀请贵胄子女作陪，武丁因此结识了很多王公贵族子弟，也被很多人羡慕嫉妒。

经历了九世之乱的小乙夫妇见到武丁得到如此恩宠却并不开心，在他离家入宫后几乎无法正常入睡，每天都为武丁的安全提心吊胆，担心武丁遭人暗害，于是想方设法想要将武丁送出殷都。遇到教导武丁学功夫的甘盘后，小乙夫妇下定决心让武丁离开殷都。通过多次测试，小乙夫妇觉得甘盘是可托付之人，于是武丁在八岁的时候以游学的名义被甘盘带离殷都，自此离开王族视线。

武丁在好多地方生活过，在河地的几个村落居住过，后来又被带到了亳地，寄养在甘盘手下的亲信那里。随着年龄的增长，武丁开始喜欢一个人在民间游历，与社会最底层的百姓同吃同住。为了养活自己，武丁十二岁时就和农民一起种庄稼，和力夫一起搬运石头。在吃不饱饭的时候，他埋怨过自己的父母；在生病的时候，他渴望回到父母身边。可是多次望眼欲穿等来的却只有甘盘捎来的药品和食物，并严厉地嘱咐他不可泄露自己的身份，否则性命不保。后来武丁不再幻想回到王宫，也不再幻想回到父母身边，他渐渐明白了九世之乱，渐渐明白了自己只有远离王宫才能好好活着。甚至当他知道父亲小乙成了国王时，武丁也没有回去。一方面，他知道自己这副样子难以进入王宫，另一方面，他也不知道如何回王宫，但是他却时刻铭记自己是王的儿子。

现在，突然被告知父王驾崩，他就是新的国王，武丁就算心理再强大，接受起来也很困难。因此就算命运将武丁推向了王权的顶峰，武丁却并不乐意。

武丁又想起了替自己挨打的傅说。傅说尽管是苦役，没有名字，但是他志向远大，胸怀天下，所以武丁称呼他傅说，是把他当作老师的意思。在歇息的地窖之中，傅说经常在睡觉前给同伴们讲故事，分析当朝是非，直言不讳地抨击殷商王室的缺点。这是一种胆大妄为目无王权的举动。只不过，干了一天体力活儿的苦役们过于乏累，懒得举报他罢了。

武丁非常喜欢傅说，他与傅说一起干活儿，喜欢问他各种问题，两人甚至经常就一个话题彻夜长谈。傅说的真知灼见解开了武丁少年时期的所有迷惑甚至怨恨。武丁觉得自从自己遇到了傅说，很多想不明白的事情有了答案。甚至他会经常因为思考而耽误干活儿，被士卒用皮鞭抽打。武丁不能告诉傅说自己的真实身份，就算说了估计傅说也不会相信。没人会相信服役的苦力是国王的儿子，如果自己告诉傅说，难保不会被当成疯子。

现在，留在工地干活的傅说一定还不知道他这个跟屁虫一样的小兄弟已经成为新任国王。如何通知他呢？有必要通知他吗？

在摇晃的马车中，武丁在纷乱的思绪中进入了梦乡。

清晨的太阳照亮了红色的殷都城门，城门敞开着，大将军甘盘率领的车队终于走到了殷都。城门内外到处都是欢呼的人群，他们簇拥在马车两边向前走着，纷纷喊道："国王万岁！"

武丁在梦中被吵醒，皱了皱眉头，用手拨开车围的缝隙向外观看。这是他阔别十多年的家乡。他在一个夜色浓郁的仲夏夜晚离开殷都，却在这个春光明媚的早晨以王的身份回来，真是比梦还精彩呢。可是，殷都里还有几人认识自己呢？流浪多年的王子还朝，这是武丁对自己的自嘲。

大将军甘盘骑着高头大马走在队伍前面，任由百姓欢呼。队伍依次进了城门。武丁坐在马车上，默默地观察着道路两旁的人群和街景，殷都的变化太大了，已经不再是自己儿时的殷都了。

马车后边跟着一队士卒，一个小胡子士卒悄悄对另一名士卒说："这下我可惨了，谁知道鞭下的苦役竟会是新国王，我的天哪！我想躲都不行，那位还偏偏点名要我一起回殷都。他是国王，进了殷都指不定怎么收拾我呢，我的小命肯定快玩完了。"对方同情地看了看他，摇了摇头。

马车驶进了王宫内院。在王宫大殿门前，武丁被迎下了马车，侍从过来带领新王入宫。大将军甘盘走在前面，武丁和侍从跟在后面。

走上高高的台阶，武丁来到正殿门口，这里没有改变，还是小时候的样子。阳光照进宫殿，将武丁的身影长长地映在地上。武丁慢慢走进大殿，打量着这里的一切。伯父盘庚执政时，武丁多次来过这里。在这里，小小的武丁因课业拔得头筹被国王另眼相看；在这里，小武丁曾享受过王子般的礼遇。这里是他离开殷都后魂牵梦绕的地方，这里有他甜蜜而骄傲的儿时记忆。他没有想到自己还会在有生之年来到这里，更没想到是以新国王的身份。

武丁坐上大殿中心的座位，早早等候的文武大臣齐齐跪下高呼："国王万岁，万万岁！"

武丁抬了抬手："起来，议事吧。"众臣起身，侍立在两厢。武丁注意到群臣后面有一位戎装少女，内心有些疑惑。

大将军甘盘第一个走出来，躬身一礼："启禀大王，这位公主是首领汔旸的长女，是先王为您选定的妻子，也是未来的王后。请国王为王后赐名。"

武丁一愣，心想没人和自己说这事啊。他抬眼打量了一下这位公主，觉得依稀在哪里见过，但是又想不起来。公主抬起头来，笑盈盈地看着武丁，眼神里有满满的期待。

武丁不看公主，转向甘大将军，面无表情地说："老王丧期，我焉能娶妻？"

大将军甘盘没想到武丁这样回答，一时竟无言以对。

大臣队伍的最里边跪着两位贞人，抱着甲骨忙着记录国王的言语。贞人，相当于后来宗人府官员，通过占卜等途径确定王室成员生活、出行及可否征伐等事务，同时记录国王的重要决断。贞人平时在国王左右侍候，取得国王的宠信。所有甲骨卜辞都是贞人刻录的，刻录之后还要留下自己的名字，甲骨卜辞中卜字之下贞字之上的一个字就是贞人的名字。

大殿里除了贞人刻字的声音，没有人说话。

第四章　武丁殿前遇妇好　偏殿灵堂蒙面人

武丁的言语激怒了美丽的公主，她大步跨出来，站在殿中，身上的盔甲铮铮作响。她直视武丁，杏眼圆睁："大王说得有理，老王丧期，不宜嫁娶。臣女亦不愿入宫伴驾，今日便返回本族。臣女告辞！"

"慢！"大将军甘盘跨前一步挡住去路，朗声说道，"大王乃天下之主，当以国事为重，万不可意气用事。大王的婚姻乃国家大事，由先王钦定。朝廷与部族联姻利于王朝稳固。先王遗命，不能更改！"

不等武丁说话，公主说："先王指定我，我尚不能拒绝，大王因何拒绝？我来殷都是因尊重先王。大王既为先王之子，难道要违背先王，让先王背负言而无信之名？"

大将军甘盘："公主言之有理。先王遗诏，大王不可不应。请大王为王后赐名。"

"请大王赐名！"公主上前一步，抱拳拱手。

武丁被噎住了，半天说不出话。他走下座位，来到公主面前凝视着她："你这妇人，好！"

见武丁发话了，大将军甘盘顿时有了台阶可下，大声宣布："国王为王后赐名为好，那么，今后臣等就尊称王后为妇好。"

公主磕头行礼："臣妾妇好，谢大王赐名。"

第一次临朝的武丁国王就这样被安排了一个王后，尽管这女子属于人见人爱的那种，但他还是觉得非常别扭，又不能发作。

大将军甘盘紧走几步，继续向武丁介绍："大王，这位是将军子禽，这位是将军子羽，他们二位即将开赴南方边塞……"

武丁默默地记着，一边应付地点头，一边走向王座。忽然，武丁转身问："轩辕鼎怎么不在殿里？"

"此事……轩辕鼎十分珍贵，先王将它藏匿在王宫某个神秘的地方，臣等尚未找到。不过，既然是先王立下遗嘱传王权给您，轩辕鼎暂时缺失，并不影响新任国王继位。"大将军甘盘赶忙解释。

大臣们谁也没有接话，他们都知道老国王的确将轩辕鼎藏了起来，但是不知道究竟藏在哪里，更不会想到轩辕鼎已经在王后妇好的部族属地丢失了。

武丁又问："请问大将军，父王葬礼几时安排？"

"先王葬礼……只等大王发话，老臣立刻安排。老臣冒昧提醒，今后大王应当自称寡人。"

王后妇好大声反对："启禀大王，臣妾反对。新旧国王权力交替之际，必定边塞不稳，大将军应当主持军务，岂能忙于葬礼？"

大将军甘盘反问王后妇好："本大将军已经安排子禽、子羽他们二位开赴南方边塞。请问王后，难道您想说先王的葬礼、祭祀，还有新国王的继位仪式不重要？"

"不论葬礼还是祭祀，还有新王继位，筹备需要人力物力，皆非一两日可以完成，而边塞战事却瞬息万变。大将军乃军中统帅，应忙于军务，而不是政务。"妇好坚持己见。

"那……就省点事，葬礼与祭祀合并办理。当朝宰相是谁？"武丁想了想说。

大将军甘盘刚要反驳妇好，听到武丁问话，只得回答道："老宰相年迈病重，卧床在家，其他臣子也忙于各自事务，所以老臣才越俎代庖……"

妇好大声说："臣妾愿意代替老宰相操办葬礼和祭祀。"

武丁觉得有些道理，说："行，那就……交予王后去办吧。甘大将军安心军务即可。"

一向独揽朝政的大将军甘盘，十分不满新任王后当朝干涉朝政的做法，更对武丁随意指派心存不满，却又不好当场发作。一方面，武丁是他的学生，他要利用武丁来实现自己的政治目的，另一方面，他的确不太了解武丁近年来的想法，更不了解妇好，不知道将来妇好与武丁会不会联起手来对付自己。甘盘按下纷繁的心绪，转换议题："这……那么大王您的登基典礼何时举办？"

武丁掸了掸王袍，神情平淡："免了。"

"免了？"大将军甘盘不解地追问。大将军甘盘真的不理解武丁的想法，不知道他究竟要做什么。登基典礼是昭告天下、树立权威的重要手段，更是避免王室内乱的重要手段，为何要舍去呢？

武丁坐在王座上，看着同样好奇的妇好："包括我……啊……包括寡人的婚礼，统统免了。王后今夜就入宫侍寝吧。"

牧正大臣走出队列："臣提出反对，大王如此草率行事十分不妥，不合大商的既定体制。"

众位大臣议论纷纷，几乎没人认同武丁的做法，大殿里嗡嗡声四起。

武丁一脸不悦，站起身缓慢开口："够了！你们若能执政，何必让寡人前来？原本寡人不想来，这一路之上思考良久，想法颇多，现在寡人刚刚说了一句就不合体制？此事，就这么定了！无须再议！"

众位大臣见武丁如此坚决，口中停止了议论，开始腹诽：估计不用多时街头巷尾的话题便是今天这位行事草率、固执己见的新国王了。

退朝后，武丁径自离开。众臣带着一肚子的不满也渐次离开了。殿里只剩下妇好一个人。

妇好打量了一下这个宫殿，确实是没有轩辕鼎。她小时候来过这里，是为了给武丁过生日，当时武丁还说要和她做好朋友，一晃这么多年过去了，彼此都生疏了。

今晚上住哪里？这是妇好需要面对的一个问题。

成为王后，妇好觉得正常，可是就这样与武丁睡在一起，妇好还没有心理准备。不过，既然武丁说了，今晚让她侍寝，就先找到武丁再说吧。

于是，王宫里出现了这样的一幕：一身盔甲的王后妇好，到处寻找国王武丁。

功夫不负有心人，妇好终于在一处偏殿中找到了武丁。

"武丁，你不记得我了？"妇好走到武丁面前，用清甜的嗓音唤了一声。

沉浸在回忆中的武丁，被这个声音惊醒，回过头来，俊朗的脸上有点不耐烦："你的意思是？"

"我们小时候认识的，你再想想？"妇好提示他。

"小时候？"武丁仔细看着妇好，难怪他觉得这个女子眼熟，但是，实在想不起来了。

"你还说要和我做好朋友的，记得吗？你生日的时候，那时候我们坐在一起……"妇好盯着武丁的眼睛，努力帮助武丁回忆。

"哦，你就是那个穿红裙子的小姑娘，对吗？"武丁终于从记忆里捞出那段暖心的美好瞬间。

"对呀，那个就是我！"妇好激动地抱住武丁的胳膊，"你终于想起来了，果真没让我失望。我第一眼就认出你来了。你个子高了，帅气了，是个男人了。"

"原来是你，这样就有人和我一起回忆小时候了，太好了。"武丁看着妇好戴在头上的战盔，抬手轻轻将它取了下来。

"因为不知道住哪里，所以还没有换衣服……"妇好捋了一下头发，尽量让自己显得淑女一些。

"早上在大殿已经领教过你了，现在也不用伪装。"武丁笑了。

"谁伪装了，毕竟人家今天是你的王后了，总要给你留个好印象。"

"你还是穿红裙子好看，这身盔甲不应该是女人穿的。"武丁上下打量着妇好。

"那今晚我就穿红裙子与你拜堂，好不好？"妇好有些脸红。

"大殿上不知道是你，既然现在知道了，我一定会给你一个婚礼。只是，父王的葬礼还没准备，只好委屈你一下了。"武丁拉起了妇好的手，掌心中都是老茧，可想而知她练功有多用功。

"听你的！"妇好的眼睛亮晶晶的。

这天夜晚，王宫大院的一间偏殿内漆黑一片。老国王的棺椁自从运回殷都，一直停放在这里，这间偏殿也成了老国王的临时灵堂。平时，这里守卫众多，闲人难以靠近。这几日，殷都城中的守防都转到武丁身上，加上近日即将下葬，这里的戒备逐渐放松了。

似乎所有的灵堂都是阴森、恐怖的地方，除了自家亲人，没有外人会来这里闲逛。尤其是夜晚，只有一尊棺椁的灵堂锁了大门，更没人会前来这里。

院子里，一队巡逻士卒举着火把从偏殿门口走了过去。忽然，一个蒙面人提着丝帛围成的灯笼顺着墙边溜到了偏殿门外，窥视左右无人后，撬开门锁潜进偏殿，又轻声关上木门。蒙面人悄悄走近棺椁，打开棺椁，掀开衣服，查看老国王的伤口。伤口主要在上半身，背后有一处匕首的刺痕，其他的伤口都在胸前，脖颈和手臂都有被利刃伤害的痕迹。

蒙面人停在棺椁边上，暗自思索。

突然，大将军甘盘一脚踹开偏殿木门冲了进来，厉声责问："什么人，竟敢在灵堂惊扰先王。"

大将军甘盘挥剑刺向蒙面人，蒙面人并不答话，扔了灯笼拔出佩剑奋起反抗。两人从偏殿内打斗到偏殿外，蒙面人趁着一个空档跳上房檐逃逸而去。

丝帛制成的灯笼倒在灵堂的地上烧着了。一队巡逻士卒匆匆赶来，几名士卒想要去追赶蒙面人，大将军甘盘命令道："不要追了，免得中了调虎离山之计。增加人手加强戒备，防止贼人破坏老国王的遗体。"

大将军甘盘返回偏殿，用脚踩灭了即将燃烧殆尽的灯笼。他蹲下身子仔细看了，灯笼的围布是丝帛的，这根本不是一般普通人家能够使用的。大将军甘盘十分诧异刚才那名蒙面人的剑法，从对方的身材和手腕力度判断，对方有可能是个女子。可是，在这殷都王宫深墙大院里，哪个女子会有如此高深的剑法？或许，是外来的，翻墙潜入了王宫；或许本就是一个男子，不过身材矮小罢了，身材矮小的人更适合翻墙上树做些偷鸡摸狗的事。如果是，那么，此人又是受谁指派的呢？难道，是某个王子派来的？不会，所有王子都在殷都之外，根本不可能怀疑老国王的死因。难道，是王太后对老国王之死产生了疑问？大将军甘盘分析之后认为应该不是，因为他早已买通了巫医，又恐吓了老宰相，一路之上派遣嫡系士卒严加防控，没有任何外人有机会接触遗体。自打回到殷都，王太后似乎都在忙别的事情，除了吊唁，没有表现出对老国王的死因的怀疑。

那么，这个蒙面人究竟是谁呢？为什么要偷偷窥探老国王的遗体？

第五章　小乙国葬大祭祀　妇好甘盘动干戈

清晨，阳光照在了王宫金色的屋顶上，王宫显得一派祥和。

寝宫里，妇好坐在铜镜前给自己化妆，用油彩将脸涂得五彩缤纷，甚至有些恐怖。今日，她要主持先王的葬礼祭祀，这是祭司必备的装束。

武丁躺在榻上问道："昨夜你如厕去了很久，寡人注意到你还带了佩剑。你觉得王宫里不安全吗？"

妇好不紧不慢地说："臣妾确实觉得王宫不安全，依靠任何人都不如依靠自己重要。"

武丁懒洋洋地用手支撑着下巴："寡人不会武功，只能依靠别人保护。你的武功高强，以后就保护我吧。"

妇好正在化妆，没说话。

"你不愿意啊？先王为何选你做王后？你当真做过祭司吗？……"武丁见她不说话，又问了一堆问题。

妇好站起身来，避而不答，坐在武丁的身旁："大王即位之后，按理应当颁布新政宣告王权，为何不见大王颁布新政？"

武丁看着这张狰狞的脸，内心觉得好笑，看着她："寡人为何要颁布新政呢？"

妇好没有理会武丁，严肃地说："大王已经登基理政，新任国王必定要颁布新政令，任命新大臣。老宰相重病不起，你起码要任命一位新宰相。"

武丁坐了起来："朝中那群假大空的政客，看着就腻歪，被我瞧上的人还没遇到呢。"

妇好笑了："大王，再腻歪，你也要任命宰相啊！把朝廷政务、军务全交给甘盘将军一人，实为不妥。他是大将军，擅长前线杀敌而不是当朝理政，理政是宰相的事，胜任者应当是胸怀天下的饱学之士。一旦甘盘将军被奸人迷惑拥兵自重，朝廷将陷入混乱，王位也会受到威胁。"

武丁思索片刻："他是我的启蒙老师，应该不会……"

妇好握住武丁的手："大王，防人之心不可无。"

武丁盯住妇好："那寡人也要问你，你日夜剑不离身，是防备大将军还是防备寡人？"

"臣妾自三岁练剑至今从未中断，只是习惯而已。"

"三岁？你拿得动佩剑吗？"武丁被逗笑了。

妇好走到化妆台，打开暗盒，将一块刻有标志的玉石拿过来递给武丁："这就是臣妾部族的标志。作为统御天下的国王，你要熟悉天下所有部族标志和图腾。好了，臣妾要去准备先王祭祀仪式了。"

武丁接过玉石，在手里摩挲着："你确实主持过仪式吗？可不要搞砸了。"

妇好站直身姿："殷人尊神，先鬼而后礼，率民而事神。祭祀问卜不外天神、地祇、人鬼三类，我在自己部族里就是祭司，我们叫作祝吏，祭祀时负责辞告鬼神。"

"那从今日开始，你就是大商王朝的大祭司，以后就不要再练剑了。"武丁坐直身体，下了口谕。

"大王也该早早准备了，路上要一个时辰呢。"妇好没有理会武丁，看了一眼床头的佩剑，走了出去。

武丁看着手里的玉石，上边刻着一个亚形中画兕形的图案。

武丁从枕头下边摸出了自己那块带着傅说血迹的锋利石块，眼前又浮现出自己与苦役们一起劳作的场景。瞬时，他翻身下榻，大声呼喊："更衣！"

殷都城的主道两侧拥挤着数不清的看热闹的百姓，因为今天他们能看到新王后，传闻由她亲自担任祭祀。殷都城外，王室祭祀队伍浩浩荡荡地从城门向远处绵延了十几里。虽然祭祀活动并非与全体百姓相关，但是，新王后如何主持祭祀大典撩拨着人们的好奇心，于是你拉着我我拽着他都赶来了，简直是万人空巷。

在殷商，祭祀历来是国之重典，目的是祈福神灵、趋吉避凶。而今，新王登基、新王后主持墓葬祭祀更是当朝大事，因此尽管武丁宣布一切从简，然而百姓及贵族宗亲还是希望通过正式奠仪了解国之运兆，因此，很少有人愿意错过这一盛事。殷商之人每逢大事必先问卜，因此占卜成为殷商朝堂及民间不可缺少的重要内容。占卜一般是由占卜的人和负责记录的贞人共同完成。占卜的人负责选龟甲（命龟），然后把龟甲放进火里烧热，拿出来观看龟甲的裂纹样式来确定凶吉（又名灼龟取兆）。贞人在现场观看龟甲裂纹征兆，记录祭司口中的话作为神谕。经历了九世之乱的人们，更希望通过祭祀占卜寻求上天旨意，希望上天赐福、国强民安。

空旷的郊野，一群士卒站立在祭祀仪式场地四周，国王武丁以及身后的群臣表情严肃，身着祭祀礼服冠冕、玉佩、绚屦举行祭祀，仪式隆重庄严。

王太后拄着一根拐杖，面目严肃地站立在人群前排。

脸上涂满油彩的妇好王后主持仪式，她大声说道："国王武丁诏曰：数年间，寡人亲耕藉田，修桥建路，以祈民众安康。然寡人修行未及，德才不足，髃僚所言，皆寡人之过。古者卿士献诗，百工箴谏。其言事者，靡有所讳。当此宗祀仙逝先王，礼备法物，乐和八音，布告时令，劝勉群后。百官藩辅，百蛮贡职，皆为圣祖功德感召之力。"

空地上，巫师手执羽扇干戚，表演祭祀之舞。巫师，以事神为主要职能，是承担天神与君王之间媒介任务的人。在商朝，巫是一个崇高的职业。当然，除了巫，还有卜师、史师、祝师等权势很大的人。这些人如同国家的上议院，国家政事都要征得他们的同意。如果是他们集体反对的事情，即使君王同意，事情还是不能办理。因为他们代表的是天神的意愿——天神的权力太大，可以支配人世间的一切。谁敢与天神作对呢？

王后妇好接着说："我们祭祀仙逝先王，祭祀宽广无垠的天地，祭祀至高无上的天神。我们祈求祖先和神灵保佑，祈求天地保佑大商。"

几名负责记录王宫历史的贞人在甲骨上刻录歪歪扭扭的甲骨文，一些士卒将先王棺椁抬进了阴暗的坟墓洞穴。

两名巫师拿来一只花鸡，一人执脚，一人执头，王后妇好取过铜刀，刀锋滑向花鸡的脖颈。

墓葬前，一排士卒手握砍刀站立着，他们的前边是一排被绑的役夫，役夫跪在墓坑边缘，他们是被挑选出来陪葬老国王的殉葬品之一。除了役夫，殉葬品还有很多老国王生前喜欢的物品。

曾经在工地鞭打武丁的小胡子士卒也手握砍刀站立在役夫身后。他知道国王武丁长期偏袒役夫，甚至看不惯士卒鞭打他们。所以，小胡子士卒的内心十分犹豫，是否要真的一刀砍下身前那个役夫的脑袋。

先王棺椁已经在墓穴安放完毕，大将军甘盘猛地挥手下令："殉葬开始！"

手握砍刀的士卒们纷纷挥刀砍向被绑的一排役夫，役夫的尸体纷纷翻进墓葬坑口。然而，小胡子士卒心中不忍，下手轻了些，身前的役夫只是被砍伤脖颈跌落墓坑，并没有死亡。他挣扎着向上扑："我不想死……我不想死……"

妇好命令："斩而未亡，是他命大，把他拉上来。"

大将军甘盘气愤地指着小胡子士卒："不！把他杀死，快杀了他！"

小胡子士卒走到墓坑边再次挥起砍刀，犹豫了一下，看了一眼武丁，没敢砍下去。他想起来自己曾经鞭打役夫遭到武丁报复，现在武丁是国王了，他是否依然会袒护役夫呢？他是否心里袒护却不便公开明说呢？

大将军甘盘冲上来，一把拽开小胡子士卒，拔出了自己的佩剑，准备刺向重伤的役夫。

谁都没有想到，王后妇好飞身而起，抓过小胡子士卒的砍刀磕开了大将军甘盘的剑锋。受伤的役夫继续挣扎着向上爬。然而，墓坑周边的黄土都被挖得空虚松动了，他不断打滑，很难爬上来。

妇好大声抗议："生死有命，我们都要服从天命。大将军也不能违抗天命。"

大将军甘盘再次挥剑刺去，却又再次被妇好用砍刀磕开。

大将军甘盘坚持说："他是我的战俘，生死当然由我来定。"

妇好争执道："我是大祭司，今日仪式由我负责，这是国王的命令，你敢抗上吗？"

大将军甘盘第三次挥剑刺去，却又再次被妇好用砍刀磕开。大将军甘盘说："大将军有权参加祭祀，这是商人五百年的族规。"

妇好使劲儿抵挡住大将军甘盘的佩剑，气愤地低喝："你明明丢失了轩辕鼎，却刻意瞒着大王，究竟有何意图？"

大将军甘盘看了一眼妇好手中的砍刀，逼近一步瞪着眼睛说："没想到王后竟有如此身手，你的刀法我似乎见过。昨夜，难道是你擅闯灵堂打开老国王的棺椁，你究竟想知道什么？"

蒙面者的身份被识破，妇好暗吃一惊，她迟疑了一下。大将军甘盘趁机上前，挥剑砍死了企图爬出墓葬坑的重伤役夫，那役夫仰身倒了下去。

"立刻填埋。"大将军甘盘命令。很多士卒开始挖土填埋墓葬坑口。

一锹锹黄土就这样封存了岁月，老国王子敛的时代彻底结束了。

看到那役夫死了，王后妇好闭上眼叹了口气，犹豫一下，扔了砍刀，然后睁开眼睛走回到几案前，慢慢端起瓷碗，将酒水含在口中。有人递过一支火把，妇好接过火把，将口中的酒喷向空中，一条火龙喷薄而出。

一些戴着面具的赤膊傩人伸来许多火把，妇好再次将口中的酒喷向空中，众多火把一起点燃。傩人们奔向四周，点燃了四周的油灯油锅，现场变得烟雾缭绕、凝重严肃，让所有人的心中陡然升腾起一种恐惧感。

妇好将瓷碗中的酒挥洒在地上，然后亲自用火把点燃了几案前的一个小油锅，有人加上了箅子。巫师走了过来，小心翼翼地将一块龟甲放在上边。龟甲受热渐渐地冒烟，不停地龟裂。巫师伸出双手，将冒着青烟的龟甲小心翼翼捧给了妇好。

妇好看了龟甲上的裂纹，然后大声宣布："吉！"

几名贞人在甲骨上刻录甲骨文："先王墓葬，占卦，吉。"

众人欢呼："大商万岁！大商万岁！"

墓葬祭祀仪式终于结束了，天空飘过几片云彩，国王武丁率领大队人马返回殷都。与此同时，王后与大将军在祭祀中争斗的故事已经开始以多个版本在百姓之间传播，传播者根据自己的臆测和想象将故事的真实情况带离平地，直冲云霄。

大将军甘盘依然骑马走在队伍的最前列，威武依然。

在队伍中间，武丁与妇好同乘一辆四马驾辕的马车。武丁坐在马车上板着面孔，表情显露出他内心的不满。他怎么也不会想到自己的妻子会与自己的恩师在祭祀中动手。他斜眼看着妇好："王后今日很厉害呢，竟然与大将军动刀了。"

妇好辩解道："大王，今天我是大祭司，整个祭祀仪式都应由我负责。论理，我是王后，他怎敢与我动手？大王想想，大将军如此目无尊上、目无王权，是否不妥？"

武丁愣了一下："这个，我没想过。只是觉得殉葬杀奴役原是祖制。"

妇好看着武丁："大王心胸宽大实为臣民之福。奴役也是人，其中不乏能工巧匠。留着他们，岂不是多了一些建房、筑路、放牧、种田、养蚕织锦的人，闲时能为大王创造财富，战时还可制作兵器提供粮饷。如此杀了岂不可惜？"

武丁定定地看着妇好，仿佛要看穿她的灵魂，尽管满脸的油彩让他有点憋不住想笑。妇好也好奇地回望着武丁，想从他的眼睛里读出些什么。武丁温柔地拉着妇好的手："王后所言极是。其实寡人也痛恨殉葬的祖制，也不希望奴役死。可是大将军斩杀的是战俘，不是我们自己的奴役。"

妇好见武丁这样，轻声说："奴役也是由战俘转化的，大王如果不希望奴役被杀就应当颁布新政改变这些。"

武丁叹了口气："虽然寡人是国王，可是除了甘大将军，又有几个是真心服从的？就算是甘大将军，又岂是真心在帮我？何况朝中议事还有巫史、宰相，又不是所有事情都由寡人说了算。"说完，他噘了噘嘴。

妇好被他的孩童模样气乐了："大王是一国之主，不能连区区十几位大臣都不能驭使，如让百姓知道，焉能不笑话大王？历代先王作册、奠置、作邑，分封众小国，邑使众方国，合计四百之众，大王又将如何统御呢？王权使用如逆水行舟，不进则退。大王既在其位就当谋其政，权臣们无人会把权力擎杖乖乖归还大王。想要王权稳固，不得不争。大王应当知道殷都官制，分内服、外服两类，官称有傅、师、保、大史僚、大史、小史、史、御史、作册、作册有史、宗、祝、卜、巫、考、眉、丏、大丏、卿事、小众人臣、小耤臣、小禾丂臣、农、奠、牧、小丘臣、犬、贮、纽、工、马、马小臣、走马、族马、亚、大亚、马亚、旅、射、箙、戍、小多马羌臣、丁师、剌尹、亞、秝、舌、臣、小臣、元臣、辟臣、丬付、小子、宰、寝、监、族尹、正、僚、友、尹、君、三史等六十多种。如此庞大的官僚体系，大王需设立几位宰相，分门别类，才能治理。"

"王后，寡人忽然觉得可以拜你为师了，你好像什么都懂！"

"臣妾自小就被严格教导各类文韬武略，目标是文可安邦、武可定国。不然先王怎能选我做王后？"

武丁笑了："师傅莫非没有教导王后要谦虚吗？"

妇好笑着露出了八颗贝齿："在夫君面前要坦诚。臣妾也没有不谦虚，大王不信可以去问。"

武丁摸了摸妇好的头："王后说得有理！"

武丁看了看头顶越聚越多的乌云，吩咐马车窗外随行的传令兵："传令，让大将军走快点，落雨之前赶回殷都。"

第六章　妇好武丁设巧计　欲擒刺王杀驾贼

夜幕再一次降临在殷都王宫的上空，几只萤火虫偶尔从王宫院子里的树林间飞过。

武丁走进寝宫，侍女过来为他脱下外袍。一名贞人跟着走了进来，跪在门边，拿着龟甲准备记录。

妇好洗去油彩露出纯美的肌肤，看着行走的武丁："大王，我觉得丧礼好像少了什么，我们该通知所有王子都来参加丧礼的。"

武丁闭着眼睛慵懒地靠在榻上："大将军说先王留有遗嘱，不许他们返回殷都。"

妇好让侍从们都下去，悄声对武丁说："大王可知道，臣妾昨晚夜探灵堂，发现先王尸身有数十处伤口，绝非寿终正寝。"

武丁立即睁开眼睛，盯着妇好："你的意思是先王是被人所害？大将军说有蒙面者擅闯先王灵堂，原来是你呀！你真的看仔细了？"

妇好正色道："臣妾自幼学巫医，从伤口可以断定是刀伤，先王是被人害死的无疑。"

"所以你怀疑大将军？"

"本来臣妾怀疑此事与大王你有关，但臣妾细想大王心地纯良，非老谋深算篡位之人，所以臣妾不再怀疑大王。从伤口看，先王定是猝不及防，因此臣妾料定此人定是先王亲近之人。"

武丁猛地坐起来说："妇好！你——你居然怀疑我弑父？我根本不在父王身边，我是在苦役营被大将军苦劝才来殷都的。"

"是臣妾误会大王了，请大王恕罪。既然凶手非大王所使，大王是否要查明先王死因？"妇好直视着武丁。

"寡人既已知道，定会派人追查。然先王已下葬，此事不宜张扬。寡人新即位，尚无可信之人调遣，还要王后鼎力支持。"

"大王放心，臣妾自会为王分忧，必定找到幕后凶手。"

武丁提醒说："先王死在你父亲的部落，你的父亲也脱不了干系。"

"定是有人故意栽赃陷害，臣妾父亲一直是大商最忠诚的臣子，从无二心。"

"寡人相信你，但是寡人也相信大将军不是杀害先王之人。"

"臣妾没说大将军是凶手，但是要逼迫大将军找到凶手，这本身就是他的职责。先王遇害就是因他失职。"

武丁躺下说："寡人会吩咐大将军调查此事，看他如何应对。你不要自恃剑法出众，目中无人。如果那天晚上你被抓了或是被杀了，你叫寡人如何行事啊？不要忘了，你是寡人的女人，不能总是打打杀杀的。你今天祭祀做得很好，寡人封你做大祭司吧。"

妇好说："臣妾谢大王。臣妾不想做大祭司。剑法再好，拼杀十人而已。两军对垒，为将者须身先士卒鼓舞士气，一击必胜。"

"莫非你还想做将军带兵上阵杀敌不成？"武丁讶异地看着妇好。

"臣妾自然能做将军！甘盘本是大将军，却在朝堂操劳政务，此乃大王用人不当。大王应命他离开殷都，带领士卒戍守边疆才对。"

"依你之言，寡人应当让位于你，你比寡人更适合做王。"武丁有点不高兴了。

"大王为一国之主，胸怀天下。现朝中太平，边境入侵不断，大王不是不知。臣妾与大王结为夫妻，本应为大王分忧，故此臣妾斗胆向大王谏言。大男人还这么小心眼儿。"最后一句话，妇好是噘着嘴小声说的。

"好了，你有理。"武丁被妇好的样子逗笑了。"今日之事，寡人需要与你仔细谋划，务必尽快找出幕后之人。"

一个时辰后，夜晚静谧的王宫里传来武丁和妇好的高声吵闹以及器皿摔在地上的声音。

不知所措匆匆跑来的侍从们来到寝宫，听到的是这样的对话。

"……寡人不能留你。离开殷都，离寡人越远越好！"

"大王竟如此偏信大将军不信我！他是教过大王，但也有刺杀先王的嫌疑。大王莫非怕大将军不成？"

旁边，贞人在甲骨上记载："……贞妇好不至。"

武丁大怒："信口雌黄，寡人没有你这样的王后。你离开寡人不可再嫁，可住进封邑，陪嫁的三千士卒，都可以带走！"

"大王如此懦弱，妇好就此别过！"

武丁没有回头，走到榻前，从枕头下边摸出了那块血迹斑斑的锋利石块。

旁边，贞人在甲骨上记载："妇好其来……"

妇好不满地说："大王休我，是羞辱我部族，违抗先王之命。然妇好身为大商子民，三千士卒在大商需要的时候会成为大商的保障。"

武丁说："你可以把他们带走，大商不要你一兵一卒。"

妇好看着武丁，不屑地说："所有方国都尊重大商，可大王如此骄横狂妄，好日子不会长久。"

武丁忍无可忍，跳起来说："狂妄？寡人可以下令收回你的封邑，撤销你的王后封号。"

妇好收拾完了自己的物品，抓起包袱，说："大王请便吧。大王一定要记住，弑父篡位必定会遭到天谴，天下尽可诛之。"

武丁发火道："既然互不信任，你走吧，永远不要回殷都。没有你，寡人可以娶更多美女，有成百上千的妻子，寡人可以封她们任何人做王后，所有人都会相信寡人为人正直。"

妇好抓起佩剑，拎着包袱走出宫门。

旁边，贞人在甲骨上记载："……乎妇好往于果京。"

武丁将那块锋利的石块扔向贞人，训斥道："别记录了！"

贞人哆嗦了一下，连忙抱起甲骨溜走了。

武丁起身走到窗口，看到窗外已经没有了人影，慢慢捡起石块，走回榻边塞进枕头下边。

夜风习习，妇好带着自己的几名随从骑马站在郊外，大家举着火把。

妇好对身边的佩剑侍女悄声吩咐道："你留下来保护大王，暗中观察动静。这是我与大王的信物，大王见到此物便知你的身份。"说话间，妇好将半块玉交给侍女，佩剑侍女在夜幕中悄悄离开。

深夜，武丁的寝宫外响了一声猫叫，宫门从里面开了一个缝儿，随即被轻轻地关上，没有惊动任何人。

清晨，妇好被赶出王宫的消息很快传遍了殷都的大街小巷。

"听说了吧，昨夜妇好王后被大王休了。"早点铺卖小吃的汉子对过来的街坊打着招呼。

"听说了，妇好连夜离开王宫。"

"谁叫她挑衅大将军？那可是大王的恩师！"

"妇人非要逞匹夫之勇，这下好了。"

"谁说不是，女人就是不知天高地厚。"

"好好的王后不当，非要和大将军打架，唉。"一个年纪大些的妇人摇着头。

百姓们根据自己的理解，脑补了很多大王和王后的争吵原因，估计三个月内都有了谈资和酒后话题。

午后，百姓们看着三千骑兵离开殷都，不知去向。

第七章　废太子谋鼎篡位　太后七王子遇险

转眼，王后妇好离开殷都已经一月有余。自从妇好离开后，群臣发现国王武丁变了，经常一个人发呆，无论上朝堂还是回寝宫，都不爱说话。

有几次甘大将军在朝堂故意犯个小错，武丁却视而不见听而不闻。

这天清晨，武丁懒洋洋地走进大殿，大将军甘盘等大臣跟在后边。

掌管畜牧业的牧正大臣跪下："启禀大王，东夷联盟大首领楯煜被杀身亡，各部群龙无首、内乱不止，加上前任太子子明在东夷的势力已远超王族预想……他结交的海外倭人越来越多，东夷必须治理。"

专门管理档案的守藏史说："臣闻听东夷的社会风气每况愈下，这样下去必定会影响到整个大商的正常发展。朝廷必须出面了，不然就会积重难返。"

武丁张了张嘴，没有说话，显然还没有想好说什么。大将军甘盘猜透了武丁的心思，毛遂自荐说："臣曾教子明兵器武术，与子明熟识，臣愿前往东夷，以朝廷之名协调东夷各部。"

武丁摆摆手说："老宰相病重，朝中有诸多事务需要老师处置，老师不可离去。"

大将军甘盘暗暗指责王后妇好，却又不提她的名字："启禀大王，近来有传言抱怨臣抢了老宰相职位，臣着实冤枉。臣是军职，戍边平乱职责所在，还望大王应允。"

武丁想了想说："也罢。长兄子明一直在东夷军营服役，先王葬礼也未请他参加，寡人觉得有愧。老师找到子明，请他出面协助处置东夷乱象。他若尽职，寡人可以请他返回殷都担任要职，或许将来他是大将军的接班人。"

大将军甘盘张了张嘴，欲言又止。

耕刈大臣子常慌慌张张地跑来，大声说："伯父，不好了……七王子……我七叔他带着王太后出城了。"

子常是武丁的侄子，是三王子的儿子，自幼生活在殷都，成年之后在朝廷担任职务掌管农业生产。自从武丁继位之后，子常与武丁走得很近，关系如同父子。

听完子常的禀告，武丁暗吃一惊，所有的王子都分散在各地，为何七弟会突然出现在殷都，又为何突然带走王太后？

武丁问："七弟？他何时来了殷都？他要带王太后去哪里？赶快备马，我要把王太后追回来。"

片刻，武丁和子常就骑马冲出了殷都，在城外的道路上疾驰。武丁不明白七弟用什么理由骗走了王太后，难道，王太后从殷都王宫带走了轩辕鼎？

终于，武丁和子常追上了王太后的车队。武丁催马绕到车队前边挡住了去路，拉住马缰："吁，停车！"

王太后的马车停下，七王子跳下马车。

武丁问道："七弟，你何时来了殷都？"

七王子看到武丁，拔出佩剑："呸！你竟敢追来，不怕我今日杀了你吗？"

武丁下了马，来到马车前边，笑着说："寡人问心无愧，为何要遭兄弟刺杀？"

王太后冷冷的声音传出来："武丁逆子，既然今日你追到这里，咱们明人不说暗话，你父王身中几十刀而死，你敢说不知内情？"

武丁走到马车前："不知太后如何得知父王身上中刀？如太后所言是真，寡人实在不知情。父王驾崩时，寡人还在工地上做苦力。"

武丁注意到，所有的马车都是敞篷的，只有王太后一人的马车装有轿棚。王太后掀开轿帘后，武丁看车厢内只有王太后一人，没有轩辕鼎。应该可以肯定，王太后出行与轩辕鼎无关。

王太后反问："寡人？你早就想当寡人了吧？你弑父篡位，凶残至极。即便今日不死，你也会遭到其他兄弟追杀。你的残暴恶行将会传续，将来你的儿子长大也会来杀你。哀家怎能与你这个败类一起生活？"

武丁苦笑着说："母亲，您冤枉我了，我怎会杀害自己的父亲。母亲，寡人真的不知道您为何要离开殷都。"

子常插嘴说："是的，王太后，国王他不会那么做的。"

七王子训斥子常："滚！这里轮不到你插嘴。"

子常不再说话了，在这里他的辈分太低，确实没有说话的权利。

七王子走过来将剑锋指着武丁的鼻尖儿反问："武丁，你就别再装模作样了。我问你，王后妇好刚刚说出真相，你就深更半夜将她赶走，你究竟要掩盖什么？你有何冤枉？"

武丁赶紧解释："七弟，是她自己闹着要走，她要返回封邑，寡人真的没有办法阻拦她。她与大将军不和，在先王葬礼上就公开与大将军动手，母亲当时就在现场。"

王太后问："今日，哀家要去她的封邑，哀家要去找她，与她一起查出杀害先王的凶手。"

武丁不满地说："母亲，妇好胆大妄言……我已与她断绝关系，甚至可能废除她的王后身份。您这样亲近她，我将来如何处置？"

王太后气愤地说："处置她？你不是哀家的儿子，你要处置她，就先处置哀家！继续做你的孤家寡人吧，咱们母子也从此断交。走开，哀家不会回去的。启程！"

七王子坐上了王太后的马车，用剑柄击打马匹的臀部："驾！"

武丁只得让开道路，王太后的马车继续前行，其他几辆马车也跟着前行。

走出去了十丈开外，七王子回头问王太后："母亲，父王为何要留下遗嘱传位给武丁？"

王太后说："那是你父王瞎了眼睛。总之，哀家要将轩辕鼎送到妇好的封邑。她那里远离殷都，又有三千士卒，最为安全。"

望着车队远去的尘土，子常小声问武丁："怎么办？"

武丁说："派人去封邑，暗中观察。"

随着王太后逐渐走远，武丁叹口气怅然上马，带着子常返回了殷都。

王太后的车队没有直接去封邑，而是走到了一处荒凉的树林里。王太后下了马车，确定了方位，吩咐道："来人，把这里挖开！"

七王子指挥侍卫们挖了一个大坑，挖到了一个木头箱子。

欣喜的王太后和七王子刚想打开木箱，忽然，路边树林里蹿出一群蒙面武士，冲向王太后的车队。

七王子发现了敌情，急忙拔出佩剑，喊道："快扶王太后上车。"

两名侍卫立刻抓起盾牌护住了王太后，搀扶她上了马车。

一阵箭矢射来，企图反抗的七王子和侍卫们纷纷中箭倒下。

蒙面武士们人多势众，冲上前来挥刀乱砍，左臂中箭的七王子拼命反抗，不幸再次受伤倒地。不到半炷香的功夫，剩余侍卫全部被杀身亡。

倒在地上失去反抗能力的七王子怒问："你们是谁？一定是武丁派来杀人灭口的。"

蒙面武士冷笑着反问："是又怎样？谢谢你挖出轩辕鼎，武丁会感谢你的。"

七王子骂道："杀死自己的父亲，现在又来截杀自己的母亲，武丁不得好死。"

蒙面的前太子子明骑马走了过来，挥手示意几名蒙面武士将受伤的七王子捆绑了扔上一辆马车，然后拍打马身，让马车独自前行。七王子挣扎不得，只得随马车走了。但是，七王子内心十分悲愤委屈，望着天空不断喊道："武丁，我不会饶了你的……"

一群蒙面武士将木头箱子套上绳索吊出了大坑，然后打开，看到了里面金光闪闪的轩辕鼎。

蒙面的子明催马走到王太后的马车前边掀开轿帘，然后扯下了自己的蒙面黑布，轻声喊道："母亲。"

王太后早已经看到外边发生的一切，内心恐慌，并不清楚是何人所为，忽然看见自己的长子出现，真的十分吃惊："子明？你该在东夷……你今日如此杀人，究竟要做什么？"

子明笑了，反问道："我倒要问您，您和武丁居然没有通知我参加父王葬礼，你们究竟要做什么？"

王太后说："是大将军独霸朝廷随意为之，所有王子均未参加，并非只有你一人。"

子明辩解说："我是太子，即便不能即位，我也理应在殷都监国，而不是在边塞服役。"

王太后说："你父王已经废黜你的太子位，再说你所有兄弟都散在各地，真的谁都没有参加葬礼。"

子明指着轩辕鼎说："瞧瞧，趁着大家都在外地，你就和武丁一起合谋杀死父王，然后偷出了轩辕鼎。"

王太后解释："如果是武丁，他早就把轩辕鼎搬到殷都王宫了。"

子明说："那就是你偷走了轩辕鼎，准备扶立七弟为王。"

子明跳下战马，一瘸一拐走到马车前，将一名中箭死亡的侍卫的尸首拽下马车，自己坐上马车，拿起了马鞭，说："我的大腿有伤，还是坐马车比较舒服。"

王太后再次解释："此事与你七弟无关，是你父王命我将轩辕鼎秘密藏于此处。他信不过大将军。"

子明愤恨地说："我也信不过大将军。我承认我心胸狭窄，所以，今生今世我不会饶过大将军。他害惨了我，我早晚会杀了他。兄弟们，带上轩辕鼎，上路返回东夷。"

一群蒙面武士将木头箱子装上了马车，然后纷纷上马，随着子明和王太后的马车一同向东前行。

王太后惊讶地问道："子明，你究竟要做什么？我不要去东夷，我要去妇好的封邑，轩辕鼎不能留给你。"

子明拔出利刃对准王太后，威胁道："我大腿的伤口很痛，心情非常不好，而且武丁一定会派人在半路堵截我，所以母亲最好不要大呼小叫，不然，这一路上我很难确保母亲的生命安全。"

王太后就这样被子明带走，树林逐渐恢复了安静。

片刻，从树后走出一个黑衣人，返身向殷都奔去。

第八章　武丁纳妃妇妌女　泞旸封邑见妇好

　　傍晚，城门关闭之前，大将军甘盘带着两名随从离开了殷都。

　　甘盘从武丁口中得知子明和王太后的事，所以自愿请命：去面见前太子子明，他要当面训斥子明，指责子明的过错。其实他没有告诉武丁的是，他与子明早就有秘密合作；他要去劝说子明，他相信自己能帮助子明走出现在的误区。

　　这天，王宫大殿里，武丁懒懒地端着酒樽坐在王位上，大殿中央有一群舞女在歌舞。这段舞蹈是井方部落进献给朝廷的，舞女们随着井方公主出嫁来到殷都。在殷商时期，地方部族向中央朝廷朝贡时往往会进献自己部族的舞蹈，以表示对中央朝廷的敬重。现在，井方部族的舞女与井方公主一起来到了王宫。井方部族希望与朝廷联姻，将公主嫁给国王武丁。

　　子常走了进来，悄悄禀报："大王，我不想做耕刈大臣，不想鼓捣种田的事情。我想从军，跟随大将军去东夷平乱。"

　　舞女们依旧在舞蹈，没人理会子常与武丁的对话。

　　武丁瞪了子常一眼，训斥说："还有别的事吗？"

　　子常站直了身子，稍稍提高了嗓门："启禀国王，按年份推算，黄河河堤需要加固以防大水淹没农田，若是两岸同时筑堤，需要治河工人……"

　　武丁打断他说："让大将军安排吧。"

　　子常说："国王可能忘记了，大将军已经动身赶往东夷。再说，黄河一旦决口，影响的是农业生产，与大将军无关。"

　　武丁说："不是还没决口呢吗。等大将军回来再说吧。"

　　"这？"子常有些不满，却又找不到反驳的理由。

　　武丁不耐烦地挥挥手说："去吧去吧。"

　　子常慢慢退身走了。

　　武丁继续观看美女跳舞，没想到子常又回来了。武丁不耐烦地问："你怎么又回来了？"

　　子常禀报："启禀国王，井方联姻的公主到了大殿之外。"

　　武丁坐直了身子问："井方公主？长相如何？"

子常说:"长相极似王后。"

武丁想了想,挥挥手屏退了跳舞的舞女,然后说:"宣井方公主觐见。"

王宫大殿门口,子常向一个长相颇似王后妇好的美丽女子鞠躬作揖:"国王宣您进宫觐见。"

美丽女子对贴身丫鬟说:"小芳,你在大殿门外等着吧。"

美丽女子跟着子常进了大殿,脚步轻盈地缓缓走向了国王武丁。

美丽女子跪下说:"臣妾见过国王。"

武丁说:"抬起头来。"

美丽女子抬起头来,武丁想起妇好,内心一阵悸动,不动声色地说:"寡人知道,你们那里种田叫作井田,就赐你名姘,大臣们将尊称你为妇姘。"

妇姘立刻施礼:"妇姘谢过国王。"

大殿门外,妇姘的贴身丫鬟小芳一脸喜悦,探着脑袋悄悄往里张望。她知道,主人如果博取了国王的宠爱,那么,主人的身份一定能不断提升。她偷偷看到了,大殿中间那个位子上坐着的就是国王武丁。

妇姘被安排住进了王宫,只是武丁给了她另外的住处,没有住进妇好的寝殿。

部落首领泞旸手持刚刚收到的丝绢,坐在几案旁思索起来。

自从祭祀以来,女儿妇好发来的消息几乎连成一串,需要他这个做父亲的仔细梳理和分析。他一直在想老国王遇刺那天的前后细节,分析了所有有关人员的疑点——王太后为何提前六天离开部族返回殷都?老宰相来到部族村寨为何一直卧病在床?大将军甘盘为何竭力掩盖老国王遇刺?杀死老国王究竟对谁最有益处?抢走轩辕鼎究竟对谁最有益处?仅仅说老国王遇刺,前太子子明、武丁和其他几个王子都有嫌疑。可是,如果与轩辕鼎失踪结合在一起,武丁的嫌疑基本可以排除,否则,已经坐上王位的武丁早就公开把轩辕鼎摆放在殷都王宫大殿了。许多假设提出又推翻,首领泞旸逐渐排除了多人的疑点,最后剩下子明嫌疑最大。首领泞旸开始怀疑自己地宫失踪的轩辕鼎一定是前太子子明偷走的,子明一定是想偷走轩辕鼎,然后与武丁争夺王位。

为了寻找轩辕鼎的下落,首领泞旸带着大儿子耀盛悄悄去了东夷。在东夷,首领泞旸、耀盛四处打听,还扮作菜农潜入子明的府邸,却没有打探出任何消息,只确定子明不在东夷。首领泞旸判断,如果是子明偷了轩辕鼎,他一定会留在东夷守着轩辕鼎,不会轻易离开。

而现在妇好突然与武丁闹翻，离开殷都前往封邑居住，这内中又有何隐情？

不行，泞旸决定去趟封邑，面见妇好，把情况弄清楚。

"唤大公子前来！"首领泞旸吩咐随从。

一个威武英俊的年轻人走了进来，弯身施礼："父亲，唤我所为何事？"

"耀盛，妇好传信与武丁闹翻，现住在封邑。为父不放心，想过去探视。你与为父同去。戴上盔甲，叫上百名侍从，我们现在启程。"

"遵命。"儿子耀盛立即出去准备。片刻工夫，一切准备妥当，一行人骑马出发直奔妇好的封邑。

在山另一边平原的一座宏伟的高大城池，就是妇好的封邑。

从高空望下来，会发现这座城池错落有致，处处井然有序，透露出城主的精心布局和设计。

那夜妇好与武丁定计闹翻离开殷都，带领三千精兵赶到封邑，映入她眼帘的可是一座矮小的城池，街道拥挤不堪，只能将兵马驻扎在封邑城外。

第二天，天还没亮，妇好就吩咐兵丁埋锅造饭，自己带着一行亲信进城勘察地势和周边情况，边看边画。

回到城外大帐的时候，一个宏伟的蓝图跃然纸上。饭后，妇好升帐点兵，布置任务。除了炊事兵专注饮食，妇好把三千人分成多个组，每组两百八十人。每组有百夫长和五十夫长，各组分工不同：有负责城墙修缮的，有负责街道拓宽的，有负责房屋建造的，有负责河道清淤的，有负责树木花草种植的，有负责耕种农田的，有负责后勤保障的，有负责冶炼打造兵器的，有负责蓄养牲畜的。于是，封邑改造就有条不紊地按照妇好的规划蓝图开始了。

封邑中的百姓，开始很不配合，还有很多人试图阻止，结果都被妇好请进大帐。待他们离开大帐的时候，俨然都成了妇好城改运动的义务宣传员。

人多力量大，三千精兵出动，一座精心治理的大城拔地而起。

泞旸和耀盛见到的就是这样一座宏伟的大城。开始他们还以为走错路了，直到进城询问，方知此处即之前的封邑小城。

无须通报，士卒们都认得他们，于是有人带路，有人报信给妇好。

正在内城巡查的妇好闻听禀报，立即骑马过来，将父亲和兄长迎入内宅。

妇好的住所是原来封邑的寝宫，只是稍做改造，多了练剑和比武的校场，其他基本维持原样。

泞旸不住地点头，连连称好。

妇好征得父亲同意，派人将城中的长老和百夫长请来一同入席。

酒席宴间，众长老和百夫长纷纷向泞旸赞扬妇好。

众人终于退去，泞旸和耀盛、妇好三人进入内室，妇好屏退左右。泞旸看着妇好，问道："你因何离开殷都到此？"

"父亲，离开殷都，离开武丁，是我和武丁商量好的。我们这样做是想找到隐藏在背后的势力，找到杀害先王的凶手，分辨甘盘大将军的忠奸。"妇好边说边扶泞旸坐下。

泞旸沉默不语。

"父亲，若不如此，大王定会被人诟病弑父篡位，国之不国。"妇好继续解释着。

"为父知道你非鲁莽之人，你想辅佐武丁，此举甚好。只是，为父听闻，武丁已纳新妇。"

"父亲放宽心，女儿与武丁心意契合，这些都是掩人耳目之举。"妇好顿了顿，继续说道，"况且，女儿已经有孕，并已密告武丁。他还派人送来调养安胎之物。"

"你有了后裔？！"泞旸惊喜地站了起来。

"父亲这下放心了吧。"耀盛也高兴地站了起来。

"父亲，此事机密，莫要无关人知晓才是。世人只说武丁休了妇好，妇好一气之下离开殷都，住进封邑。"妇好郑重地说。

"隔岸观火，便于暗中行事，此计甚好。"泞旸点头。

返回部族村寨的时候，首领泞旸、耀盛绕路去了其他部落拜访，因他们与妇好商议，继续打探轩辕鼎的消息，一定要找回轩辕鼎。

首领泞旸、耀盛，还在一个部落会见了一群王族长老。他们知道在殷商，长老的地位仅次于大臣，在朝廷也有话语权。定期接见长老们，听取他们的意见建议，是国王、王后必做的功课。首领泞旸按照与妇好约定好的内容与长老们谈话，希望通过长老们做宣传铺垫。

与首领泞旸分开巡行的长老们之后径直来到妇好的封邑之城。封邑的变化令众长老瞠目结舌，惊讶万分。之前的封邑是在长老的监督下完工的，本来只是一个落脚之地，现在俨然成了殷都的附城。大家进城后的所见所闻改变了他们对妇好的印象，因此在宴席间气氛友好。宴席过后，众长老盘坐在各自的蒲团上，每人面前都摆放着一张几案，上边的果盘里盛放着一些时令水果。长老甲捋着白胡子说："我等数人前来您的封邑，是想说朝廷大事离不开王后啊。"

妇好微笑着说："天下之大，没有难离之人。即便我不在，大王一定能处理好各类政务。"

长老乙着急地说："王后不知啊，大王不理政务，整日沉湎歌舞……而且新娶一位妻子，赐了氏名叫姅。"

妇好说："我听说了，妇姅，一个漂亮女子。"

长老丁刚要说话，长老丙抢先说："可在朝中，国王即位将满十月，他对所有政事都沉默不语，不表态度。"

长老甲说："这不能怪国王，毕竟老宰相病了。"

长老乙反驳道："国王完全可以任命新宰相，再说，也可由众臣议政。"

长老丁责问："你们三个老东西瞎吵什么，忘记自己干什么来了？"

大家安静了下来。其实，大家都知道要来劝说妇好返回殷都压制大将军的专横，可是，谁都不便直接明说。

长老甲干咳一声，一字一顿地说："您是王后，封邑最大，士卒最多，熟读兵法。我等想求王后，以您的名望和地位，在朝廷出面弹劾大将军。他不能一人独揽朝政啊。"

妇好似乎没有听见，微笑着，抚摸着自己隆起的肚子说："我不想与大将军再有纠葛，眼下最重要的是找到轩辕鼎。我父亲、大哥刚从东夷回来，可以确定，轩辕鼎不在东夷。今日诸老前来，我也想请求你们一件事情。"

诸老相互观望，不解地问："只要王后答应返回殷都，什么都好商量。"

妇好说："给我的孩子起个名字吧。"

诸老纷纷说："好啊，好啊，不过，按照祖制……王子的名字该请大王封赐。"

妇好说："祖先留下遗训族规，诸老也可议政，你们不要低估自己的身份。"

长老甲说："既然如此，老朽就不客气了。如果出生的是男孩，就叫作孝，如何？"

长老乙问："如果是女孩呢？"

长老丙说："是个女孩，就叫作己。如何？"

妇好说："名字仅是代号，就依诸老所言，不论男孩女孩，就叫作孝己。"

长老甲再次建议说："王后还是返回殷都吧，朝廷诸多大事……"

妇好微笑着摆摆手打断了长老甲,说:"诸老能够前来,妇好十分高兴,早已经吩咐下去收集食材,一会儿就请诸老品尝妇好封邑的美食吧。"

"这个?"诸老张口结舌,不便再继续坚持。王后已经怀胎八月即将分娩,此时即便返回殷都,也只能卧床哺育婴儿,难以参议朝政大事。

第九章　武丁梦中得良相　妇好六甲迎武丁

夜晚，月光照进了静悄悄的寝宫，床榻上的武丁独自进入梦乡。

得知妇好有孕后，武丁曾经想要妇好回宫，但是被妇好拒绝了，她希望在自己的封邑里生产。尽管现在先王被刺案已经有了眉目，但是轩辕鼎并未归正，王位并不稳定，因此妇好希望继续在殷都外围观察各方动态，以便在危险的时候给武丁最大的帮助。尽管武丁不情愿，怎奈妇好以王权稳固为前提，也只好同意。

妇妌入宫后，武丁只是偶尔过去应付一下，大多数时间住在自己的寝宫。武丁尽管在朝堂上表现得慵懒，在无人的时候却抓紧一切时间学习，因为他在苦役营耽误了太多的时间。要成为一个能与妇好并驾齐驱的领袖，武丁必须好好用功。大商的历史和现状，内有部族纷争黎民生计，外有方国虎视眈眈屡发事端，国库资源储备，等等，这些都让身为国王的武丁意识到自己不能有一丝懈怠。尽管在甘盘辅佐他上位的时候百般不情愿，但是武丁现在已经逐渐适应了国王的身份。武丁私下努力强化自己其实还有一个不能说出口的原因，那就是他堂堂七尺男儿怎么也不能被妇好这样的女流之辈看扁了。

靠在寝宫的椅榻上，武丁手持甲骨进入了梦乡。渐渐地，耳边响起酷似老国王的声音，忽大忽小，忽远忽近……武丁梦中出现了一位似曾相识的老年男子，老年男子说："武丁，我是成汤！"

武丁赶紧跪下行礼。

"孤理解你为何整日沉默恭谨，寡言少语。"

武丁看着成汤不语。

"初登王位，万人之上，你没有任意而为，而是每日向诸位朝臣学习处理朝政，苦思冥想振兴殷商王朝的大计，证明我们没有选错你！武丁，你需要寻找治国的旷世奇才辅佐你，他会助你恢复殷商王朝的繁荣。"成汤说完，便化作一缕青烟进入轩辕鼎。

"先祖，如何寻找旷世奇才，望您告知。"武丁急急追向轩辕鼎。

轩辕鼎没有任何动静，任凭武丁摇撼着。

被武丁摇撼的轩辕鼎被一团浓雾包围，武丁甚至不能看清这鼎的轮廓。

好奇心使得武丁向四周观看，发现他和轩辕鼎竟然是在大殿上。

轩辕鼎周围的浓雾散去了，从鼎中飘落下一方丝绢。武丁拾起丝绢，看到上面有一个画像，有成汤的声音传出来："这是你的宰相，协助你治理国家，去找他来吧！"

武丁手中石块掉到地上，他从梦中惊醒。

武丁拾起石块，发现旁边多了一幅丝绢画像，竟然是与梦中一样的画像。

"谢谢先祖对武丁的指导！"武丁跪下磕头。

武丁拿起画像，仔细观看，发现画像中人似曾相识，可是却一时想不起在哪里见过。

武丁在朝堂上对贵族大臣们拍脑袋闭门造车的建议决策确实丝毫不感兴趣，所以他才会废寝忘食提升自己。但现在先祖成汤托梦提醒他需要一位解民情、懂国事的人协助他治理国家、领导民众。可是，到哪里去寻找这样的人呢？

尽管先祖成汤没有告知他是何人，但是却给了他画像。武丁相信自己一定能找到这样的人。

第二天天不亮，武丁就起来，吩咐将宫中画师都找来。

武丁吩咐宫人给每位画师准备几案，将浆洗过的丝绢裁成小臂长宽的尺寸分发给各位画师。武丁将梦中得到的画像架放在中间，对着五位画师说道："诸位皆为殷商顶尖画师，现在烦请诸位将此画像临摹于丝绢上，越逼真越好。"众画师凑近前来，发现画像上是一位男子，此人飞眉、笑眼、直鼻、眈口、大耳垂轮，观之令人喜悦。如此清晰的五官特征，众画师自然画起来得心应手，不到三炷香的时间，每位画师已经将手边的丝绢画完。武丁拿着画师画好的画像与原画像比对，基本丝毫不差，于是赏赐画师金银玉帛若干，然后命人将他们送回各自的住处。

早朝时分，武丁吩咐宫人将画像装进麻布袋里，放在大殿的几案上。武丁今天破例神采奕奕地迈进了王宫大殿。

众臣早已习惯武丁每天打着哈欠早朝的做派，暗暗在心里叹气。今天发现武丁的精气神都很好，群臣都腹诽不知道又要出什么幺蛾子了。

武丁发现在大殿里今天多了一位白发苍苍的老臣。

武丁慢慢坐在王位上，慢条斯理地说："今天寡人发现，久未上朝的老宰相来了。老相国可是康复了？"

老宰相连忙出列，跪倒在地："多谢大王关照！老臣年迈体弱，久病初愈。"

武丁说："老相国是三朝老臣，既然身体年迈，孤就准你辞去公职在家赋闲吧。对了，寡人刚刚吩咐人把已经酿好的一些上等粗醪，下朝之后给老宰相抬去两坛。"

老宰相说："多谢大王厚爱，只是这些杜康美酒还是留着犒赏有功之臣吧，老臣不胜酒力。"

武丁继续讽刺说："老相国赋闲在家，每日可对酒邀明月，不必推辞。"

老宰相咳嗽几声，说："大王，老臣有事启奏。听说大王想换掉王后，这万万使不得啊！"

武丁沉默片刻，盯着老宰相说："足不出户耳听八方，老相国果然名不虚传啊。寡人且问你，国家大事你不来议政，怎么单单寡人家事你如此关心？老相国有所不知，相国久病未朝，甘盘大将军已经替你代理事务。相国安心颐养天年吧，寡人后宫之事，不劳相国挂心了。"

老宰相解释："禀大王，臣不敢与大将军一争高下。臣只想说王后乃一国之母，母仪天下，不能像侍女奴婢说换就换。何况，老臣听闻，妇好皇后已经身怀有孕，不宜在封邑生养。"

老宰相并未说出自己内心的真正想法，也没有说出自己长期闭门不出的真实原因。现在，大将军甘盘离开了殷都，老宰相觉得自己必须出面才能阻止武丁废掉王后妇好。

武丁坐在王位上，看着几案："该管的不管，不该管的倒是很上心。老相国不觉得自己管得太宽了吗？来人，送老相国回家休养！"

两名侍卫上前搀扶老宰相。老宰相用力甩开他们，气愤地说："先祖成汤留下遗训，废立王后必须经众臣廷议。经诸老商议许可，还要焚香占卜经天神许可。此乃一国大事，臣宁死也绝不让国王意气为之。"

掌管粮食储藏的地啬大臣赶紧说："启禀大王，老宰相所言符合祖训族规，大王应予考虑。"

武丁摆摆手，侍卫松开了老宰相，退后站立。

武丁换个话题对众臣说："昨夜，先祖成汤托梦给寡人，说寡人整日为国事忧愁，茶饭不思，需要寻访一位旷世奇才任宰相之职。寡人在梦中得到此人画像，已经命画师临摹近两百张，分发给大家。众臣可协助寻找，方法不限，只要找到此人，皆有重赏！"

众臣内心一惊，武丁所说的成汤，大家焉能不知。

成汤乃大商开国之王，威名远扬。在商族部落乃至殷商王朝的发展史上，最享誉天下的人物就是成汤。成汤，姓子名履，他在商族部落首领之中别名最多——汤、成汤、商汤、武汤、天一、天一汤、唐、成、大一、武汤、成唐。倒着往上算，成汤是商族鼻祖子契的十四世孙，子契是帝喾之子，帝喾是黄帝的曾孙。作为商族首领，成汤本人并不完全拥有推翻夏朝、建立商朝的勇气和谋略。很多人至今不能相信，促成成汤霸业的那个高人并非知识渊博的史学家，也非能征善战的将军，而是一个无名无姓的卑微奴隶——伊尹。成汤是中国历史上第一位大胆提拔奴隶作为重臣、不拘一格使用人才的君王。成汤曾经被夏王姒桀扣留羁押，关在监狱里待了好几年。怎奈，夏王姒桀斗不过成汤，最终还是释放了成汤。这其中，起到关键作用的就是当时的宰相伊尹。

听到武丁问话，众大臣你看看我、我看看你，谁也不知道该如何答话。大家心里说：我们是朝廷官员，怎么在你眼里就成了找人的了？"

老宰相看看周边的群臣："敢问大王，成汤先王所提旷世之才，大王以为当如何寻找测试呢？"

武丁看着老宰相："老相国可有良策？"

老宰相又问："朝臣中不乏治国英才，既然朝臣们皆非成汤王所说旷世之才，大王可号令天下，举荐人才。"

武丁说："老相国所言极是。寡人德不如先祖，理政不如先王，所以不敢轻易理政，不料精诚感动上天，梦赉良弼。昐咐下去，可自荐亦可举荐，由老相国作为监考官，为寡人寻找能治国理政的人才！"

老宰相没有想到武丁会这样安排，再次跪倒："臣一定不负大王所托，为大王找到治国的旷世之才！"

"既然老相国提出不可废后，寡人今天去封邑看看妇好，众臣可愿随行？"武丁抬眼看着众臣。

"大王英明，臣等皆愿跟随大王！"众臣激动地跪倒。

"老相国身体不好，就留朝理政吧。列位稍做准备，午后启程。"众臣欣喜，他们发现武丁变了，变得有人情味儿了。自登基以来，武丁很少说话，谁也不知道武丁的心里盘算的是什么。

武丁命令说："即刻用显眼的颜料写出告示，与画像一起张贴各处。只要有才，举荐和自荐，不论贵贱，皆可委以重任。立即昭告全国，为寡人寻找梦中良臣。"

从这天开始，数百名士卒在全国各地张贴告示寻找武丁的梦中良臣，他们走遍了部族、集市、工地。曾经在工地鞭打武丁的小胡子士卒也在营外的墙上看到告示，内心似有所触动。他和三名士卒来到了傅岩的筑城工地……

武丁和众臣的车马在午后离开了殷都，浩浩荡荡前往封邑。百姓们很久没有看到国王的车驾了。如此大规模的队伍，吸引了沿街的百姓，尤其是听闻武丁国王是去封邑探望妇好王后。

"看来我们的大王不是喜新厌旧之人啊。"一位大婶在说话。

"谁说不是呢？把妇好赶出王宫，现在得知妇好有孕，就去探望，这才是男人所为。"一个抱着孩子的年轻女子搭话。

"妇人之仁，大王是觉得妇好能征惯战才重新和好的。"她的丈夫立即回应。

"男人都是因为女人可利用，才会对她好吗？"抱着孩子的年轻女子有些不高兴。

"如果不是需要你给我生儿子，你以为我能对你那么好？"女子的丈夫接过孩子抱着。

"那倒是。"年轻女子高兴了。

"国王的心思谁能猜得透呢？"一位年长的老者接过话头。

"只要国王关爱妇孺，我们的国家就有希望。"一位教师模样的先生应声而答。

伴随着车马的行进，两旁百姓的议论声此起彼伏。尽管大家都是小声议论，但是队列中的武丁和众臣也都听到了，众臣内心对武丁出行封邑又多了一些认同。

武丁派出的使者提前赶到封邑，将武丁的丝绢密信给了妇好。妇好明白武丁是借着老宰相的提议，将自己的尴尬身份化解，所以内心也非常高兴，立即安排接待事宜。

所以，武丁和众臣的车马在离封邑二十里处就遇到了妇好的迎接队伍。

到了封邑城外五里，武丁和众臣就看到了封邑的城墙外郭。

"封邑竟然如此高大！"一位大臣惊呼。

"这是妇好王后重新建的，规模不亚于殷都了，里面的街道规整甚至超过了殷都呢。"一位拜访过封邑的长老夸耀着。

"妇好王后大才呀！"众臣感叹。

武丁也是第一次踏足这里，对于妇好新建的封邑也是非常感叹。他知道封邑的建设规制，也知道封邑的规模，所以几次三番要求妇好回殷都养胎都被拒绝还心里不太舒服，但现在看到妇好手下的封邑如此规模，内心对妇好有了更多的认可。

随着车队的行进，封邑展现在众人面前。

青砖蓝瓦，高约数丈，角楼分布，护城河绕城而建，吊桥在拱形的城门口放下。

在大开的城门空地上，穿戴整齐的数千士卒列队迎接，妇好和城中长老们在城门口等候。

"大王！"见武丁走下马车，妇好及众人跪倒。

"王后快起来！"武丁连忙扶起肚子凸出的妇好。

"请大王入城小憩，众臣驿所也已安排好，大王放心。"妇好喜盈盈地看着武丁。

"王后如此能干，是我殷商之福啊！"武丁由衷地夸奖。

"此处不是讲话之地，大王请上车进城！"妇好微笑着。

"王后与寡人同乘。"武丁携妇好上了自己的马车，众臣也上马的上马、上车的上车。

"孩子都会动了，你摸摸。"妇好挨着武丁坐着，头靠在武丁的肩膀上。她何尝不思念武丁，尤其是在孕期。

武丁的大手放在妇好的肚子上，胎儿感觉到父亲的触碰也动起来了，似乎是想伸出小手与父亲击掌。

"大王，长老们给孩子起了名字，无论男女，都称孝己，你可愿意？"妇好温柔地问道。

"孝己？很好的名字。你同意我就同意。"武丁握着妇好的手。

接风的宴席过后，武丁、妇好以及群臣长老们都到正殿议事。

"寡人此番前来封邑，本想迎王后回殷都。怎奈王后身体不便，也希望在封邑待产，因此寡人应允王后暂留封邑。"武丁开口就直奔主题。

"大王，这恐怕不合祖制吧。"礼部大臣开口道。

"祖制重要，子嗣更重要。"另一位大臣持不同意见。

"此事不必再议。"武丁摆摆手，扫了一眼众臣，"封邑之行，不知诸位对王后有何评论？"

"大王，此番前来，臣认为王后乃大王所寻之旷世奇才。"右宰相言道。

"王后确有安邦定国之才！"众臣附议。

武丁内心高兴，面上却不动声色，缓缓开口："王后确实有才，怎奈是女流之辈。寡人需要朝堂理政之人。"

众臣没有出声，因为武丁所言属实，女人再有能力也是女人，怎能与男人同朝理政呢？

于是，议事的主题就转向了其他。

武丁和众臣在封邑逗留了三天便离开了，留下了随行的医馆人员服侍王后待产。

第十章　版筑之间出宰相　奇才傅说辅明君

这天上午，在郊外的太庙里，武丁带着众臣祭祀先祖。

焚香之后，武丁向着开国先祖成汤王的牌位说："感谢先祖托梦，如果得到旷世之才，寡人必将重用。"

年轻的耕刈大臣子常慌里慌张跑了进来，气喘吁吁地说："报！大王梦中良相找到了。"

众臣议论纷纷，谁也想不到国王武丁的一个怪梦竟然真的可以实现。

老宰相连忙问："在哪里找到的？"

子常说："在傅岩，一名奴役被推荐上来。那里是交通要道，却常常因山涧的流水冲坏道路，他和赭衣者就在那里版筑护路。当时，这个奴役正在修筑城墙。他发明了版筑术，极大提高了水利工程的建筑速度，因此被逐层推荐上来。"

众臣议论纷纷："奴役？奴役能成为良臣？"

老宰相连忙建议："启禀国王，奴役怎有治国之才？一定是搞错了。"

众臣众说纷纭，大多附和老宰相："是啊，一看便知乃市井之辈，不可重用。"

武丁没有理会众臣，而是问子常："此人现在何处？"

大臣子常禀报："已经带到殷都，在太庙外等候。"

武丁起身坐在正位上，挥了挥手。侍者会意，高呼："宣！"

大臣子常朝远处喊道："宣奴隶傅说觐见！"

素衣打扮的一个人走进太庙大院，跪在武丁前面说："小人拜见大王。"

武丁命令道："抬起头来。"

奴役依旧低头说："小人不敢。"

武丁说："寡人叫你抬头，你有何不敢？"

奴役慢慢抬起头来，突然瞪大了眼睛，后仰在地上说："你……你是……武丁？"

听到奴役呼喊国王的名字，司工大臣训斥道："大胆奴役，竟对大王直呼其名。大王，如此粗俗之人，万万不可重用。"

老宰相心中一惊，问武丁："难道，你们认识？"

武丁并没有回答老宰相的问话，而是走下座位，说："竟然是你！先祖成汤托梦推荐旷世之才做宰相。如果你有治国之能，孤可委以重任。"

众大臣纷纷说："是啊，你说说看有何本领？"

奴役不知道该如何回答才好："这个……"

众大臣发出嘲笑的声音。

武丁说："你先说自己的名字。"

"傅说。大王怎么忘记了，奴役无名，傅说二字还是大王所赐……"傅说回答。

武丁打断他说："傅者，相也；说者，悦也。天下当有傅我而悦民者哉！是个好兆头。起来吧。"

众臣发出微笑，其中多有讥讽的意味，谁都瞧不上这个地位卑微的奴役。

老宰相说："非也，大商有祖训，任贤不可以名取人。"

老宰相话音未落，忽然，一只野鸡扇着翅膀从树林里飞了出来，落在不远处一只大鼎之上，鸣叫不已。

武丁问："此时有野鸡飞来，这是何意？"

老宰相大惊失色："国王，此乃不祥之兆，乃妖孽作怪，这个奴役就是妖孽。"

周围的大臣纷纷恶狠狠地盯着其貌不扬的傅说，眼神中满是嫌弃。

傅说看看周围的大臣，说："茂盛森林乃飞鸟常栖之地，郊外太庙平时人迹罕至，野鸡把这里当成了自己的家，它飞来鸣叫本是自然之事，何来不祥之兆？大王修政行德，励精图治，定可免除国中不祥，不必为此事忧惧。"

众臣相互张望，似乎意识到了傅说的确有点水平。

傅说盯着几案上的祭品，批评道："先祖成汤承顺天道，海内建立邦国，国中设立都邑，立君主封诸侯，并非让诸位安逸快乐，而是服务百姓。你们一次肜祭就杀掉众多牲畜，奢侈浪费，国运岂能长久？"

众臣再次议论纷纷。老宰相大声说："在大商，祭祀仅次于战争，何等重要。你身为奴役竟敢反对祭祀上天，这是死罪。侍卫，把他拿下！"

两名侍卫上前按住了傅说，众臣也纷纷指责傅说不懂大商祖制。

武丁命令道："慢！傅说，你如何解释祭祀？"

现场安静下来，傅说争辩道："祭上是为安下，高居天位须表率群臣，勤俭节约，群臣奉公，百姓乐业。这才是祭祀目的。"

武丁反问："说了半天，你是在批评寡人铺张浪费？"

傅说解释："向来只有上天最聪明，要想治理民众也只有高居天位的圣人，用这个法则上可以表率群臣，群臣自然奉公守法，下可以安抚百姓，百姓追求安居乐业。谨慎二字，是国王必须做到的，不能轻易发号施令，不能随便动用军队，不能轻易赏赐不称职的人。国王只要戒掉了以上几个不谨慎的地方，自然能够政治清明。国家治与不治，关系重在百官。任用官吏，必须要看才能，必须品德端正。不能自满，满招损，反而会让人丧失已有的功劳；也不要有过错而文过饰非。如果事事谨慎，所行合乎天理，政事必定纲举目张。"

武丁听了称赞道："有道理。"

武丁挥挥手，让两名侍卫退下。

武丁说："傅说，寡人儿时常受学于老师甘盘，讲究做人修身道理，然而先王要我熟悉民情，任我至荒野，直到现在品德、学业都不能有所进步。现在，寡人就依仗你训导。你要帮助寡人树立远大志向，不要因为寡人学浅识薄就把寡人抛弃了。寡人一定能实行你所教导的话。"

傅说听了，拜倒叩头说："国王，一个人要想增长见识、建立事业，须得学习古人的教导才会有收获。而且，要虚心勤奋，务必要时时刻刻努力，品德的完善自然会实现。国王若能这样，我也能敬奉国王的美意，协助国王做一个明君。"

武丁听了叹道："傅说啊，有了股肱，人能够运动；有了良臣，君王才能称王。你就是大商的第二个伊尹了。"

傅说拜倒叩头道："国王所言都是傅说的本分，傅说不敢不竭力报答。臣傅说感谢国王信任。臣一定为国尽忠，殚精竭虑，死而后已。"

武丁对众臣说："你们瞧瞧，得而与之语，果然是大商第二个伊尹。寡人任命傅说为新宰相，明日立刻上朝议政。"

傅说再次施礼说："我是因为相信国王行事合乎天理，合乎先王成汤的盛德，所以，此时傅说若不肯尽言，就是傅说辜负明君了。我要说，凡事通理不难，实施最难，国王信我不难，放手最难。国王若是放手，我便尽快安排。只要找到杀害先王的凶手，就找到了轩辕鼎。"

听说先王被害，牧正大臣吓出了一身冷汗，指责道："傅说不得胡说，先王寿终驾崩，何来杀害？"

武丁对众位大臣说："远方的奴役都知道了先王被害，看来，朝廷之中也必定有人早就知道先王遇害。老宰相，你说呢？"

　　武丁的眼睛几乎在冒火，老宰相早就察觉到了。老宰相咳嗽两声，叹口气说："既然国王已知真相，怕早就恨透了臣。"

　　武丁厉声说："既已自知，寡人便赐你死！"

　　武丁抽出佩剑扔给了老宰相，佩剑落在地上"当啷"一声滑到了老宰相身边。

　　望着地上明晃晃的青铜佩剑，不知内情的司工大臣连忙说："不可，国王不可因为信任新宰相就赐死老宰相。"

　　司鱼大臣也说："是啊，老宰相何罪之有？"

　　没想到，老宰相自己捡起了佩剑："老臣……老臣愿以死谢罪天下。可是，杀害先王的是大将军甘盘，不是老臣。"

　　话题突然变得严肃起来。众臣议论纷纷，不知道老宰相究竟在说什么。

　　武丁没有当众说明，长期以来他假装当朝不语，一切任由大将军打理，其实在王后妇好告诉他先王遇刺而亡之后，他早就派人暗中调查了先王去世那天的各种情况，得知当时不仅先王遇害，而且轩辕鼎也丢失了，最有嫌疑的就是大将军甘盘。然而，老丞相长期托病不朝，一定有着什么难言的隐情。今日，武丁就要逼迫老宰相揭开内幕，让所有大臣都知道朝中有人参与了谋害先王一事。这样一来，既可以公开追寻凶手，也可以追寻轩辕鼎的下落。

　　武丁命令道："讲！"

　　老宰相慢慢说："先王身体不佳，疾病缠身，大将军甘盘早就动念找您回来继承王位。老臣陪同先王去部落巡视，甘盘故意放松警戒，让刺客杀死了先王。"

　　武丁追问："首领泞旸知道内情吗？"

　　老宰相说："他不知，只有老臣一人知晓。"

　　武丁呵斥："大逆不道！你为何知情不报？寡人再问你，轩辕鼎到底是丢了，还是先王藏匿了？"

　　老宰相说："轩辕鼎的确是在首领泞旸的部族丢失了，是甘盘在对国王撒谎。甘盘手握兵权一手遮天，老臣只好称病不朝。老臣今日甘愿受死。"

　　老宰相举起了佩剑。

　　"慢！"武丁说，"来人，将老宰相押入大狱。等大将军归来，寡人要当面看着老宰相与大将军对质。"

　　"诺！"两名侍卫架起老宰相向外走。老宰相扔了佩剑，边走边说："国王，老臣对大商一片忠心，老臣什么都没有参与，老臣只是无意看见了先王被杀……"

武丁走上前来捡起佩剑，对众臣说："你们谁见过五马分尸？"

众臣没人敢回答，谁都不知道武丁是在说要拿老宰相还是在众人之中挑选一位出来解解气。

武丁咬着牙说："杀父之仇必报。寡人要静静等待大将军归来。他参与谋害先王，却让寡人背黑锅。轩辕鼎明明丢了，大将军却欺骗寡人是先王藏匿了轩辕鼎。他骗了寡人将近一年。寡人是名正言顺的合法继位国王，但如今没有轩辕鼎，寡人如何执政？"

傅说不知武丁所言何事，没有插话。

武丁缓和了口气，对傅说说："寡人命你为宰相，你已有氏名，寡人还要再赐，尊称傅说。"

傅说刚要施礼，耕刈大臣子常又进来报告说："报国王，王后生了。"

武丁问："男孩还是女孩？"

子常说："男孩，名叫孝己。"

武丁激动地站起身，他想大喊："我有儿子了，是我和妇好生的儿子！"怎奈在朝堂上，他不能这样做。

按照常理，新生王子的名字应该由国王亲自赐名，大臣们担心地看着站起来的武丁，却发现武丁是真的高兴。武丁解释说："寡人上次去封邑，给孩子选了这个名字。尽管是长老们选的，但寡人和妇好都很喜欢这个名字，决定无论男孩女孩，都用这个名字。吩咐下去，寡人明日去封邑！"

傅说走上前深施一礼："大王喜得贵子，应当昭告天下，举国同庆，请大王正式赐孝己为王子。王族诸长老在游走四方宣传国政之时，得知消息定会有助邦国安稳。"

"傅说言之有理，此事就交给你去办吧。"

第十一章　子明贪心引外寇　甘盘将军遭残杀

半个月来，除了吃饭睡觉，大将军甘盘带领两名随从始终在骑马疾驰，他的心中惦记着一个事情，那就是轩辕鼎的下落。武丁和妇好的儿子孝己出生了，武丁昭告天下举国同庆，这对大将军甘盘可不是一个好消息。甘盘感觉到妇好对自己很不信任甚至有些敌视，原以为妇好离开殷都寄居封邑不会再对自己造成威胁，但是现在看局势已经转变。武丁对妇好的孩子如此上心，岂不是昭告天下妇好这个王后位子很稳？自己想得到武丁的信任，唯有找到轩辕鼎并亲自奉上方可。

在从殷都出发之前，甘盘早就派出了几路人马前往东夷，他知道惦记轩辕鼎的人中，有前太子子明。他得到反馈情报，子明刚刚带着一队马车返回了东夷府邸，也将轩辕鼎带了回来。不过两天之后，子明又外出了，从车队装束看，似乎是要出远门。大将军甘盘如此着急赶路，就是想趁着子明不在东夷，武力抢夺轩辕鼎。

这天，大将军甘盘终于到达一处庄园外边，他拉住了缰绳："吁！"

这个庄园是子明的一处秘密住处，平时他搜刮来的珍奇珠宝都存放在这里。大将军甘盘早就安排了一群蒙面杀手埋伏在庄园墙外。看到大将军甘盘来了，其中一名蒙面人走上前来迎接大将军甘盘。

大将军甘盘跳下战马，问："可有消息？"

蒙面人小声报告："子明不在东夷。内线传出的消息，轩辕鼎就在此处，藏在夹墙里，十分隐蔽。"

大将军甘盘的随从分析说："按道理，子明应该把轩辕鼎存放在自己府中，那里侍卫更多，也更加安全。"

大将军甘盘说："看来，他故意不按常理为之。这里多少人看守？"

蒙面人回答："十余人。"

大将军甘盘下令："千军万马也不怕，趁着他还没有回到东夷，冲进去，速速抢夺，反抗者格杀勿论。"

"诺！"一群蒙面人开始翻墙，随即，院子传出了厮杀声。很快，庄园大门打开了，大将军甘盘拔出佩剑走进了庄园。大将军甘盘接连劈杀了数人，很快，所有看守都被杀死了，没有一个活口。

大将军甘盘走进了房间，数名蒙面人根据情报所述的位置合力挪开了一个沉重的木柜，金光闪闪的轩辕鼎在夹墙里露出来。

大将军甘盘脸上绽放了笑容，命令道："迅速换个地方掩埋，等待本大将军的通知，然后择机运回殷都。国王武丁不可没有轩辕鼎。"

在荒郊野岭的一片秘密林地掩埋了轩辕鼎后，大将军甘盘让一群蒙面人留下守护。第二天傍晚，大将军甘盘带着两名随从来到了前太子子明的府邸拜访。

夕阳下，子明的府邸显得更加神秘。一处客房里，几案上早已准备了各种水果和酒肉。仆人通报之后，甘盘走进了客房，前太子子明立刻躬身施礼，满脸微笑："得知大将军前来，子明特意安排为大将军接风洗尘。"

大将军甘盘在几案前坐下说："阁下怕是今日早晨刚刚回东夷吧？"

子明尚未说话，仆人急匆匆走了进来，向子明小声禀报着。子明听完，摆摆手，仆人走了。

子明在几案对面坐下，脸上没有了笑容。他一边用青铜爵斟酒一边试探着问："大将军必定不是今日刚到东夷的。昨夜，定是大将军杀死守卫，偷走了我的轩辕鼎。"

大将军甘盘并不在意子明手中的青铜酒爵，而是一语双关反问道："你的？何以见得？"

子明说："可以理解。当时当着先王的面，大将军亲手埋藏了轩辕鼎。后来轩辕鼎丢了，现在你无法向武丁交代。"

大将军甘盘说："子明，你可知本大将军来此何意？"

子明说："子明不知，请大将军明示。"

大将军甘盘说："你刺杀先王那夜，王太后声称提前六日离开返回了殷都。我猜测，王太后必定埋伏在地宫周边，待我们存放了轩辕鼎之后秘密偷走了轩辕鼎。我沿途闻讯王太后已到东夷，今日我要面见王太后。"

子明将斟满酒的青铜爵顺着几案推了过去，然后又为自己的青铜爵斟酒，说："一手遮天的大将军果然消息灵通。今日天色已晚，王太后已歇息，明日再与大将军见面吧。"

大将军甘盘说："如若子明真的认为时间太晚，甘盘也要返回驿站歇息了。"

子明只得无奈地吩咐手下："好吧。来人，去请王太后前来。"

仆人答应一声关上房门走了。

大将军甘盘探出身子伸手抓起子明的酒爵，与自己的酒爵交换了位置。

子明苦笑着说："大将军果然精明，处处防备子明，连酒爵也猜测有毒。"

大将军甘盘埋怨说："先不说酒，说说你的为人，你竟敢擅自杀死了东夷大首领，且你交际的那些倭人闹得沸沸扬扬，朝廷大臣多有微词。"

子明说："我敢杀死父王，为何不敢杀东夷大首领？"

大将军甘盘说："你杀死了东夷大首领，东夷只会更加混乱。你怎么能如此意气用事，不计后果？"

子明端起酒爵一饮而尽："当初，大将军曾言要子明与武丁沿泰山为界划疆分治，我等不及了。"

甘盘也一饮而尽，放下酒爵："等不及也要等。除了等待，你没有别的选择。"

子明问："难道，大将军反悔了？你曾经有过承诺。"

大将军甘盘问："何出此言？"

子明放下酒爵："那夜，若非大将军故意露出破绽，我和倭人武士岂能杀死父王？大将军答应让我挖走轩辕鼎，可我尚未得手，大将军却立刻翻脸，带领士卒赶到现场扬言通缉凶手，害得我只得逃回了东夷。后来，我费尽周折得到了轩辕鼎。昨夜轩辕鼎再次失踪，定是大将军故意所为。"

大将军甘盘说："原本我已经答应了你偷走轩辕鼎，然后与武丁分疆而治，没料到那夜首领汀旸在埋藏轩辕鼎的林地发现了你，我只能出面干预，否则我自己也无法解释老国王遇刺一事。况且直到今日，我并未对外宣布真相，更未告知武丁，否则，你不可能活到今日。"

子明一边斟酒一边说："我后来明白了，大将军所谓分治，一或借刀杀人，二或脚踏两船。无论如何，子明都难以得到天下。"

甘盘又端起酒爵："天下无尽之大，你要自我约束，否则会被野心所害。"

子明端起酒爵一饮而尽，甘盘也一饮而尽。

子明说："倭人指点我，要么抢得全部天下，要么俯首为臣，我别无选择。"

甘盘放下酒爵："这么说，是你自己反悔了。"

子明大声说："我是长子，应是我来继位，大将军却另选武丁，昨夜又趁我不在东夷抢走了轩辕鼎，如此是否不太厚道？"

大将军甘盘板着脸说："放肆！即便先王健在，他也不会将王位传予你。今日，我已再次为你指明道路，早晚助你划疆而治，你却血口喷人，毫无自知。"

子明用力放下酒爵，嘟囔说："什么划疆而治？现在你的学生武丁身在殷都，如果我与他交战，他可以向北、西、南三面退却，我背后只有大海，况且东夷各部并不服我，是你在把我搁到热炉上炙烤。"

大将军甘盘站起身来，气愤地说："你久在东夷，知道东夷就是昔日的九夷，包括畎夷、于夷、方夷、黄夷、白夷、赤夷、玄夷、风夷、阳夷、莱夷等部落。九是大数，代表众多。所以，东夷大首领服你，整个东夷都会服你。你自己擅自杀死了大首领，就必须你自己费心费力统御各个部族，这是你咎由自取。没有我说的划疆而治，你会失去一切，甚至永远是一名士卒。没有国王诏令，你会老死在军营。"

子明也站起身来吼道："我毫无退路了，今日，你必须发誓交出轩辕鼎，杀死武丁，我来继位，统御全部疆土。天下只能有一个国王，只能有一个！"

大将军甘盘冷笑道："不可能，我绝不会杀死武丁，也不会再将轩辕鼎交给你……"

突然，客房房门打开了，双手戴着镣铐的王太后走了进来，气愤地说："我和众王子一直怀疑是武丁篡位，原来，是你们两人在合谋。子明，你怎能下手杀死自己的父亲？你是否还要杀我，杀死你的母亲？"

"母亲……"王太后的突然出现使得子明一时间不知所措。然而，看到事情败露，子明再无躲藏的必要，便板着面孔直接说："什么母亲？不过是养母而已。你们瞒了我一辈子，以为我不知晓。"

王太后说："虽非亲生，却是我养大了你，我又力荐你担任太子，我做得还不够吗？你却凶恶至极杀死养父，抢走轩辕鼎，现在又要密谋杀死自己的兄弟武丁。你还有良心吗？"

大将军甘盘训斥道："子明，养育之恩大于天，当年没有王太后收留你，襁褓之中的你早就冻饿而死，活着也只不过是一个流浪儿。你为何让王太后戴着镣铐？你怕王太后逃走？你怎能如此对待王太后？她是一国之母。"

子明不屑地说："她是我的筹码，有她在，武丁不敢拿我如何。她若逃到武丁身边告发你，大将军你也会死得很惨。"

王太后向前走了一步说："一个前太子，一个大将军，一丘之貉，篡权，夺权。你们目无王法，违背人伦！"

大将军甘盘解释说："王太后明鉴，臣当时确无杀意，臣绝不敢对老国王下手。"

大将军甘盘忽然感到腹部不适，伸手捂住了肚子。忽然，他意识到了一定是子明在他的酒爵里下了毒。

子明冷笑一声："我早料到大将军会如此精明。那个酒爵涂有毒药，倭人的毒药，想要解药吗？表态吧，交出轩辕鼎，还是我来杀死你。"

大将军甘盘拔出佩剑，冷笑一声："你杀死我？我征战一生杀敌无数，即便我只剩下一只手，也能轻松杀了你。"

子明对仆人命令道："带走王太后，关上房门！"

王太后气愤地喊道："子明，你弑父篡权，盗取轩辕鼎，会遭天下人唾弃。哀家不会放过你，你弟弟武丁也不会放过你……"

两名仆人连忙带走了王太后。房门关上了，客房里又剩下大将军甘盘、子明。

子明摔碎陶碗发出了信号，房间外边，大将军甘盘的两名随从听到房间里的争吵，正从门缝向里张望。十几名倭人武士从背后打晕了两名随从，将两名随从捆绑起来。

此时，毒药持续发挥作用，大将军甘盘感到腹内极度不适，仿佛翻江倒海一般，连忙扶着墙壁站稳了。

子明厉声问道："最后问你一遍，你是死，还是交出轩辕鼎？"

大将军甘盘咬牙说："看来今日必须死人，那就是你。"

大将军甘盘不再犹豫，挥剑刺向子明，然而，由于自身站立不稳，剑锋刺偏了。大将军甘盘自己撞在了对面的墙上，尽管没有倒下，却已是气喘吁吁，嘴角流出了黑血。

子明急忙跳开，说："我不和你纠缠，我还要留着力气去杀武丁。"

大将军甘盘满头大汗，站立不稳，身体靠在了墙上。

子明大喊一声："来人！"

十几名倭人武士挥刀撞门进入房间。子明指着倭人武士，得意地介绍说："他们是协助我夺权的倭人武士，就是他们杀死了先王，也是他们杀死了东夷大首领。今日，死在他们刀下的是你，大将军。"

子明挥挥手，十几名倭人武士杀向大将军甘盘。房间太小，大将军甘盘虽然拼尽全力挥剑砍杀，却辗转不开，四处受限，渐渐失去主动。

子明冷笑一声，转身离去。大将军甘盘铆足力气将佩剑掷向子明，子明猝不及防，左耳被剑锋划伤。

"杀了他！"子明回过神来，捂住左耳伤口，穷凶极恶地喊道。十几名倭人武士合力杀死了大将军甘盘。

子明怒气未消，走到门外拔出腰间的匕首，一下子捅进一名甘盘随从的腹部，恶狠狠地说："甘盘已经死了，快说，你们把轩辕鼎藏在什么地方了？"

随从紧咬牙关没有回答。子明拔出匕首，又一下子捅进另一名甘盘随从的腹部，再次恶狠狠地说："你也想死吗？"

"不……我不想死……"随从终于低下了头。

夜晚，由于有随从带路，子明很快找到了埋藏轩辕鼎的地方，但是，这里还有一群蒙面人在守卫轩辕鼎。被捆绑的甘盘随从猛地脱离控制向着蒙面人群跑了过去，边跑边喊："大将军死了，他们来抢轩辕鼎，只有不足十人。快杀了他们。"

用白布包住左耳伤口的子明骑在马上，左手举着火把。子明的身边的确只带着六七个倭人武士。可是，子明将火把交到右手，在空中画了三个圆圈，很快，数十名倭人武士出现在周边。子明大声喊道："杀了他们。"

数十名倭人武士开始与一群蒙面人开始厮杀，终于，蒙面人寡不敌众，一个个倒下了。

子明下令："挖，我的轩辕鼎一定在这里。"

一群倭奴武士开始挖土。不久，一名倭奴武士举着火把兴奋地喊道："找到了，轩辕大鼎。"

子明得意地说："立刻拉回府邸。"

一群倭人武士将轩辕鼎拖出大坑，装在牛车上。子明突然发现了那个被捆绑的甘盘随从还躺在地上瑟瑟发抖。子明下马走上前去，挥剑砍死了被捆绑的甘盘随从，命令道："把所有人和甘盘一起扔入大海，封锁消息，让武丁永远蒙在鼓里吧。"

在返回府邸的路上，子明萌发了一个想法，他要安排工匠将轩辕鼎复制一个赝品。他已经联系了土方首领和欧人首领，他知道他们也惦记着轩辕鼎。但是，他们并不熟悉轩辕鼎，甚至没有亲眼见过轩辕鼎，他要带着赝品去迎接他的欧人朋友，他要借助欧人军队的力量和土方的反叛势力达到推翻武丁政权的目的。轩辕鼎早晚是他子明的，他胃口不大，大商领土的一半划给他，他就满足了。

第十二章　瘟疫殷都多人死　妇好封邑血祭忙

尽管大臣之中有人猜测国王武丁找来傅说担任宰相，完全是在拉拢自己的昔日嫡系，但是不得不承认担任宰相的傅说不负朝廷厚望。他从整饬朝纲入手，规劝武丁祭祀时减少贡品，从王室开刀，推行新政。他向武丁提出振兴商朝的方略——《傅说三篇》，建议武丁政治上要任人唯贤，委以重任；军事上要强化武功训练，装备军事，加强防御，巩固领土；经济上增加国家收入，同时减轻徭役赋税。

在国内恢复生机的同时，傅说还积极与周边方国修好关系。终于，国势再度复兴，商王朝达到鼎盛时期，史称武丁中兴、殷国大治。武丁在位的五十九年间是商朝后期最繁盛的时期。终于，殷商王朝一度成为世界东方的第一强国。傅说辅佐武丁成就了中兴商王朝的大业，傅说也成为中国较早见于文献记载的圣人之一。这是后话，暂且不提。

连日的干旱和炎热，一场瘟疫席卷了殷都和附近的村寨。

这天，虽然到了晌午，天空突然有些阴沉，仿佛即将要下雨。殷都街头，几名正在走路的百姓忽然倒在了地上，莫名其妙地口吐白沫，引来很多人围观。谁也不知他们得了什么疾病。

身在王宫的武丁也似乎感冒了，坐在大殿的王位上时不时咳嗽两声。

子常闯进了大殿，气喘吁吁地禀报："大王，城中发现……"

武丁看他一眼，本要训斥他行事过于匆忙，却又懒得训斥，改为一个字："说！"

子常说："殷都城中发现瘟疫。"

武丁停住了咳嗽，问："你说什么？"

子常用袖子挡住鼻子说："老宰相已经死了，患病死了。监狱里死了好几个人，巫医说是瘟疫。"

武丁自言自语："新宰相呢？"

子常说："新宰相傅说正在城中沿街查看民情，百姓也死了十几个人了。"

武丁连忙起身，说："带寡人到街上看看，这好端端的怎么可能突然发生瘟疫，一点征兆也没有啊。"

在殷都城中，武丁带着子常等人沿街查看，街道两旁躺着很多无家可归或者无钱治病的患者，正在唉声叹气，连声呻吟。

傅说的口鼻上蒙着布条，看见国王武丁过来，连忙施礼，并将手中拿着一块布条递给武丁，说："瘟疫传播很快，国王还请注意自我防护。"

武丁推开布条，着急地说："不用。军营如何？士卒们如何？立刻到军营看看。"

武丁和傅说、子常来到了军营里。武丁走到一名躺在地上的年轻士卒面前，问："你如何患有此病？"

年轻士卒无力地扭过头来，武丁认出他就是在筑坝工地鞭打自己的小胡子士卒。

武丁吃惊地问："是你？"

小胡子士卒躲避着说："大王……不可距离太近，此病……传播很快……"

武丁蹲在小胡子士卒旁边，亲切地说："所有士卒都在为国尽忠，都是寡人的兄弟，探望你们是寡人的职责，有何不可？"

小胡子士卒捂住口鼻说："过去，您在筑坝工地的时候，我们不知道您的身份，是有人买通小的……要加害于您……"

傅说吃了一惊，连忙问："是谁？谁要陷害国王？"

小胡子士卒说："前太子……子明……"

武丁也有些吃惊，凑近了问："大哥？他为何要陷害寡人？"

小胡子士卒再次拒绝说："大王不可接近……瘟疫无情……"

武丁说："寡人不怕传染。来吧，寡人要背你去看巫医……来人，把这些士卒全都背到牛车上，运到王宫，请巫医治疗……"

傅说急忙阻拦："不，大王您不能接近他们……"

武丁气愤地道："必须！立刻执行！"

武丁弯腰抓起小胡子士卒的手臂搭在自己肩头，背起小胡子士卒就走。小胡子士卒尽力挣扎却又无法挣脱，他腾出右手猛地从腰间拔出了一把匕首。

傅说见状，以为小胡子士卒要谋害武丁，连忙大呼："国王……"

子常也看见了扬起在武丁背后的匕首，猛地扑过去撞倒了武丁。武丁倒在地上松了手，小胡子士卒也跌倒在地，滚到了墙边。

子常连忙拉起了武丁。尚未等到傅说扑过来，小胡子士卒突然跳起，靠墙站稳，将匕首捅进了自己的胸膛，憋红了脸说："不！瘟疫无法医治……死了很多人了……一个小卒死不足惜……国王快走……离开殷都……离开殷都……"

小胡子士卒顺着墙边慢慢倒下了。

武丁惊呆了,他万万没有想到曾经鞭打自己的士卒对自己竟然如此忠诚。

回到王宫,武丁、傅说、子常边说话边向里边走。

傅说、子常将围着嘴巴的布条拉下来露出了嘴巴。傅说说:"刚才情况紧急尚未汇报,边塞已经传回消息,北方出现了白色皮肤蓝色眼睛的欧人骑兵,他们四处烧杀劫掠。"

武丁问:"他们到了哪里?近期他们可能进攻殷都吗?"

"他们距离殷都尚远,殷都目前没有战事危险。"傅说回答。

武丁命令:"迅速派人前往东夷军营,抓捕子明。寡人要当面问他,为何要陷害寡人?"

傅说答应:"臣立刻去办。大王,离开殷都吧,瘟疫无情啊。"

武丁一边走一边说:"殷都不保,大商难保。通知大祭司,择日举行郊祭。"

子常犹豫着说:"王后不在……咱们很久没有举行大型祭祀了。"

武丁站住了,愣了一下,他想起来了,他亲自任命的大祭司王后妇好已经离开殷都很久了,平时的小型祭祀活动都是由傅说代劳的。武丁又接着往前走,远远看见了妃子妇姘。武丁对傅说言道:"祭祀非王室不可为,王后是大祭司,怎奈王子还小,还在封邑。王妃妇姘可担任祝吏主持此次郊祭仪式。宰相可愿教导王妃祭祀之礼?"

"臣愿意试着教导王妃祭祀之礼。"傅说施礼回复。

武丁继续走着,踏上了王宫的台阶,忽然又停下脚步对子常说:"你现在去妇好的封邑,告诉妇好,殷都有瘟疫,暂时不要回殷都。"

子常犹豫着说:"是。"

武丁安排完这些,感觉身体有些疲惫,回后殿休息去了。

天空依旧阴沉沉的,偶尔会有一两只燕子飞过。受到天气和瘟疫病情的影响,人们的心情也越发变得不安焦躁起来。郊外的祭祀仪式上,武丁半躺在马车上,不住地咳嗽。

众臣围拢过来,妃子妇姘主持祭祀仪式。殷商时期,祭祀天地祖先是家常便饭，妃子妇妌虽然经常参加祭祀，但是主持面对国王和群臣的大型仪式，她还是显得力不从心，磕磕巴巴地说："我以国王的名义祭祀天地……这个……祭祀山河……"

贴身丫鬟小芳在旁边小声提示："病魔，病魔。"

妃子妇妌接着说："……求天神赶紧带走病魔吧，让殷都的百姓安居乐业……"

武丁一个劲儿咳嗽。他心中知道妃子妇妌水平有限，然而，为了驱赶病魔他不得不祭祀天地。妇好住在封邑，又带着小儿，不能回殷都，可他内心还是想着妇好祭祀时的情景。武丁知道妇好有大才，不能局限于祭祀。傅说的开解已渐渐消除了武丁男尊女卑的想法，他决定等妇好归来委以重任。因此他要把妃子妇妌培养成一个新的大祭司。

此刻，妇好封邑上空的天气却是晴朗的，太阳将地上的绿草照耀成了黄绿色，身体微微发福的妇好正带着正在学步的孝己在草地上玩耍。孝己非常喜欢一条白色的狼狗。妇好扶着孝己骑在这条白色狼狗身上，狼狗温顺地慢慢向前走。

妇好高兴地问："孝己长大要骑马的，真乖，孝己长大就能到京城见到父王。孝己是喜欢母后还是喜欢父王？"

孝己结结巴巴地说："妈……妈……"

妇好纠正说："要说母后。孝己自己说，喜欢母后还是喜欢父王？"

孝己还是说："妈……妈……"

妇好皱起了眉头，正要说话，一名女仆沿着草地急匆匆走来禀报："报王后，大事不好了，殷都发生了瘟疫。"

妇好略一迟疑，从狼狗身上抱起了孝己，问道："瘟疫？"

女仆喘着气说："是瘟疫，刚才，耕刈大臣子常来过了。"

妇好又问："子常？他怎么不来见我？"

女仆解释说："他怕将瘟疫带到封邑，不敢停留，水都没喝就走了。他说，国王吩咐，近期不许王后和王太后前往殷都……"

妇好不知道是不是子常更改了武丁的命令，更不知道此事与王太后有何关系。妇好吃惊地问："王太后？王太后不是在殷都吗？"

女仆说："我跟他说了，王太后不在咱们封邑，一直没有来过，他不信。他说他要立刻回去禀报国王，王太后可能失踪了。"

妇好更加吃惊："失踪？堂堂的王太后怎会失踪？大王现在如何？"

女仆说："听说大王病了，一直咳嗽不止。"

妇好担心地说："全都乱了，殷都如何？所有瘟疫都有传播渠道，殷都死人几何？"

女仆说："子常说，死人已经过百了……死得最多的是……是鸡……几乎都死了。"

妇好思索着说："鸡？"

"就是百姓家里养的鸡。"女仆补充道。

妇好又问："现任大祭司是谁？"

女仆想了想说："王妃妇妌。听说祭祀仪式已经举办了，可是瘟疫还在蔓延。"

妇好将孝己放在地上，说："孝己先去自己玩。"

孝己走了两步，搂住了白色狼狗的脖子，与狼狗一起在草地上玩耍。

妇好又问女仆："咱们封邑之中有人患病吗？"

女仆想想说："还没有。只听说有些人家养的鸡也病死了。"

妇好命令："立即通知巫医熬制草药，封邑之内所有人必须饮用。立刻在封邑举行祭祀，将封邑里所有的鸡全部埋掉。"

女仆疑惑不解："埋掉？全部活埋？"

妇好十分肯定地说："一只不留！快，命令士卒，血祭天地！快！"

随着命令下达，妇好封邑的人们开始忙碌起来，熬制汤药，布置村寨郊外的祭祀现场。祭祀现场周边的大鼎烟火缭绕，许多被绳子捆绑的鸡在挣扎。士卒们脸上蒙着布条，将成百上千只鸡纷纷推进了大土坑，开始活埋。

妇好跪下施礼又起身，举起盛着汤药的陶碗向上天祭拜。妇好身后的一群长老、众多臣民也纷纷举起盛着汤药的陶碗。妇好一饮而尽，身后的臣民们也一饮而尽。

妇好将陶碗递给女仆，然后站起身来大声对臣民们说："各位臣民，我已经吩咐管家打开库房，把所有杜康酒分给各家各户，成人每日饮用，幼儿每日擦拭沐浴。"

"上等杜康是留给国王的，怎能用来沐浴？"女仆小声提醒妇好。

妇好也小声对女仆说："若是封邑不保，国王永远不会再来了。"

妇好又对臣民们大声说："封邑的臣民们，为了确保大商顺利渡过此难，妇好今日就返回殷都，协助国王。"

长老们纷纷说："王后，殷都瘟疫肆虐，王后怎能此时前往？"

妇好和颜悦色地说："国家危难之时，人人皆须为国出力，妇好身为王后怎能袖手旁观？过去，长老们不是一直在劝说妇好返回殷都吗？"

长老甲严肃地说："不！此时非彼时，现在的场景已经与往年有所不同。现在，国王已经患病，前景未卜，万一王后再染上瘟疫，大商可怎么办？"

妇好说："妇好听说北方已经有异族入侵，一旦周边方国趁机作乱，殷都危在旦夕。妇好十分担心大商安危，只不过从军事方面担心而已。"

长老乙辩解说："王后此言差矣！若是有了战事，王后封邑的三千军兵恰可为殷都策应，挽救殷都。王后自幼熟习兵法，一定懂得军事布局排兵布阵的道理，因此，王后绝不可意气用事前往殷都。我等不会放走王后。王后应以大局为重啊。"

妇好没有说话。她知道此时不是商议此事的时候。长老们说得对，此时的她恰恰不应该前往瘟疫肆虐的殷都，否则，三千士卒很可能集体染病。

第十三章　欧人骑兵联土方　首领泞旸阵前亡

欧人骑兵兵团一路烧杀劫掠，获得了足够的粮食、工匠、女人，但是负担也逐渐加重，他们不得不沿途留下一些士卒看押工匠做工，甚至，他们在北部边境建立了一个青铜冶炼基地。所幸的是，他们也获得了个别对大商中央朝廷不满的部族的支持，士卒总数还是增加了。

这天，南下的欧人兵团路过西域的一处戈壁，阳光下大片金灿灿的胡杨林吸引了欧人首领的注意，他不禁感叹："太美了，看到这里的景色和女人，我真的不想去殷都了。"

大胡子将领说："首领，我等不是来看景色的，是来占领殷商的。首领有所不知，殷都在这里的南方，位于大商的中心地带，景色也很美丽，而且气候更加适宜居住。继续南下吧，大商的太子子明还在前边等着给我们带路呢，土方部族也出动了三千士卒。我们必须联合起来击垮大商的防御屏障。"

欧人首领说："好吧，等到占领了殷都，我一定要经常来这里转转。"

这天黄昏，一轮夕阳斜挂在西方的天空，欧人骑兵兵团和土方部族士卒突然出现在一个部落外围。土方是殷商的一个方国，是前朝夏王朝姒姓王室后裔，为了保住自己，更为了报夏朝灭亡之恨，土方投降了强大的欧人兵团，与他们共同南下劫掠殷都。

土方首领听到过本族的老人传说，三百年前夏朝灭亡，夏朝末代帝王姒桀的儿子淳维逃到了北方大漠，成汤将末代帝王姒桀流放到了历山。然而，并不服输的夏王姒桀带领部下贵族又辗转到了南巢。最终，夏王姒桀连气带病死在了南巢。姒桀死亡的消息传到大漠，众人劝说淳维杀回中原，淳维却深知自己没有反击成汤的力量，咬着牙一字一顿地说："不战则已，一战必胜！让成汤以及他的后世君王永远记住，北方还有一群如狼似虎的敌人，永远不会放过他们。"

从此，分散在华夏大地的夏朝后裔纷纷发誓要报夺权之仇。现在，土方首领看到了反击商朝君王的机会，强大的欧人兵团给他带来了希望。为了报仇，他不惜引狼入室。

还有一个人在引狼入室，他就是殷商前太子子明。左耳被大将军甘盘刺伤的子明早就与欧人军队的将领有过联系，现在，他负责给欧人军队和土方军队带路，急于夺权的他不惜出卖殷商江山，与欧人首领、土方首领狼狈为奸，以达到共同推翻大商朝廷的目的。

子明拉住马缰绳，拿出一张老年男子画像，说："二位首领，前方那个部落是大商的重要屏障，只有消灭了它，你们才能继续南下进攻殷都。现在，殷都瘟疫是上天给你们的最好时机，殷都难以自保，不会前来救援，而且部落首领泞旸就是王后妇好的父亲，武丁的岳父，他的士卒全都给妇好带走了。你们若能抓获首领泞旸，子明带路也有了回报，找到的轩辕鼎属于你们，我只索要妇好父亲泞旸一个人质，因为只有他可以证明大将军甘盘杀死了老国王，不是我。我必须利用他洗白自己。"

欧人首领接过了画像，看到了一张老年男人的面孔，也记住了他的名字：首领泞旸。

土方首领虽然心里瞧不起前太子子明，然而，欧人首领却十分抬举子明，认为子明是自己推翻殷商占据殷都的最好拍档。当着欧人首领的面，土方首领对子明敷衍说："多谢太子带路，我等夺得天下，定会回报太子。"

子明说："咱们一言为定，有了人质，我将配合二位首领尽早夺得殷商天下。二位都听说了，武丁继位之后没有找到轩辕鼎。我得知了绝密消息，轩辕鼎被先王藏在了这里的一处地宫里。今夜，我负责去寻找轩辕鼎。你们尽管杀进部落吧，粮食、女人什么都有。"

子明骑马走了，他要去寻找首领泞旸的地宫。

"准备作战！"欧人首领发出了作战命令。土方军队、欧人军队士卒开始拔出刀枪，准备冲锋。

土方首领小声对欧人首领嘟囔说："什么武丁岳父？我不需要活口，统统杀了。"

欧人首领收起画像，说："既然承诺了就要言之有信，多个人质有何不好？我要捉住他交给子明，换取轩辕鼎。"

土方首领无奈地说："好吧，你们远道而来，万分辛苦，我们土方一诺千金，一切战果以你们欧人占大头。"

欧人首领拔出马刀，冷笑一声："欧人仰慕大商土地，今夜去除了这道屏障，大商就要倒下了。自古胜者为王，杀呀！"

土方、欧人骑兵很快攻破部落的外围保障，驰入村寨，烧杀劫掠，火光四起，猝不及防的百姓哭爹喊娘，四散奔逃。

一名族人刚刚吹响牛角，随即被欧人士卒砍死了。寨子里，一个少年正在修缮房顶，白发苍苍的部落首领泞旸带着长子耀盛向房顶扔干草。听到牛角声响，长子耀盛立刻对房顶的少年说："小弟趴下，不要动！"

少年居高临下看到了远处的厮杀，吓得不知所措，立刻趴在了房顶上。

首领泞旸冲进房间从墙上取下牛角，回到房间外边的空地上吹响了牛角。很多村民听到牛角声跑出家门查看究竟。远处，欧人骑兵和土方士卒不断向寨子的中心地带冲来。

老伴儿娴琉从侧面房屋跑了出来，向首领泞旸问道："有外敌了吗？唉，咱们没有士卒了，都让妇好带走了。"

"妈妈。"少年在房顶喊道。

老伴儿娴琉看到了房顶的少年，连忙推倒了梯子，说："有危险了，你躲在上边不要下来。"

欧人骑兵和土方士卒冲了过来，首领泞旸、大儿子耀盛带领部落百姓奋起反抗，拿起刀枪与敌人厮杀。

首领泞旸怒目圆睁，大声喊道："杀呀，保护族人。"

首领泞旸、长子耀盛武功超群，各自搏杀十几个欧人士卒。土方首领骑马冲了过来，被耀盛一刀砍在了马腿上。土方首领猝不及防，摔下马来。

耀盛试图冲去砍杀土方首领，然而，单人难敌众敌，欧人骑兵和土方士卒太多，耀盛被箭矢射中大腿，受伤倒地，被土方士卒抓获捆绑，部落百姓也一个个中剑倒下，活着的人越来越少。欧人大胡子将领将一根火把扔上房顶，掉在少年身边，一时浓烟四起。少年更加惊慌，不敢乱动。

老伴儿娴琉被两个欧人士卒围住，娴琉拿着一把砍刀拼死抵抗，首领泞旸试图冲过来解救老伴儿。他砍倒了一名欧人士卒，自己却被欧人大胡子将领砍伤，与娴琉一起倒在地上。首领泞旸努力站起身来，护住老伴儿娴琉。欧人首领骑马走了过来，拿着画像看着首领泞旸、大儿子耀盛。欧人大胡子将领指着首领泞旸说："就是他，部落首领。"

土方首领走了过来，突然挥起马刀砍死了耀盛，恶狠狠地骂道："你他妈的太能打了，留着你，你的族人就不会放下刀枪。"

欧人大胡子将领想要阻拦，却已经来不及了。

"不！"少年目睹大哥被杀，痛不欲生，失口喊出了声音。

欧人首领似乎听到了喊声，四处看看，由于厮杀现场十分混乱，他没有发现目标。

首领泞旸看到大儿子被杀倒下，高声喊道："住手！"

土方首领回头吼道："你就是首领？说，轩辕鼎藏在哪里？"

土方首领又挥刀要砍向首领泞旸、娴琉，欧人首领喊道："慢！我必须言而有信，我要把他交给子明。"

"子明？"首领泞旸心中一惊，为什么他会提到子明，难道，子明成了大商的叛徒？

忽然，子明骑马冲了过来，高声喊道："二位首领，我找到轩辕鼎了，就在寨子外边的树林里，在首领泞旸的地宫里。"

看见子明过来，首领泞旸心中的疑团解开了。他气愤地问道："太子，轩辕鼎早就不在了，你怎么会帮助敌人寻找轩辕鼎？"

子明下了马，看到首领泞旸伤势严重，对欧人首领说："我改主意了，他伤得太重，怕是活不了几日，前往东夷的路上只能是个累赘。"

"那就交给我来收拾他。"土方首领挥刀砍死了首领泞旸。

子明指着娴琉对欧人士卒说："给我绳子，我要带她走。"

欧人士卒递过绳子，子明绑了娴琉。望着地上的一片死尸，娴琉知道自己大难当头在劫难逃，抬头朝着房顶喊道："耀辉，快去告诉姐姐，让她带三千虎狼之师回来报仇。"

少年趴在房顶上看着，眼里噙满了泪水，大声喊道："妈妈——"

欧人首领终于看到了房顶上的少年，此时，火焰烧透了屋顶，少年跌落进房间。欧人首领立刻向烟雾弥漫的房间走来，少年试图向外跑出房间，欧人首领迎面一脚踹向少年，少年又飞进了屋里。欧人首领刚要进屋，忽然，房梁塌陷下来，大火挡住了去路，少年陷入大火之中。

"走吧，他会成为烤地瓜的，咱们还是赶紧挖出轩辕鼎吧。"土方首领不屑地说。

欧人首领转身上马，大声命令道："带走所有财物，放火烧掉所有房屋。"

夜晚，不仅寨子里火光一片，寨子外边的一处树林里，到处是火把，照亮了地宫的进口，轩辕鼎露出了一半。子明举着火把，对欧人首领献媚道："上边有字，首领可以过目。"

欧人首领根本不认识上边的甲骨文，但是他知道拥有轩辕鼎的重要意义。他伸手摸着轩辕鼎，高兴地说："久仰大名啊，没想到这么轻易得到了。这就是传说的轩辕鼎。我们可以统御整个大商了。"

突然，天空一个霹雳闪过，密密麻麻的雨滴纷沓而至。欧人首领抬头看看夜空，大雨到来之前没有任何征兆，虽然被雨水浇湿了盔甲，然而，意外得到轩辕鼎的欧人首领还是显得十分兴奋。欧人首领命令："快挖出来，然后撤回营地。"

雨中，轩辕鼎被捆绑在了牛车上，雨水清洗掉了轩辕鼎上的泥土。大获全胜的欧人、土方部落军队在慢慢北撤。十几名年轻女人成为俘虏，被拴成一串随着军队撤退。

欧人首领骑在马上一边走一边对土方首领说："轩辕鼎已经得到了，大商就像一头将死的狮子，奄奄一息了。"

土方首领换了一匹战马，跟在后边回答说："没有直接进攻殷都，你我算是给武丁留足了面子。"

欧人首领说："那是你害怕瘟疫，哈哈……先把大商工匠押到北方基地，我们就按照计划留在附近修建军营。等瘟疫过去，我们定要反扑回来，将殷都踏为平地。"

土方首领想了想说："不！我才懒得让士卒忙碌，搭起帐篷就行，大商根本无力进攻我们。无论如何，我要夺回属于我们大夏的荣誉。到时候，你我把大商一分为二，如何？"

"还是先说说你联系的砒方、鬼方、沚方部族怎么样了？他们的士卒怎么还没有来？"欧人大胡子将领问土方首领。他已经尝到了驱使当地土著部落士卒攻击大商的甜头，这样，他可以减少自己士卒的伤亡。

土方首领解释说："我早已经派信使过去了，他们同意联合起兵造反。不过，听说殷都暴发瘟疫，他们不敢出兵。首领您知道，军队最怕瘟疫，如果染上瘟疫，即便占领殷都也得集体死亡，作战就毫无意义了。"

欧人首领充满信心地说："我也要派出信使与他们的首领商谈，我等只要联合起来先把殷都北部的大片江山占据了，就算那头狮子病愈了也不是对手，拿下殷都易如反掌。我可听说，殷都美女如云啊。"

土方首领说："得了天下，要多少有多少，你可以一口气娶几十位妻子。"

几个人哈哈大笑起来。今夜，虽然是土方部族的第一场胜利，但是对于欧人首领来说，这不过是无数场杀戮中的又一场胜利而已。他已经完全习惯了胜利的喜悦，甚至有些自傲轻敌了。

此时，妇好的母亲娴琉被子明捆住双手，嘴里塞着毛巾，发梢滴着雨水。

子明穿上防雨蓑衣，飞身骑上自己的黑马。子明牵着绳子，拽着娴琉向前走。子明说："战败者只配做奴隶，而我却如此尊敬你。为了你，我不惜引狼入室。走吧，我会找个地方安置你的，我要拿你换取妇好。"

　　子明知道，只要他囚禁了妇好的母亲，他就可以逼迫妇好刺杀武丁来换取自己的母亲。武丁死了，他就可以名正言顺坐上王位，而其他王子也不会有异议。如果他亲自刺杀武丁，他会成为其他王子的众矢之的，将来也难以坐稳王位。

第十四章　抵御外敌无良将　武丁招募大将军

夕阳照耀在殷都王宫的屋顶上，一群鸽子在王宫大院的上空飞过。

王宫大殿里只有武丁和子常两个人，子常刚刚用砂锅熬制了中药给武丁送来了。子常将中药倒在陶碗里递给了武丁，武丁坐在王位上，接过陶碗喝了一大口药汤，嘟囔道："怎么这么苦？"

子常嘴上围着布条，含糊不清地说："良药苦口，这可是世代相传的千年良方啊。"

武丁正要再喝第二口，听了一惊，问："良方？你从王后那里带来的草药？"

武丁知道，妇好自幼跟随族人上山采药，懂得医术，常常为生病的族人熬制中药。

子常解释："妇好虽不能来殷都，但是送来治瘟疫的药方。草药是侄儿我亲自采来的，药汤也是侄儿我亲手熬制。第一个给大王服用。"

"寡人试试。"武丁喝完药汤，坐在王位上咳嗽。

宰相傅说进来禀报："报国王，欧人继续南下侵略。"

子常拉下嘴上的布条，问："欧人究竟从何而来？"

傅说解释说："他们自遥远大陆而来，凶悍无比，劫掠村寨，已经危害邑郊鄙甸王畿地区，且已经与大商王朝军队接火交战。"

武丁问："损失多少？"

傅说说："他们掳走百姓千余人，牲畜无数，近百个村寨化为灰烬。是土方国勾结他们……"

武丁不耐烦地打断他："寡人问战况如何？大商军队如何？"

傅说："将军子猛已经阵亡，我军还在败退后撤。他们太凶悍了，不仅士卒长得高大，连马匹也比大商的高大。"

武丁咳嗽一阵，说："传诏，调大将军甘盘速速回京，寡人可以原谅他放纵外人谋害先王的罪过，但是他必须戴罪立功，率军北上，抗击欧人。"

傅说："大将军失去了联系，失踪了。"

武丁发脾气说："派人找啊，一个大将军，他能去哪儿？"

"东夷部落之间的混战仍在进行,即便找到他,他怕也是难以抽身。"傅说说。

武丁说:"先从南方把将军子禽或者子羽调去东夷,无论如何,东夷不能再乱。"

傅说解释:"目前只能调动子禽,子羽必须留在南方,南方镇守也离不开武将。那么北方的欧人呢?"

武丁说:"赶快另外找人,从军队选拔将领,百姓也可以自荐,立刻。"

清晨,殷都城门处人来人往,显得十分繁忙,巡逻的士卒一边走动一边敲锣喊道:"国王诏令,军队公开招聘将军了。"

几辆马车沿着街道疾驰而来,匆忙向城外逃窜,车上的贵族老爷不断催促车夫:"快!快离开殷都,殷都就要完了。"

巡逻的士卒连忙躲避疾驰的马车,等到马车疾驰而过后,又沿着街道继续前行,继续敲锣喊道:"国王诏令,军队公开招聘将军了。"

很多百姓在沿街观看巡逻士卒,并且议论纷纷:"听说大将军死了,军队缺人,国王公开招募将军了。嗨,士卒都快死光了,有了将军又能如何?"

在王宫,武丁一边咳嗽一边走进了大殿。

宰相傅说跟着走了进来,不等武丁坐在王位上就急匆匆小声禀报:"报国王,大将军的尸首在海边被发现。"

武丁立刻停住了脚步:"什么?"

傅说解释:"甘盘……死了。"

武丁立刻怒火中烧:"他谋害先王,身犯死罪,寡人还没惩罚他,他怎么自己死了?是自戕吗?"

傅说接着说:"是被人所杀,刀伤,身中数十刀。"

武丁说:"他身壮如牛,谁能杀死他?"

傅说推理说:"东夷大首领也体壮如牛。他们俩定是同样遭到众敌突袭,猝不及防。"

武丁忽然醒悟:"谁会与他们俩有仇?你说,此事是否与子明有关?"

傅说连忙低头施礼:"臣不敢妄言。"

武丁自言自语:"难道,是子明杀死了东夷大首领,想独占东夷?可他为何要杀死大将军?他俩无冤无仇。前线战事如何?"

傅说接着汇报:"听说殷都发生瘟疫,欧人暂时后撤。不过,情报证实土方唆使砒方、鬼方、沚方等诸方国借机叛乱。如果他们同时进攻殷都，殷都必将完矣。"

武丁问："还有谁，还有谁能率兵打仗？"

"大王，能派的都派出了，将领们都在异地各自戍边，难以抽身。"傅说解释。

武丁一阵咳嗽，跌倒在王位上。傅说急忙上前搀扶，武丁吐血了。

武丁坚持着说："东夷不能再乱，告诉子禽到了东夷一定要设法稳住子明，现在对大将军的事情寡人要装作不知，什么都不知，不要激怒子明，也不要把甘盘的尸骨运回来。"

傅说说："大王，您的身体……"

武丁命令："快去！"

"诺！"傅说连忙转身走了。

夜晚，微微的北风增添了黑夜的凄凉，躲在壕沟里的殷商士卒个个灰头土脸，有的包扎伤口，有的低头不语，显得毫无斗志。

士卒甲从怀里掏出一只陶埙，吹起了悲伤的乐曲。士卒乙说："我们大商……祸不单行啊。"

士卒丙说："背后就是殷都，可是殷都正在流行瘟疫，若是再败，我们能逃到哪里去呢？"

士卒乙看看左右，小声说："要不，咱们逃走吧，逃到东夷去？"

士卒丙说："国王派子禽去了东夷，东夷部落混战，好不到哪儿去。"

士卒丁抬头望着夜空的星星，感叹说："天灭大商，天灭大商啊。"

士卒乙赶紧阻止说："小声点，被人检举要砍头的。"

士卒丁说："看不到明天，看不到希望啊。"

士卒丙也感叹说："我想家了，想我妈了。"

士卒丁说："我已经没家了，被欧人一把火烧没了。"

此时，夜晚的王宫寝宫里十分安静，也显得有几分凄凉。武丁躺在榻上，问宰相傅说："悬赏诏令发布了吗？"

傅说站在一旁小声说："已经发布多日了，不过，尚无人应征将军。而且，市井传言大将军甘盘阵亡。大臣中已有数十人举家逃离了殷都。"

武丁愤怒地骂道："无耻！懦夫！"

忽然，武丁看到妃子妇姘拎着包袱悄悄向寝殿外边走，武丁立刻意识到了她是要趁乱离开殷都。武丁气不打一处来，厉声吼道："你去哪里！不许走！"

妃子妇姘拎着包袱，往回退了几步，委屈地说："我只是一个妃子，为何不可？"

丫鬟小芳走了过来，假惺惺地劝说妃子妇姘："王妃，此时国难当头，国王需要王妃，王妃怎能独自离去？"

妃子妇姘狠狠瞪了丫鬟小芳一眼。傅说对妇姘施礼说："此时此景，王妃应当明白，您是国王唯一的精神支柱。瘟疫尚未完全平息，又临大敌当前，怎可扔下国王一人独处？"

妃子妇姘哽咽着说："我只想回娘家看看。"

武丁有气无力地说："居然不如女仆懂事。女仆叫什么名字？"

丫鬟小芳赶紧说："国王，我叫小芳。"

武丁说："小芳，今日开始你要看紧王妃，不许她离开殷都，否则，拿你一起问罪。"

丫鬟小芳说："谢国王信任，小芳一定努力做到。"

妃子妇姘再次气愤地瞪了丫鬟小芳一眼，转身返回了房间。

丫鬟小芳走过来给武丁斟茶。武丁没看小芳，而是对傅说说："殷都不能成为一座空城。快，颁布诏令封锁城门，只进不出。凡有迹象逃走者，无论官职大小一律问罪，就地砍头。"

傅说问："北方该如何御敌？"

武丁咳嗽了两声。丫鬟小芳插嘴说："什么鬼方土方，早知如此，国王应该出兵剿灭那些乱臣贼子。"

武丁依旧没理小芳，又对傅说言道："继续发布悬赏诏令，呼吁殷商各地积极推荐将领，同时号召百姓踊跃自荐。"

第十五章　妇好自荐请王命　武丁钦命大将军

在封邑，妇好坐在草地上，儿子孝己在一旁与白色狼狗玩耍，蓝天白云，一片祥和。

"王后！"突然，女仆一边呼喊一边带着八九个浑身血迹的族人来了，其中就有差点被大火烧死的少年。少年来到妇好面前"扑通"一声跪下哭着说："姐姐……咱们领地被土方、欧人入侵，举族被灭，逃出者不足十人。"

妇好几乎没有认出自己的弟弟，她猛地站起身来："什么，举族被灭？父母呢？大哥呢？"

少年哭着说："都死了。父亲、大哥战死，母亲被俘，其他人都死了……"

妇好连忙问："母亲押在何处？"

少年痛苦地摇摇头："不知道。都死了，都死了，他们还带走了轩辕鼎。"

妇好十分吃惊："什么？他们得到了轩辕鼎？不可能，轩辕鼎早就不在咱们部族的地宫里了。"

少年说："我亲眼所见，他们用牛车运了轩辕鼎。姐姐您有三千士卒，赶紧杀回去吧，救出母亲，夺回轩辕鼎。"

听说母亲被俘，妇好立刻感到血往上涌，她咬着牙对女仆命令道："吹响牛角，集合！命令士卒们集合！"

"诺！"女仆退了下去。

少年说："姐姐，我要参军，我要报仇！"

"父亲、大哥都死了，家里只剩下你一个男丁，我不能再让你参军！"妇好又慢慢坐下，摇摇头说："不！不！我不能擅自出兵！这三千士卒是大商的，我要等到关键时候侧援殷都，营救国王。"

少年着急地说："可是，那些坏人尚未走远，母亲就是被他们抓走了，你就这样丢下母亲不管吗？"

泪珠滑出了妇好的眼眶。妇好再次站起身来，看着自己的弟弟说："父亲、大哥被杀，母亲被俘，你以为我不伤心吗？可是，我不仅仅是你姐姐，我还是大商王后，他们烧杀劫掠针对的是大商，我必须立刻赶回殷都。"

少年痛苦地喊道："姐姐，你不能见死不救！"

妇好用手擦了眼泪，说："你不要再说了，我必须立刻赶回殷都，谁都不要再阻拦我。"

天亮了，在王宫的宗庙里，鬓角出现白发的武丁又一次看到了商族列祖列宗的牌位，他已经熟悉了这里的每一个名字。

武丁对傅说、子常说："你们，都出去吧，没有寡人命令，任何人不许进来，寡人要独自一个人，和列祖列宗说说话。"

傅说、子常慢吞吞走了，关上了大门。傅说十分担心武丁，唯恐他过于抑郁会对身心健康有损，更不利于肺病的康复。

宗庙里，武丁独自一个人跪在地上，焚香叩首。

武丁抬起头来，眼眶中泪水涌动，说："各位列祖列宗，五百年了，子契立族、成汤立国、盘庚迁殷，大商不乏英武先王，可是，武丁无能，先是被父王赶到野外，又被老师甘盘拉回殷都。几年来，虽然武丁日夜勤于政务，节俭治国，仍旧无法取得丝毫业绩。可是武丁仍在努力，不懈努力，发誓要中兴大商。难道天神真的不开眼？难道列祖列宗开创的王朝基业注定消亡在武丁手中不成？"

武丁一个人痛哭起来。

"吱呀吱呀"，宗庙大门慢慢被推开了，妇好的身影出现在宗庙门口。阳光照射进来，她的身影挡住了武丁前方的视线。

武丁咳了两声，连忙擦拭着眼角的泪花，慢慢回过头来，不满地说："谁？出去！妇妌？你出去！"

妇好紧走几步，弯腰俯身，笑着说："大王，我是妇好。"

武丁回过头来看清了妇好的面庞，生气地说："寡人不是说过吗，你不要回殷都，寡人还命令紧闭殷都城门，你为何要来？"

妇好说："殷都只进不出，这是国王的命令，所以，妇好才能进入殷都。"

妇好跪在武丁身旁，对着祖先的牌位叩首说："各位列祖列宗，妇好今日回到了殷都。"

妇好的到来不仅影响了武丁的思路，还未经许可擅自出现在列祖列宗的牌位前边，武丁有些不快："你是妇人，不在封邑躲避瘟疫，来此做甚？这个时候，多少大男人都离寡人远去，你一个女人来做什么？"

妇好依旧跪叩着，头也不抬地说："我父亲死了，大哥也死了，尸骨未寒，他们是为捍卫大商疆土战死的，凶手就在那里猖狂地等着我们。各位列祖列宗，我妇好前来应征大将军，我要以大商的名义为所有死难者报仇。"

武丁惊讶地问："你？应征大将军？"

妇好抬起头来，没有看武丁，依旧对着列祖列宗的牌位说："妇好嫁给武丁时，武丁说过，他的殷商就是妇好的殷商；妇好也曾经发誓，既然嫁与武丁，我就生为大商人死为大商鬼。此时，大商山河破碎，武丁身患重病，妇好不得不站出来领兵出征。"

武丁大声问："你一个女人，要做大将军？"

妇好一字一句说："即便只能与敌人同归于尽，妇好也会拼尽全力，扶助自己的丈夫站起身来。大商男人，只能站着死，绝不跪着生。"

武丁说："那是打仗，带领士卒们浴血征战，你一个女人……能做大将军吗？"

妇好慢慢扭过头来，看着武丁说："苦力可做国王，奴役可做宰相，为何女人不能统帅三军，阵前杀敌？只要自己舍命敢拼，天下事没有什么不可以。"

武丁摇晃着站起身。

妇好急忙转身扶住武丁。武丁咳嗽两声，说："可是……"

妇好用手指挡住了武丁的嘴唇："一个士卒，若是现在敌人真的冲到面前，士卒会甘心等死吗？不，士卒定会拼力反抗，或有生机。士卒尚且如此，国王与王后又岂能退缩旁观？大敌当前，殊死一搏，才能活命。我要跟随大王去王宫，我要当众自荐。"

上午，听说王后妇好回到了殷都，大臣们谁都没有离开王宫。王宫大殿里，武丁坐在王位上不时咳嗽一声，王后妇好、妃子妇姘站立在一旁。

妇好自告奋勇公开宣布了自己的自荐理由。傅说担心地说："王后主动请缨，解燃眉之急，令人动颜，可是自古将军一职……"

妇好更正说："是大将军。"

牧正大臣担心道："王后母仪天下，王后参战定能增添士卒勇气，不过……"

负责造车的车正大臣直接说："王后带兵打仗？这种举动不合祖制，能行吗？"

白发苍苍的守藏史抱怨道："女人打仗？简直就是开玩笑，何况要当大将军。"

武丁拍了一下案儿，说："大敌当前，你们要先考虑大局……"

武丁话还没说完便咳嗽起来。显然，虽然他的内心也很矛盾，但是他或多或少倾向于支持妇好带兵出征，因为他没有更好的选择。

牧正大臣担心地说："仅仅靠王后鼓舞士气，完全不足以取得战争胜利。战场残酷无情，厮杀血腥，万一王后受伤被俘，岂不平添大商耻辱？"

妇好向前一步，反驳说："耻辱？请问我们大商还有尊严吗？欧人骑兵长驱直入一路烧杀，逼到了京畿，如入无人之境，这还不够耻辱吗？堂堂大商帝国，仅仅一仗，国王的母亲、王后的母亲双双失踪，轩辕鼎也被欧人抢得。你们说，还有什么比这更加耻辱？大商立国三百年来有过吗？现在千钧一发之际，风口浪尖上的你们说，谁还有更好的抉择？"

众臣闭口不言，大殿里鸦雀无声。

妇好又说："欧人来自千万里之外遥远的寒冷地区，他们缺乏教化，劫掠成性，狼子野心。他们南下入侵挑起战火就是要占据我们的领土，奴役我们的民众，灭绝华夏文化，我们能够答应吗？如果不敢反击，华夏大地将被毁于一旦，我们会忘记自己是炎黄子孙。"

众臣再次议论纷纷，有的大臣已经开始转变了自己的观点。

司工大臣质问："请问，王后有何作战技巧？如何才能战胜敌人？"

妇好说："遥想两千年之前，黄帝意图一统天下，却屡战屡败。后来，黄帝使用战术，帅熊、罴、貔、豹、虎为前驱，雕、鹖、鹰、鸢为旗帜战于阪泉之野，大获全胜。如今，我等效仿黄帝就是了。"

妇好所说的黄帝大战于阪泉之野，是黄帝时期的一场重要战役，是黄帝部族由弱到强的一次成功转型。那一年，黄帝部落筹备了独特战术：黄帝教熊、罴、貔、豹、虎。具体而言就是，黄帝部落士卒开挖陷阱，埋伏绳索，等待猛兽，尤其是幼兽中招之后，建造木笼囚车，再将猛兽运到封闭的场圈精心饲养，建立感情，秘密训练，隔几天就犒劳猛兽——将牛羊肉食绑在稻草人上，外边套上敌方士卒的服饰，让猛兽养成扑食的特定条件反射。凶猛野兽个个卷尾鬃须，突眼獠牙，数年后已经被黄帝部落彻底驯化。黄帝部落后主动出击，与敌方交战于阪泉郊野。原本势力强大的敌方部落士卒浩浩荡荡排兵布阵，志在必胜。突然，黄帝部落的阵营中出现了吼叫着的猛兽。接着，猛兽们跳出牢笼，向敌方部落士卒飞扑而来。黄帝猛兽战术的实施，果真让敌方士卒始料不及、心跳过速、双手发抖，挥剑和射箭都成了大问题，只得大败溃散。黄帝部落获得了绝对优势，士气高涨，乘胜追击，如愿得胜，名震天下。这是远古军事史上最早以弱胜强的范例——轩辕黄帝借助大自然的力量完成了江山一统。

不过，妇好的计划并没有得到大家的认同。牧正大臣不屑地说："王后所言，臣等早已知晓，黄帝的战术当年只是出其不意攻其不备，现在天下皆知，恐怕难以奏效。再说，训导熊、罴、貔、豹、虎奋勇杀敌需要数年时间，如今敌兵压境，王后根本没有时间再去饲养熊、罴、貔、豹、虎。因此，企图以少胜多只是一个美好的愿望，很难实现。"

牧正大臣说的也是历史事实。黄帝之后，战争史上出现许多抄袭黄帝专利的战法——猛犸象、牦牛、猎狗都成为军队的先驱。尤其到了大规模骑兵作战时，凶猛野兽的作用更是发挥到了极致，不仅能够震慑敌方士卒，更能震慑敌人的坐骑——战马，在短时间内击溃敌军的阵营，瓦解敌军士气。仅仅过去了几代人，大夏王朝第二位帝王姒启登基即位时，反对姒启的有扈氏部落就沿用黄帝的做法——驱赶猛兽在前冲撞，攻打大夏王朝军队。姒启御驾亲征失败之后，收拾残部总结经验，利用动物害怕响声的心理，开战之时金钟锣鼓齐鸣吓走了猛兽，最终战胜了有扈氏部落。

妇好又向前几步，反驳说："抗击欧人，妇好当然知道困难重重，可是，我们有选择吗？诸位大臣，现在的战局已经是火烧眉毛，你们的国王迫切需要一位能征善战的武将站出来，率领士卒浴血奋战，迎击强寇，夺回轩辕鼎。可是你们有吗？谁敢站出来率军迎敌？谁？"

众臣都不说话了，大殿里安静下来，局面十分尴尬。武丁十分犹豫：如果同意王后妇好出征，既没有把握，也使自己过去为对妇好好而假做的排斥显露真相；不同意却又无计可施。武丁更加厌恶自己的身体，偏偏在最为关键的时候患病在身，难以御驾亲征带兵征战沙场。

宰相傅说插话说："国之大事，在祀与戎，天意不可违。王后能否出征，不仅要经过大臣廷议，更要取决于占卜。来呀，占卜！"

殷商时期，占卜高于一切，任何大事都要遵从上天的旨意，让占卜来做最终决定是最冠冕堂皇的。

大殿中央，巫师当众烧烤龟甲，开始占卜。贞人监督占卜过程，然后跪在一旁，在甲骨上记录："卜，贞，今出羌亡咎？"

烧烤完毕，巫师将龟裂的龟甲捧给武丁，武丁咳嗽几声，挥手请站在一旁的妃子妇妌查看。妇妌上前几步，细细看着，不敢轻易发话。

巫师轻声说："大吉。"

妇妌扭头小声告诉傅说："大吉！"

傅说兴奋地大喊:"大吉！上天同意我们出兵，同意王后担任大将军。"

贞人在甲骨上记录:"吉。"

众臣不再作声了，眼前的这一切成了最终决定，谁都无权改变。

武丁用拐杖使劲捣着地板，说:"那就战之必胜！这一仗，寡人要给王后最好的武器装备，只期望一仗挽回荣誉，大商朝廷的荣誉。"

妇好转身说:"慢！国王，当着诸位大臣，我想提出我的四个条件。"

武丁和所有大臣谁都没有想到自荐出征的妇好还要提出条件。武丁连声咳嗽，顾不上接话。

傅说赶紧说:"王后请讲，只要朝廷能够做到的，臣尽快去准备。"

妇好说:"第一，目前大商士卒士气低落，要反击欧人、土方的联合攻击，进而威慑另外三个蠢蠢欲动的方国，我必须调集三万士卒。"

众臣立刻哗然:"大商全部军队才有两万啊，遍布东南西北的边疆，一时间根本无法调集。再说，即便能够调集也不足三万，况且其他几个方向的边疆怎么办……"

武丁挥挥手，大家静了下来。

妇好微微一笑，解释说:"看来你们真是被吓破胆了，打不过欧人，难道你们连迷惑欧人的勇气都没有吗？从今日开始，国王公开下诏，你们所有人都要对外宣传，此战，王后妇好调集了两万军队，沿途方国部族也将出兵，共计三万士卒。"

牧正大臣担心说:"可是大商真的抽不出士卒了，打仗不是靠数字吓唬敌人的。"

妇好说:"我的封邑有三千部族士卒，他们已经随我来到了殷都城外军营，随时可以参战。"

司工大臣说:"三千士卒对付两万欧人，根本无法取胜。王后要知道，那些欧人骁勇善战、凶悍无比，开战就是死路一条。"

妇好说:"请问，你们各位谁亲眼见过欧人的两万大军？你们怎么就不能猜测他们是在迷惑我们？"

牧正大臣说:"可是，万一是真的呢？"

"即便是真的，他们一路南下，处处受到方国部族反抗，想必也有不少死伤，锐气已经受挫。"妇好说，"你们谁还记得成汤？甲骨上记得清清楚楚，当年，先祖成汤仅仅在商族部落中简选良车七十乘、猛士六千人就推翻了暴君夏桀。为何？因为他代表了正义，代表了上天的意志。他写下《汤誓》告诉所有将士要勇往直前，他也因此被商族将士们尊称为商武王。列位都知道，现在，前线的子弟们还在战壕里苦苦坚守。为了捍卫领土保卫殷都，纵然白白送死，妇好别无选择，你们诸位也别无选择。"

众臣哗然，对妇好的冒险做法议论纷纷。

武丁挥挥手，大家又静了下来。

妇好又说："妇好还有第二个条件，我要带走国王指挥作战的双虎噬人纹大铜钺，刻上妇好的名字。我要改变殷商军队分为左、中、右三师的做法，重新分为骑兵、战车、步兵三种。战场局势变化无常，大将军在外有权自主作战，君命有所不受。"

众臣再一次哗然，王后妇好的这个条件几乎是在挑战国王的权力。

武丁十分不满王宫大殿的喧闹，大声吼道："安静！"

妇好接着说："第三，请宰相安排，明日妇好启程出征之时请国王下诏，任命孝己为太子。纵然妇好在前线流血牺牲，纵然国王今后宠幸别的妃子，我也要让我的儿子继承王位，让他知道他的母亲不是白白牺牲。"

武丁不住地点头，表示同意。孝己毕竟是他的长子，也是他现在唯一的儿子，他没有理由反对。

妇好又说："欧人多为骑兵，反击之战一定要极其迅速，我必须今夜布局、明日出征，在敌人没有任何防备时偷袭他们。第四个条件，从妇好开始，大商军队不再杀死俘虏，不再用活人殉葬。希望我妇好走过的地方，大商的恩德感召天下，一百年不再有战争。"

众臣又一次哗然，妇好的做法简直是在颠覆商族建立五百年来的族规习俗。冷兵器时代的战争，杀死俘虏或者将俘虏转变为奴隶，是震慑敌方的撒手锏。将奴隶活人殉葬，也是商族祭祀慰藉死去先祖的通常做法。

武丁用拐杖使劲捣响木地板，大家安静了下来。

武丁咬牙命令："准！准！下诏，就任命王后……王后为大将军！明日出征！必须夺回轩辕鼎！"

第十六章　妇好率兵出殷都　初战大捷胜土方

夜晚，王后妇好忙着筹备粮草去了，武丁单独留下了子常，在王宫大殿与子常密谈。

肺病稍稍好转的武丁歪坐在王位上，有气无力地说："你一直吵着要穿上军装，今日寡人批准你，而且升你为马亚，成为掌管骑兵的将军。你来说说，未来战局将会如何？"

原来，子常最喜欢骑马，不止一次向武丁提出要参军入伍，跟随大将军甘盘征战沙场，却始终得不到武丁的许可，子常早已死了参军的心思。他万万没有想到，国难当头之际，武丁却硬把他推进了军队。子常硬着头皮说："目前，王后只有三千士卒可以征战，子常觉得根本没有取胜的把握。"

武丁说："你是寡人的侄子，血脉相连，寡人只有把王后托付给你才最放心，你来保护她的安全。"

子常闻听此言吓了一跳，连忙跪下施礼："子常……初上战场，自身难保，恐怕无力承担保护王后之责。"

武丁摆摆手，皱着眉头说："起来吧，以后是将军了，别轻易下跪。你说说，不托付给你，难道……你还让寡人指望别人吗？寡人尚不知自己的寿命几何，还能指望谁呢？今日，你已经没有退路。寡人只能告诉你，到了战场面对敌人，你必须学会心狠手辣。你只有战胜敌人，才能保护王后。"

子常慢慢站起身来，搓着双手为难地说："侄儿身为大商王族子弟，为了大商江山冲锋陷阵在所不辞。可是，欧人骑兵多于步兵，战场上必定常常偷袭包抄混战，万一……万一王后出现意外，被围被俘……"

武丁声音低沉却坚定地说："那你就去死！"

子常吓出一身冷汗，再次"扑通"一声跪下叩首。

武丁说："如果王后被俘，那就是大商建族五百年来的奇耻大辱。军队没了，轩辕鼎没了，王后没了，即便你活着回来，寡人也会杀了你！"

子常无奈地说："这……侄儿真的不敢应允。"

"滚……"武丁无力地摆摆手。

子常慢慢站起身来，一脸愁容地转身走了。原本一再闹着要上前线的他万万没想到，虽然被允许穿上戎装担任军职，却接到了一个根本无力承担的重大任务。

天亮了，殷都城外的军营里有很多士卒在集结，军营栅栏外边围了很多妇孺。远处，少年独自一人站在土坡上，牵着一匹马，看着军营里的动静。

军营里的空地上，一张几案上摆放着牛头、羊头，香炉中冒出袅袅青烟。身披红色斗篷的妇好站立在战车之上，身后军旗猎猎，迎风招展。子常骑在马上，陪在妇好旁边。

战车阵营里，每辆战车由四马驾辕，车上有甲士三人，居中者驾车，居左者持弓，居右者执戈。

妇好对士卒们说："勇士们，咱们的亲人被杀，家园被烧，我和你们一样心如刀绞，万分悲痛。现在，你们看到了，国王给了我们最好的战车，抽调了全国的马匹，还有后备军万人，我们该当如何？"

士卒们齐声高喊："反击！反击！"

妇好的战车上嵌有一柄斧形大钺，大钺器身重九公斤，弧形刃口宽约四十厘米；肩部有对称的两个长方形穿孔；肩下两侧有小槽六对；钺身两面靠肩处均饰虎扑人头纹；人头居于两虎之间，圆脸大鼻，双眼微凹，两耳向前；虎作侧面形，大口对准人头作吞噬状，以雷纹为底，虎后有一夔。斧形大钺上已经按照妇好的要求铸上了她的名字，相当于国王已经把军事指挥权给了妇好。

妇好一把攥住大钺的手柄，说："这是国王指挥作战的青铜大钺，大钺在，国王在！"

士卒们齐声高喊："大钺在，国王在！大钺在，国王在！"

宏大的阵容前，妇好大声喊道："勇敢的将士们，举起你们的刀剑，排好你们的盾牌，握紧你们的长矛，听我的誓师令。欧人来自外夷，他们在大商的领土上劫杀掠夺，在我们的家园挑起战火，我们绝不答应！土方与我们同出一源，本该情同兄弟，他们却抛弃了对炎黄的祭祀，无故侵犯王朝京畿，引狼入室，实属大恶不赦。当年，先祖成汤作战时曾经立下誓言，他说不是我愿意杀戮，乃是由于敌人有罪恶。现在，大家辅助妇好征伐，如果上天要惩罚，只由妇好一人去领受，我们只为家园而战，只为和平而战。妇好绝不食言。现在，我们要恭敬地按照上天的意志去讨伐他们。努力吧，将士们！如果你们胆怯，你们自身就会遭到敌人的杀戮！"

子常与士卒们齐声说:"……大河滔滔,大江茫茫。昆仑巍巍,泰山荡荡。天下统一,万民所仰。大业复兴,义不容让。"

贞人在甲骨上刻录:"贞,登妇好三千,登旅万,乎伐。"

妇好命令:"按既定路线出发!"

士卒们敲击盾牌齐声喊:"大商威武!大商威武!"

妇好挥手:"出发!"

贞人抱着甲骨,眼中含着泪花痴痴地看着大军出征。

军营外,几位女仆抱着孝己。孝己哭喊着:"母后……母后……"

不仅女仆掉下了眼泪,周边的妇孺们个个泪流满面。她们都知道战火无情,妇好不一定能活着回来,可是,妇好带兵出征是大商仅存的一丝希望。

远处,少年独自上马,尾随大军而去。姐姐不许他参军,他要自己上阵杀敌,砍下敌人的脑袋来发泄内心的怒火。

这天黄昏,殷都下了小雨。

武丁落寞地坐在王宫大殿的王位上,听着窗外的雨声问傅说:"王后走了多少天了?"

傅说赶紧答话:"大概……一个月了吧。"

武丁没有再说话,其实,他是清楚时间的,但是,他的确不知道王后妇好究竟走到了哪里、状况如何,不知道她会用什么战术与欧人交战。其实问了也是白问,傅说也不知道王后妇好走到了哪里。

武丁服用了妇好带来的药方,咳嗽减轻,身体逐渐有力了。每个城邑也效法封邑,烧埋禽类,将石灰石撒满填埋场,瘟疫已经被控制住了。

朝廷事务有傅说治理,倒也平安。

此时,王后妇好带着三千士卒已经来到自己的部族村寨。这里早已成为一片废墟。很多士卒发疯一样在房屋里寻找亲人的下落。很多人流下了眼泪。

妇好带着几名士卒四处巡视,忽然发现了少年。妇好喊道:"你站住,我已经说过你不许参战,你为何不留在殷都?"

少年不再躲藏,走过来哭泣着说:"姐姐,我们的家没了,他们杀了咱们全族老少……我要报仇,我要杀了那些欧人!"

妇好面无表情地说:"不,你必须留下。父亲和大哥葬在哪里?"

"在村寨后边的山上,所有死去的族人都埋葬了,每人一个坟头。"少年指着山上说。

妇好抬头向山上望去，雾蒙蒙的一片，什么也看不清。

妇好朗声发出命令："集合！"

随着指令的下达，士卒们聚集在一起，表情肃然。

妇好走到队伍前面，找一个高处站定，看着众人，动情地说："这是我们的家园，是我们的部族，却被敌人冲进来屠杀毁灭。我年少的弟弟和几个仅存的人把我们骨肉亲眷的尸首都葬在了后面的山上。进来屠杀的欧人骑兵人数众多，又有土方军队突然袭击，我们当时即便留在这里也无法阻挡这灾难。但我还是非常自责，是我把你们带到了王后封邑才使部族失去保护力量，导致妇孺老幼被无辜屠杀。我们都是殷商子民，必须懂得殷商历史。今日我想告诉你们殷商先祖的故事。"妇好停顿了一下，示意大家坐下。

"数百年前，商族还是夏朝的一个小部族，商族首领上甲微的父亲王亥被外族人杀死并大卸八块，他是商族史上唯一被外族残杀的首领。"

"我知道，他是非常知名的商族先祖。"有一个声音说。

妇好说："那一年，商族首领王亥最后一次经商到了有易国，有易国君绵臣看到王亥等人一路换物所得尽是稀罕宝贝，大大刺激了神经，暗杀了王亥等人。血气方刚的上甲微听说父亲被杀，立即带人要杀向有易，却被长老们阻止。因为论军事实力，商族不是有易的对手，况且长途跋涉人困马乏，除了送死，商族难以讨到便宜。第二年秋天，商族农业丰收，上甲微带着族人将粮食供奉在王亥灵位前，跪下说：'父王，去年我们祈求您保佑族人风调雨顺，今年丰收了，可您的深仇大恨还没有报，儿子无能啊。'上甲微大哭起来，泣不成声。贞人在甲骨上刻上'贞于王亥求年、贞于王亥告秋'的卜辞。这块甲骨现在还存放在殷都王宫库房里。

"上甲微一心想着如何为父亲报仇，甚至愁白了头发。然而，叔叔子恒不敢出兵。朝廷不愿介入，上甲微决定外出借兵。他赶着牛羊来到河地部落，找到首领河伯请求帮助。首领河伯被上甲微感动，同意借兵。于是上甲微组织商族武装，与河伯共同出征讨伐有易。

"这支复仇的商族军队向北跨过黄河，浩浩荡荡地来到易水流域的有易领地。有易国君绵臣带兵仓皇应战，又被足智多谋的河伯偷袭了后方，被彻底击败。绵臣在混战中被砍死。上甲微为自己没能亲手杀死昏君绵臣而深为懊丧，他命令士卒将绵臣的尸体拖到空地上，强令有易俘虏每人砍一刀，否则一律处死，使有易俘虏尝尽羞辱。上甲微命令将所有物资全部装上牛车拉回商族，将土地、俘虏全都送给河伯。上甲微找到父亲王亥的尸骨装入棺椁，班师返回商族领地。"

沉了一下，妇好感叹道："我们现在也和上甲微一样，背负了亲人被屠杀的血海深仇。我们的亲人在宁静的家园被入侵的𢀖人和土方杀害，我们只有拿起刀剑才能保护大商千千万万的家园不被屠杀，国在家在！"

士卒们从痛失亲人的悲伤中被唤醒，渐渐明白了自己肩负的使命，内心充满了斗志和杀气。一些少年拔出砍刀说："我们跟他们拼了。"

妇好继续说："我妇好已经向国王承诺绝不虐待俘虏，但是，如果你们能抓获敌方首领，我妇好将效仿上甲微，必定让敌方首领死无全尸，以报我灭族之辱。"

忽然，一阵急促的马蹄声传来，子常带着一名探马来到近前，跳下战马气喘吁吁地跑来报告："报大将军，前方十五里发现敌军，是土方军队。"

妇好有些吃惊："这么近？怎么探马早没有发现？"

子常解释说："没想到他们会集中在一片丛林里宿营扎寨，大约三千人，看见炊烟才知道他们都在里边。"

妇好又问："他们在干什么？"

子常说："正在休整、造饭。"

妇好分析："咱们的探马能发现他们，他们的探马也会发现我们，不能再耽搁了。现在兵力相当，我们必须趁其不备发动突袭。马上集合队伍，准备迎敌！"

一名士卒问："可是……我们还没吃饭。"

妇好走向战马，扭头回答："到敌营去抢！他们已经给我们做好了！"

一名士卒小声对另一名士卒说："我们必须打赢！"

妇好走过的地方，不断有士卒闪开一条通道。妇好边走边说："兄弟们，上天将报仇雪恨的机会摆在我们面前了，灭族的羞辱今天由我们来洗刷，大商军人的荣誉今天由我们来铸就。亮出锋利的武器，让敌人感受一下虎狼之师的威力！"

几乎所有的士卒都将一根白色布条系在头上，以表示复仇的决心。骑兵们将在部族训练时绘绣制作的千张虎皮蒙在战马之上，立刻，战马仿佛一头头个头高大的老虎。这是妇好部族的秘密武器，从她的爷爷开始使用，部族战士们给战马蒙上绘绣制作的栩栩如生的虎皮，天天如此，长期训练，使自己的战马渐渐适应，不再恐惧虎皮斑纹，直至习以为常。一旦上阵作战，敌方士卒的战马看到一群老虎扑来，必定阵脚大乱。

妇好走到骑兵队伍面前，对骑兵指挥子常命令说："现在改变战术，你带领骑兵为先导冲进丛林，一是偷袭震慑敌人，二是将敌人由丛林赶到开阔地带。我带着战车正面进攻，步兵随后。现在我授予骑兵最大的特权，独立作战！"

"随我冲锋。"子常飞身上马，带着殷商骑兵全线冲锋。

在土方军队宿营地，土方外围值守的哨兵发现了殷商骑兵，连忙大声呼喊："大商骑兵来了，大商骑兵来了！"

被胜利冲昏了头脑的土方士卒们根本没有作战的心理准备，看到殷商骑兵成群冲进了丛林，猝不及防，丢下饭碗，操起刀枪，弯弓搭箭进行阻击。有的土方士卒尚未放下饭碗就被殷商骑兵的马刀砍掉了脑袋。

上次作战胜利之后，欧人首领分给了土方首领两名年轻女子作为奖赏。习惯了胜利的土方首领没事儿就躲在自己的大帐里享受女色，根本没有想到大商朝廷会如此突然地出兵反击，简直如神兵天降。土方首领听到呼喊，顾不上穿戴盔甲，慌慌张张提着裤子冲出了大帐，命令道："拦住他们，快，拦住他们！"

土方士卒开弓射箭，殷商骑兵不断有人中箭跌落马下，但是更多的殷商骑兵冲进了土方营地，土方营地立刻火光四起，死伤无数，乱作一团。看到一群老虎冲进了丛林，土方军队的战马惊慌失措，自行逃走了很多。

大部分土方士卒都溃散逃跑，出了丛林，在土方首领统领下重新列队布阵。此时，他们没有想到，殷商军队战车阵营和步军阵营就在丛林外等候着他们。

妇好站立在殷商军队的战车之上，手扶大钺，高声喊道："放箭！"

无数箭矢飞向了土方士卒，惊魂未定的土方士卒纷纷中箭，阵形大乱，根本无法听从土方首领的指挥。

妇好大声鼓励自己的殷商士卒："狭路相逢勇者胜！大商的勇士们，冲啊！"

随着命令下达，殷商军队战车阵营开始向前冲锋，奔驰的马蹄带着滚动的车轮冲向敌军。殷商步兵个个手持铜剑、盾牌、长矛跟在战车后边向前冲去。

"谁都不许逃走，站住。"土方首领企图命令自己的士卒坚持反抗。然而，土方骑兵根本无法控制自己的战马，战马看到虎皮被惊吓得纷纷逃离战场。剩余的步兵受到殷商军队战车阵营攻击乱作一团，早已没有了锐气，纷纷四散奔逃。土方首领气急败坏又十分无奈，他逃得最晚，被殷商士卒追上了，不得已又挥剑回身反抗，结果被几名殷商士卒合力刺伤，捆绑捉拿。

一名塌鼻梁的土方将领跨上自己的战马，原本准备冲锋救出首领，怎奈胯下的战马不断后退，怎么都不肯向前，最后竟然随着混乱的士卒一起逃走了。他万万没有想到，自己跟随土方首领征战多年，即便追随欧人军队南下袭击方国村寨也是大获全胜，为什么第一次遭到殷商军队偷袭就溃不成军，不仅战马不敢走上战场，首领也被对方俘虏了。

第十七章　妇好大义放俘虏　救治伤兵军心归

黄昏，殷商士卒在打扫战场，到处都是土方士卒的死尸。当然，更多的是土方士卒的俘虏。

妇好骑在马上，左手抱着头盔，露出披肩长发，看着远处走来的一队俘虏。子常一路小跑前来报告说："报大将军，我们斩杀土方一千九百余人，抓获土方俘虏三百余人，找到大商工匠二百余人，请求处置。"

妇好说："发给大商工匠粮食，立刻遣返。"

初上战场的子常最关心俘虏，他接着问："俘虏呢？还有土方首领，勇敢的大商士卒抓获了土方首领。"

此时，少年正在俘虏群中辨认着，他清楚地记着砍死父亲的那个土方首领，他要找到那个人报仇。然而，三百余人是个不少的数目，个个灰头土脸，他一时半会儿难以辨认。

妇好催马走到俘虏们面前。一名俘虏痴痴地盯着面前长发披肩的美丽女人："大将军是个女人？嗨，你们看，大商的大将军是个女人。"

大获全胜的子常见此情景，上前抽了俘虏一鞭子，训斥道："混账！竟敢如此窥视大商王后！"

挨打的俘虏跌倒了，俘虏队伍一阵躁动，谁也不敢再多说什么。

少年终于找到了自己的仇人，他冲到被捆绑的土方首领面前，回头大声喊道："姐姐，就是他，就是他杀死了父亲和大哥，我要杀了他。"

妇好飞身下马，将头盔放在马鞍上，然后走到土方首领面前。土方首领挣扎着喊道："我就是不服，王权本来就是我们夏族的。"

妇好挥起右手给了土方首领一记耳光，说："夏桀罪孽深重，天下诸侯群起攻之，得民心者得天下，你不服又有何用？我就是大商王后妇好，我问你，我母亲呢？"

土方首领拧着脖颈说："王后又能怎样？你当时若在，我定会连你一起杀了……"

妇好又逼近了问："你杀死了我父亲？"

少年指着土方首领说:"姐,就是他,他杀死父亲和大哥。若不是那天下雨,我也被他烧死了。"

土方首领愤恨地说:"与武丁联姻的人就是土方的敌人,我要赶尽杀绝,杀得你们一个不剩。"

妇好忽然拔出佩剑,一剑割破了土方首领的脖颈。土方首领脖颈的鲜血喷涌而出,身体慢慢栽倒在地上。

妇好低声说:"转告我父亲、大哥,还有全族妇孺老幼,找到轩辕鼎我会祭奠他们,天下将永远有一个强大的大商。"

土方首领的尸体倒下了。妇好转过身来,对着俘虏群体厉声喝道:"还有谁,参与了对我部族的屠杀?谁?"

少年指着俘虏们:"他,还有他……你他妈的出来!"

大部分俘虏都站了出来。妇好命令:"全部手背留痕。"

大商士卒听懂了妇好的命令,开始对俘虏们行刑,用匕首在俘虏手背上划出十字血痕。子常挥剑砍断了捆绑俘虏们的绳索。他知道,妇好早晚会释放这些俘虏。

妇好大声说:"土方的兄弟们,我就是大商王后妇好,我现在释放你们。你们要转告欧人,还有逃走的土方士卒,只要放下武器,大商军队不杀俘虏。今日留下记号,若你们重回战场再次被俘,格杀勿论。"

原本血腥的场面有了和颜悦色的改变。然而,宽厚的政策招来了反对的声音。少年吃惊地喊道:"不能啊,姐姐,不能释放他们,他们杀了那么多族人,还有不会走路的婴儿。"

子常更是十分不悦,低声向妇好说:"是啊,他们杀了我们很多士卒。"

"执行命令!释放!"妇好命令道。

子常尚未反应过来,少年突然捡起一把佩剑胡乱砍向俘虏,两名俘虏先后倒下了。

妇好命令:"住手!子常,制止他!"

子常从背后抱住了疯狂的少年,少年被迫扔了佩剑,号啕大哭。

妇好指着排在最前边的俘虏说:"你们屠杀我的部族时,我深深为当时没有在部族与族人一起反抗而懊悔。但是现在,你们土方首领已经死亡,你们也成为俘虏,我命令你们每人砍他一刀,谁砍了就地释放,否则一律处死。你们几个排在前边的,动手吧。"

俘虏们你看看我,我看看你,不知道妇好究竟什么用意。

"动手!"妇好大声命令道。

俘虏们吓了一跳,就连少年也哽咽着盯着妇好,不知道妇好要做什么。

一名俘虏走上前来,捡起地上的砍刀,试探着对着土方首领的尸体砍了一刀。

"你,自由了。"妇好大声说。

俘虏看看左右,没有殷商士卒阻拦他,便立刻扔掉砍刀转身撒腿就跑。

"你,动手!"妇好又命令下一个俘虏。

俘虏捡起砍刀,对着土方首领的尸体使劲砍了一刀,然后扔了砍刀转身逃走了。

"你,上前。"妇好命令一个高个子俘虏。高个子俘虏十分犹豫,他不太情愿,但还是不得已走上前来捡起砍刀。他哆哆嗦嗦没有砍土方首领的尸体,而是大喊一声突然挥刀向妇好奔来。妇好早有防备,飞身挥剑,一剑磕开砍刀,第二招就割破了高个子俘虏的脖颈。

高个子俘虏倒下了,妇好大声问:"还有谁想反抗?"

俘虏们不敢再说话,一个跟着一个走上前来,每人朝土方首领尸体砍了一刀。

剩下最后一名俘虏时,他刚要接过砍刀,妇好喊道:"慢。"

妇好走上前去,一刀砍下土方首领的脑袋,拎着头发递给那名俘虏,说:"我命令你,将土方首领的首级给欧人首领送过去,让他知道,大商军队早晚会与他交战。"

妇好又命令子常:"给他一匹马。"

俘虏接过土方首领的脑袋,哆哆嗦嗦地上了马,一边回头看一边骑马走了。

子常走过来低声问:"大将军,这样做不是放虎归山吗?毕竟我们放走了好几百人,他们已经看到了我们的兵力没有两万人。"

"你不要忘记,失败的恐惧心理也是瘟疫,他们会传染给欧人的。"妇好命令,"多多放出探马跟踪他们,打探敌情。明日继续向北,寻找欧人军营,轩辕鼎一定在那里。"

子常答应:"诺!"

少年已渐渐停止了哭泣。妇好走到他身边,拍着他的肩头说:"大商士卒不是你的,你无权对他们下达命令。另外,出征之前我已经在王宫承诺,不杀俘虏。"

少年说:"你已经杀了土方首领,为何不能杀了土方士卒?"

"土方首领是战犯，押回殷都必定处死。其余的都是战俘，我需要他们去影响欧人士卒。你要学会理解心理战术。"妇好对少年说。

少年说："当时，母亲叮嘱我告诉姐姐，就是要姐姐报仇的，你却释放了他们。"

"我不是在为自己的家族报仇，而是肩负着一个国家民族的仇恨。等到有一天你穿上军装，你才会懂得国家的敌人才是你的敌人，很多事情你不能自己做主。"妇好解释。

"你不管我管，我要自己去寻找母亲。"少年飞身上马，头也不回地骑马跑开了。

妇好看到树林里有殷商伤兵，连忙走了过去。妇好看到一名士卒在笨手笨脚地为另一名大耳朵伤兵包扎伤口。妇好走过去，从士卒手中接过布条，用杜康酒为大耳朵伤兵清洗伤口。

大耳朵伤兵刚要躲避，妇好说："你不要动，伤得不深，顶多半个月就会痊愈。"

妇好认真为大耳朵伤兵包扎着，大耳朵伤兵感动得哭泣了。

妇好问："你哭什么？我熟通医术，救死扶伤是我的职责，所有士卒都是我的兄弟，情同手足，我为你疗伤，有何不可？"

大耳朵伤兵说："原本来的时候，我是准备以身殉国的。现在，王后带领我们打了胜仗，我这是高兴啊。"

妇好起身，又走到另一名伤兵身边，帮助他扎紧布条。

妇好对大家说："所有伤口都要用杜康酒清洗。"

第十八章　殷都妇好捷报传　深宫妇妌生嫉妒

白天，炎炎烈日下的马道上，一名背插令旗的大商传令兵在纵马疾驰。传令兵驰过小河，又驰过树林。夜晚，传令兵举着火把纵马疾驰。

天色又亮了，传令兵骑马冲向殷都城门，举着腰牌大喊："前线战报！前线战报！"

城门打开了，传令兵催马举着腰牌冲进了殷都城门。

王宫大殿里，武丁对大臣们说："维修城墙就这样定了。你们可有别的事情？"

负责畜牧业的牧正大臣说："王后带兵走了两个月，音讯全无，是不是要派人去打探打探？"

武丁问："你想说什么？"

牧正大臣说："臣的意思是，王后生性秉直、办事独立，国王不能等着她的信，该主动派人前往打探，看北方前线到底发生了什么。"

武丁说："管好你的畜牧，王后之事无须你等操心。"

牧正大臣说："臣是分管畜牧，可先是边塞村寨遭到劫掠，损失牲畜无数，马是国之重畜，王后打仗又抽空了国内马匹。万一此战失利，大商恐怕连育种的马匹都没了，不仅直接影响畜牧业，还影响农业耕种啊。"

傅说抱着一个木头匣子急匆匆走进王宫，喊道："大王，大王……"

武丁咳嗽一声，说："慢点，从没见你这么慌张过。"

傅说高兴地说："王后有消息了。"

武丁一惊："什么？"

所有的大臣都看着傅说。

牧正大臣催促着傅说："您快说说，士卒们死伤如何？王后如何？"

傅说打开木头匣子，翻开绸布，拿出几片甲骨，说："这一块写了，王后大获全胜，一仗就斩杀土方一千九百余人，俘获三百余人。这一块甲骨说，王后杀死了土方首领，将他的首级送给了欧人。"

武丁连忙问："现在王后的去向呢？"

傅说说："向北继续追击欧人去了。"

大臣们一阵躁动，又渐渐安静下来。

武丁激动地说："快！快！迅速将这个消息传到四面八方，通传给大商的每一个村落、每一户百姓！"

在殷都王宫的寝宫里，丫鬟小芳急匆匆走了进来，劝说妃子妇妌："王妃，那个妇好去了那么长时间，王妃……"

妃子妇妌不屑地说："她刚刚打了胜仗，回来之后指不定怎么骄傲呢。"

丫鬟小芳微笑着说："可是，王妃听说了吗？妇好并没有按照国王的吩咐立即返回，而是继续向西北去了。您想想啊，路途那么遥远颠簸，打仗厮杀生死难料不说，单单是水土不服就够她受的。说不定啊，她……"

妃子妇妌问："你到底想说什么？"

丫鬟小芳微笑着说："王妃，小芳是王妃的丫鬟，只有王妃享福了，小芳才能跟着享福，小芳当然是盼着王妃早日封为王后。"

妃子妇妌警惕地说："王后只能有一个，我还没着急呢，你这是着的哪门子急？你是不是急着想成为国王的妃子？"

丫鬟小芳微笑着说："那是国王的想法，也只有国王才有决定权，小芳再急也没有用。不过，王妃可能忘记了，您没有子女，而王后已经生育了孝己；您的身体又不如王后那么强壮。如果您一味等待，这辈子恐怕是没有指望了。"

妃子妇妌说："你提醒得倒是。"

丫鬟小芳微笑着说："小芳是王妃的丫鬟，若是王妃需要小芳做什么，小芳一定赴汤蹈火，万死不辞。"

妃子妇妌说："有什么话你就直说，什么赴汤蹈火的死啊死的，多不吉利啊。"

丫鬟小芳说："若是孝己死了呢？"

妃子妇妌一惊，连忙起身看看周围有没有外人，确保无外人后才埋怨道："你休在这里乱说，此话被人听了去，是要被砍头的。"

丫鬟小芳说："瞧把王妃吓得，我又没说咱们害了孝己，若是孝己自己患病死了呢？"

妃子妇妌摇头说："你小声点，万万不可诅咒太子，大逆不道啊，要遭天谴的。"

丫鬟小芳说："那时，王妃与王后岂不是平起平坐、机会均等了吗？"

妃子妇妌瞪大了眼睛，脸上露出一丝喜悦。丫鬟小芳说得对，若是孝己患病死了，自己与妇好就平起平坐了。若是自己能生育几个儿子，未来殷都王宫不就是自己的了吗？

第十九章　欧人战场遇妇好　埋骨他乡不瞑目

白天，欧人军营大帐里，欧人首领坐在虎皮座椅上，几案上放着土方首领的脑袋。对于土方军队的惨败，欧人首领虽然有些吃惊，却又非常不屑。现在，他不仅收到了土方士卒送来的土方首领的首级，而且见到了失魂落魄的土方塌鼻梁将领。

塌鼻梁的土方将领衣装不整，气喘吁吁地说："尊贵的欧人首领，还是主动向北撤退吧，留出空间以利再战。您是不知道，大商王后太厉害了，她的军队号称'虎狼之师'。我们……我们前些日子劫掠屠杀的那个寨子就是大商王后妇好的部族村寨。她的士卒个个脑门上系着白布，杀气腾腾，仿佛复仇的幽灵，尤其是骑兵，仿佛个个士卒都在驾驭老虎冲锋作战。他们神出鬼没，铺天盖地，所到之处，猎猎军旗遮住了阳光，我的战马根本无法前行御敌。"

欧人首领轻蔑地说："你真是被那个女人吓破胆了。"

塌鼻梁的土方将领伤心地说："不！您看到结果了，只这一战，不到半个时辰，我们土方首领战死，士卒们死伤无数，族人被遣散，所有的兵器物资全被大商军队抢走了。土方完了，彻底完了。"

欧人首领问："你不是还剩下几百士卒吗？"

土方将领用右手食指揉了一下塌鼻梁，说："他们每人砍了首领一刀，内心灵魂受到了谴责。此外，他们大部分人被释放回来时，手背留痕，已经无心作战了。嗨，这次南下真是得不偿失啊。"

欧人首领依旧不屑地说："你并没有看到全部军队，或许她在故弄玄虚，不值得相信。再说，都怪你们首领太过轻敌。当初我就劝说他修建军营，他执意要在林地搭帐篷宿营。好了，你们就留在我的军营里镇守左侧防线。我的军营非常坚固，正面挖了壕沟，左右两侧布置了木障防线，纵她有再多人马也休想攻进我的军营。再说，我刚刚派遣使者去催促砒方、鬼方、沚方，让他们速速前来配合。我也会主动出击袭击大商军队。大商一个小女子，我倒要看看她有何能耐。若能活捉了她，我会把她赏赐给你做妻子。"

塌鼻梁的土方将领一脸冷漠："我们有祖训，不能娶大商女人做妻子。"

欧人首领哈哈大笑，说："那就赏赐给作战勇敢的士卒们，他们会脱光她的衣服羞辱商王武丁的。"

塌鼻梁的土方将领没有表态，右手捂在胸口施礼之后退出了大帐。他走到大帐外边，看到一名土方士卒正在向欧人士卒讲述："我真的亲眼所见，那个漂亮女人就是这样说的，放下武器，不杀俘虏。要不然我们怎么能逃出来呢？"

一名欧人士卒问："她真是大商王后？"

另一名欧人士卒问："她叫什么名字。"

讲述的土方士卒说："妇好。"

一名欧人士卒看见了走出大帐的塌鼻梁土方将领，赶忙咳嗽一声，大家都不说话了。塌鼻梁土方将领向自己的土方士卒招手，不耐烦地说："集合了。"

一群土方士卒懒散地围拢了过来，跟随塌鼻梁土方将领向着左侧防线走去。

此时，初战大捷的妇好与骑兵将军子常、步兵将军子册看着羊皮地图研究作战方案。

步兵将军子册指着地图说："他们前面有一条壕沟，两翼各有三道木障，看来欧人想要长期作战了。"

子常说："我们就把他们围起来，困他们一年半载的，饿也要把他们饿死。"

妇好说："不行，我们的兵力根本无法困住敌人。现在对我们最有利的就是他们将一部分兵力留在了山区，但是，碏方、鬼方、沚方如果参战，他们的军队最迟也会在十天之后赶过来。咱们虽然兵精粮足，但是猛虎不斗群狼，我们恰恰不宜久战。你看，欧人大营北面临水。根据目前的情况，咱们兵分三路，步军从正面佯攻，牵制他们的注意力，骑兵、战车分别从左右两翼偷袭。记住，把河留给他们，便于他们逃走。"

"逃走？"几名将领同时问，他们不明白这是什么战术。

妇好说："虽然咱们的战马披有虎皮，能够震慑敌军骑兵，但是欧人建有固定军营，我们的骑兵无法迅速冲入军营。如果长时间硬拼，双方都会有更多伤亡，我们的兵力根本无法支撑到最后。但是，如果他们战败逃走，渡河而逃，就无法带走大量的马匹、辎重。"

步兵将军子册高兴地说："有了马匹，我们就可以扩大自己的骑兵了，这会大大加快我们的行军速度。"

子常问道："可是我们怎么突破欧人设置的三道木障呢？"

妇好心中早已有了预案，胸有成竹地说："火攻。"

与此同时，欧人首领站在军营里的瞭望塔上向远处张望。负责瞭望的士卒向欧人首领汇报："首领您看，大商军队正在向正面集结，有数千之多。"

欧人首领望着远处黑压压的人群，不屑地说："即便真有两万人也不怕，我根本瞧不上他们。兄弟们守住正面，我带人从侧面出去包抄他们。等我捉住了那个小女子，看我如何羞辱大商。"

欧人首领走下了瞭望塔，边走边喊："骑兵集合，随我出击。"

欧人军营的正面，妇好抢先布阵，她站在战车上，挥手下令："进攻！"

殷商步兵向前冲锋，抬着云梯架过壕沟，开始向欧人大营里攀爬。随后赶到壕沟边的殷商步兵射手隔着壕沟不断向欧人大营之中发射带着沾油棉布的箭矢，有的箭矢落在草料、军帐之上，欧人大营里开始着火冒烟，让人内心恐惧。

欧人大营的左侧，子常指挥殷商骑兵开始轮流冲锋出击。殷商骑兵并不冲进敌营，而是排成一队依次从左向右驰过，疾驰到木质栅栏附近时纷纷将手中带火的箭矢射向木质栅栏，然后催马离开。数不清的带火箭矢扎在栅栏上，木栅栏开始冒烟着火。

欧人士卒躲在盾牌后边向殷商骑兵射箭，偶尔有殷商骑兵落马，但是，更多的殷商骑兵依次驰过，更多的木栅栏着火了。这是妇好攻击计划的重要部分，必须用明火烧掉欧人大营侧面的三道木栅栏，殷商骑兵才能长驱直入杀进敌营。

欧人大营内，欧人首领带着一队骑兵刚刚上马，塌鼻梁的土方将领跑来报告："首领，左侧有大商骑兵正在攻营，木栅栏全都着火了，很快就烧没了。"

欧人首领训斥道："你真是被吓破胆了，带领你的士卒死守。"

塌鼻梁的土方将领走了，欧人首领刚刚催马走了几步，欧人大胡子将领迎面跑来报告："报首领，军营正面有大商军队数百辆战车。"

欧人首领吃惊地问："数百辆战车？怎么那么多？"

欧人大胡子将领说："探马说这次他们来了三万军队，咱们却只留守了不足万人……"

欧人首领训斥道："胡说！大商总共才百万人口，还要戍边耕作，哪来那么多军队？他们绝不可能倾巢出动！"

欧人军营到处都是火光，欧人首领想起了塌鼻梁土方将领的描述，如果自己带领骑兵贸然出击遭遇了殷商骑兵，殷商骑兵的虎皮一定会让自己的战马受惊狂逃，根本无法战胜敌人。欧人首领又下马命令："放弃出营偷袭计划，告诉弟兄们，死守大营。"

欧人首领走回了军营大帐，一脚将几案踹开，土方首领的脑袋也滚落在一旁。欧人首领坐下命令说:"调集所有兄弟,坚决堵住大商攻击。唉,这䂇方、鬼方、沚方军队真是行动迟缓啊。只要他们在后边偷袭,大商军队必定不堪一击。"

欧人大胡子将领也走进了大帐,说:"我们无法知道这三个方国的军队究竟出发了没有。首领,在下认为土方那个塌鼻梁将领说得对,大商就是一头狮子,病的时候我们还能劫掠一二,现在,他们全力反击了,我们还是见好就收,向北撤退吧。"

"撤退?该死的土方牛气哄哄却不堪一击,三千人只半个时辰就溃不成军,让我失去了第一道防线,数年筹划毁于一旦。"欧人首领说。

欧人大胡子将领建议说:"土方首领已经死了,不能再埋怨他了。我们留守的士卒毕竟不足万人,大商的部队却不断有方国士卒加入,队伍不断扩大,现在有数万人也未必可知。"

欧人首领气愤地说:"那是讹传!谣言!"

欧人大胡子将领又说:"在下以为,我们犯了一个错误,就是放弃了自己机动作战的长处,来到大商之后也像大商一样建筑军营。我们忘记了大商军队的强项正是攻城略地。若是骑兵机动作战,他们完全不是我们的对手。"

欧人首领说:"该死的土方就是因为没有建筑军营才遭到失败。大商的战马都披了虎皮,土方的战马难以出战迎敌。我们的战马也一样,骑兵机动作战已经没有了优势。你不要忘记我们是来占领大商的,必须建立军营一步一步向殷都逼近。再说,建造军营可以用来坚守。"

欧人大胡子将领说:"可是他们用的是火攻,我们两翼设置的木栅栏都在着火,用不了半个时辰,那些障碍全都化为乌有了。"

这时,塌鼻梁的土方将领慌慌张张跑了进来说:"不好了,首领,大商骑兵已经突破左侧屏障攻进大营了。"

欧人首领大声命令:"堵住!赶快堵住!真是废物!"

塌鼻梁的土方将领跑出了大帐,看到殷商骑兵不断冲进欧人大营,双方展开了厮杀。欧人骑兵如同当初土方骑兵一样难以控制自己的战马,根本无法正常作战。欧人大营四处着火,塌鼻梁的土方将领知道此战根本无法取胜,连忙扔了盔甲逃之夭夭。

搭建云梯攻过壕沟的殷商步兵也冲入了欧人大营,砍断绳索放下了吊桥。妇好站在战车上,拔出佩剑喊道:"随我一起杀入敌营。"

一队侍卫纷纷上马,紧随王后妇好的战车冲进火光四起的欧人大营。

大帐里，欧人大胡子将领着急地劝说欧人首领："首领，您看看外边，攻进大营的大商军队越来越多，现在只有北面河流还没有大商军队。"

欧人首领叹息说："真没想到大商竟然如此迅速反扑。嗨，好在大商工匠已经提前押走了！下令向北撤退！与大部队会合！"

欧人大胡子将领跟着欧人首领一起走出了帐篷，说："首领先走，我来掩护。"

欧人大营北部的河边，欧人首领带着数千士卒放弃了马匹和车辆辎重蹚水过河。河水渐渐没到了胸口，一些士卒在游过河时丢弃了沉重的盔甲。上岸之后，欧人首领气喘吁吁，回头望着对岸的战火恶狠狠地骂道："妇好，我会再回来的，我一定要杀到殷都。"

欧人大营里，殷商士卒不断冲杀进来，到处都在混战。欧人大胡子将领送走了欧人首领，拎着大刀上阵厮杀了一阵子，忽然看到一个帐篷外拴着一匹白色小马驹，知道自己的女人还没有逃走。欧人大胡子将领冲进帐篷，果然看到一名长发女子还在梳头。他急切地对长发女子说："你怎么还没有走？快走，跟随首领一起向北撤退。快！"

长发女子站起身来说："我不走，就是死，我也和将军死在一起。"

欧人大胡子将领生气地说："嗨，你不走就是累赘，我如何指挥作战？"

长发女子扑过来抱住欧人大胡子将领的腰，说："要走我们一起走。"

欧人大胡子将领气愤地使劲将长发女子甩到了一旁，横刀向帐外走去。这时，妇好已经带人赶到帐篷外。妇好看见了那匹白色的小马驹，挥手命令："停车！"

欧人大胡子将领冲出了帐篷，看到殷商士卒围了上来。他举起了大刀，横刀怒目。越来越多的殷商士卒围拢到妇好身后。没等欧人大胡子将领的大刀落下，妇好用剑指着欧人大胡子将领喝道："放下兵器！"

欧人大胡子将领并没有被吓住，他大吼一声舞刀冲上前来砍向妇好。两名殷商侍卫上前阻挡欧人大胡子将领，被欧人大胡子将领接连砍翻在地。

一群殷商士卒一拥而上，用长枪架住了欧人大胡子将领，使他难以动弹。子常奋身而起，挥剑砍向欧人大胡子将领的脖颈。

妇好大喝一声："住手！"

子常停住了手中的佩剑。妇好再次对欧人大胡子将领说："放下兵器，我可以释放你。"

殷商士卒纷纷大喝："放下兵器！放下兵器！"

欧人大胡子将领动弹不得，十分犹豫。帐篷中的长发女子冲了出来，手里拎着一把马刀，看到欧人大胡子将领已经被俘，吓得不知所措。欧人大胡子将领对长发女子喊道："自杀啊，动手啊。"

长发女子无奈，横刀架在自己的脖子上。她理解欧人大胡子将领的心态，知道殷商士卒必定要对他们进行报复，如果活着必定受辱。

妇好大声说："我再重复最后一遍，放下兵器，我可以释放你们。"

长发女子问妇好："此话当真？"

妇好说："若是不信，你可以试试！"

长发女子扔下了马刀，眼中流露出祈求的意愿，可怜巴巴地看着妇好。她不知道，为什么眼前的这个威严女人有如此大的权力。

"哎！"欧人大胡子将领也无奈地松手扔了大刀。

"你们自由了。"妇好说。

长发女子指着帐外拴着的一匹白色小马驹："我还有一匹小马驹。"

子常举起佩剑阻拦道："不行！俘虏无权提出条件，所有的装备都必须留下。"

妇好命令道："把他们押送到河边，让他们渡河逃遁。"

十几杆长枪撤了回来，殷商士卒们闪开了一条小路，欧人大胡子将领搂着长发女子向河边走去。两名侍卫持刀跟在欧人大胡子将领和长发女子身后，慢慢走向河边。

妇好在身后突然大喊："慢着！"

殷商士卒们立刻用长枪挡住了欧人大胡子将领与长发女子的去路。欧人大胡子将领与长发女子哆嗦了一下，止住了脚步。

妇好大声喊："大商还有数千工匠被你们提前押走了，我必须把他们解救回来。回去告诉你们欧人首领，下次再见，凡是反抗被俘者，我不再留下一个活口。走吧。"

殷商士卒们的长枪撤回了，通道再次打开，欧人大胡子将领与长发女子继续向河边走去。

子常问："大将军，我们不如一鼓作气追击欧人残兵，河水北面就是鬼方国地界了，万一鬼方国有所戒备，怕是……"

妇好说："穷寇莫追。再者，我们还不知道大商工匠被押到了何处。不过我们已经掌握了战场主动权，车马粮草不断增多，其他方国不敢轻举妄动。即便这样耗下去，我们也能耗尽欧人的有生力量。"

妇好命令士卒:"打扫战场,明日寻找上游水浅的地方全军渡河,继续向北追击。"

几天来,为了躲避妇好率领的殷商军队的追击,欧人首领带着渡河逃出来的士卒们不断向北撤退。由于一路干渴饥饿,行军速度十分缓慢。大胡子将领带着长发女子追上了欧人首领,向他讲述了妇好的形象和言语,使欧人首领增进了对妇好的了解。当然,他内心充满了对妇好的极度仇恨。

为了填饱肚子,欧人首领带着残兵败将抢劫了一个牧民居住区,杀死了在一顶帐篷里休息的牧民夫妇,抢得了三匹马,大大节省了欧人首领的体力。然而,牧民留下的烤馕和二十多只绵羊根本无法满足众多士卒干瘪的肠胃,附近再也没有牧区或者村庄可以抢劫。欧人首领饥饿难耐,士卒们也渴到了极点。

天空的艳阳逐渐灰暗下来,一片冷寂的大漠上,微风刮起地面的细小沙粒向前滚动。欧人首领带领三千多名残兵败将正在艰难前行,忽然,地势开始不断降低,欧人首领站在高处查看,原来是散乱的士卒们横向走进了一条干涸的河床。河床里也是褐色土壤和无数的沙砾,与两岸看不出什么颜色区别。一些士卒干脆在河床里坐下不走了,因为实在没有了体力。

大胡子将领建议说:"首领,我们不能再走了,没有水,我们会渴死的。大家都走不动了。我们太倒霉了。"

欧人首领跳下马匹,也坐在地上休息,说:"我也走不动了。是的,如果坚持要走,马匹也会渴死的。"

大胡子将领说:"天空阴暗,还有凉风,附近一定在下雨。若是我们这里也下雨就好了,不用担心没有水源。"

口渴的马匹用蹄子在河床上不停地刨着,一会儿,土坑里出现了湿润的土壤。

大胡子将领看见了马匹的动作受到了启发,大声对士卒们说:"兄弟们,这里是河床,地势较低,容易挖到地下水。来吧,咱们集体动手挖出一口水井。只要有了水,我们就能走到北方的基地。"

逃出来的士卒虽然有三千之多,然而大部分士卒都没有了兵器,仅靠十几名士卒用弯刀在河床里挖掘。虽然大家努力挖出一个大坑,也看到了湿漉漉的泥浆,然而最终还是没有挖出水来。

忽然,远处有士卒从地上跳了起来,惊喜地喊道:"有水了,来水了。"

欧人首领和大胡子将领连忙起身观看,只见一股浑浊的污水从上游急速流了过来，很快将干涸的河床湿润了，也很快流满了刚才士卒们挖出的那个大坑。

胖将领说："很好，天助我等。等水流沉淀一下，我们就能喝到清水了。赶紧过去几个人，去上游看看是哪里的水源。"

几名士卒沿着河床向上游走去。欧人首领用自己的头盔在水坑里盛了水，放在地上说："泥沙不多，很快就会沉淀为清水的。我们总算喝到水了。"

突然，上游有一名士卒拼命地向这里跑来，一边跑一边喊："快跑啊，上游发大水了，快跑啊。"

奔跑的士卒摔倒了，很快被淹没在大水之中。大胡子将领听到了呼喊，连忙催促欧人首领和长发女子上马。欧人首领顾不上捡起自己的头盔，迅速上马向北岸逃去。上游的大水像一堵墙一样咆哮着冲了过来。大胡子将领试图将长发女子推上马匹，然而，巨大的水声惊吓了马匹，马匹不听招呼躜开四蹄逃走了。

波涛汹涌的大水将大胡子将领和长发女子冲散了。大胡子将领被大水推送了几百米远。等大胡子将领拼命游上北岸的时候，不仅长发女子早已不见了踪影，河床里的三千多士卒也大多被突发而至的洪水淹死了。

天空更加黑暗，一道霹雳闪过，雨滴开始落在每个人的身上。欧人首领骑在马上，看看地上气喘吁吁的大胡子将领，又看看仅剩的十几名士卒，不禁感叹道："难道，真是上帝要灭了我们吗？"

大胡子将领心里惦记着自己的女人，几乎掉下眼泪来，无奈地说："没了，什么都没有了，他们一定都淹死了。"

第二十章　妇好征战各方国　欧人首领成囚犯

草原上春风荡漾，这里是殷商北部的鬼方国领地。

妇好骑马带着殷商军队前行。子常和几名骑兵从远处疾驰而来，勒住缰绳报告说："报大将军，前方河床已经基本干涸，但是我们发现了数千名被淹死的欧人士卒尸体。而且，我们搜过了土方国的老巢，没有轩辕鼎，也没有士卒和百姓，他们一定跟着欧人军队向北逃窜了。看来他们是真的被打怕了。"

妇好说："关键是我们还没有找到大商工匠。这个人是谁？"

子常指着一起带来的一个被绑着双手的土方贵族说："我们抓获了土方首领的弟弟。"

妇好问："你叫什么名字？"

土方首领的弟弟骑在马上，赶紧说："巴……巴莱特。我……我可没有反对大商……"

妇好对子常说："打造一辆囚车押上他，直到我们找到大商工匠，找到轩辕鼎。"

"得令。"子常挥挥手，几名骑兵扣押住了巴莱特。巴莱特喊道："你们的大鼎被欧人士卒藏进了山洞。你们不能这样对我，我没有反对大商。我曾经两次出使大商，两次前往殷都，我没有反对大商。"

妇好只管前行，并不答话。

远处，草原上的一片帐篷依稀可见，子常对妇好说："前方就是鬼方国的地界了。"

妇好依旧没有说话，她在内心也在判断，如果鬼方国真的参与了叛乱，他们早就跟着土方首领一起出兵了。可直到现在，鬼方、碵方、沚方都没有任何动静，探马也没有发现他们有出兵的迹象。看来，他们并非真心想跟随欧人一起反叛大商。

三顶帐篷的处边，一些儿童正在玩耍，忽然有一个白发男子骑马跑来对帐篷里喊道："快跑吧，妇好来了。"

一些妇孺立刻慌乱起来，纷纷拉起自家的孩子，嘟囔着："妇好来了，来了就会屠城，杀得一个不剩。快跑吧。"

有人赶起了牛车，有人骑上马，纷纷带着家人逃走了。

一名脸庞黝黑的女人冲出自家帐篷，四处寻找着哭喊："儿子，儿子，你在哪里？"

草原上，一名三岁左右的儿童在专心致志地捉蝴蝶。妇好看见了儿童，眼前立刻浮现出自己儿子孝己的身影。妇好跳下战马，朝着儿童走了过来。

儿童突然抬头看见了妇好，也看清了不远处的殷商骑兵，马匹披着虎皮。儿童吓得目瞪口呆，转头就跑，跑了几步摔倒了，立刻哭着向前爬去。

妇好快步走过来扶起儿童，笑着说："你是男子汉，怎么哭了？"

儿童躲开了，继续向前跑，然而再次摔倒了。

妇好对自己的身后喊："取一个烤馕过来。"

一名士卒立刻送来了一个烤馕。妇好再次扶起了儿童，将烤馕塞进儿童手中，为他擦去脸上的泪水，问："你家住什么地方，我送你回家。"

儿童一边抽泣，一边胆怯地指了指远处帐篷的方向。

妇好问："你会骑马吗？"

儿童摇摇头。他不知道这个女人为什么要送食物给他，也不明白军队里为什么会有女人。

"我送你回家。"妇好抱起儿童放在战马上，自己牵马带着儿童向帐篷的方向前行。儿童手中拿着烤馕，情绪渐渐安静下来。

帐篷外，一名骑马的男人催促脸庞黝黑的女人："再不走就没命了。妇好带着大商军队来了，她知道首领预谋反叛，会杀光鬼方国所有的人。"

脸庞黝黑的女人拿起一柄长刀，坚定地说："我不走，我要找到我的儿子。"

骑马的男人连忙走了。

妇好牵马带着儿童来到帐篷附近。脸庞黝黑的女人一眼就看见自己的儿子坐在妇好的马上，挥刀冲过来喊道："还我的儿子！还我的儿子！"

就在脸庞黝黑的女人跑到妇好马前的时候，儿童高兴地喊了一声："妈妈。"

脸庞黝黑的女人愣住了，她看到了儿童脸上的笑容。妇好转身将儿童抱了下来，放在地上。儿童跑向自己的母亲，举起手中的烤馕喊道："妈妈，她送我的。"

脸庞黝黑的女人扑过来，放下长刀搂住了儿子，夺过烤馕扔在地上，说："你不能要大商的东西，妇好会杀了你的。"

儿童起身挣脱母亲的怀抱，捡起了那个烤馕。

妇好上前走了几步。脸庞黝黑的女人立刻警觉起来，横起长刀说："你别过来。"

妇好摘下头盔，说："大姐，我就是大商王后妇好，你看我有那么凶恶吗？"

脸庞黝黑的女人上下打量妇好，问："你就是妇好？他们都说妇好是杀人不眨眼的恶魔。"

妇好笑着说："还是眼见为实吧，任何时候我们都绝不为难无辜百姓。大姐，希望我下次路过这里的时候还能再次见到你。"

妇好扭头对殷商士卒说："把那匹小马驹牵过来。"

一名殷商士卒牵过来一匹雪白色的小马驹。妇好将自己的头盔放在地上，对士卒说："把你的长枪给我。"

脸庞黝黑的女人立刻紧张起来，又从地上捡起长刀："你要干什么？"

妇好笑了笑，从士卒手中接过长枪，将小马驹的缰绳套在枪杆上，又将枪尖使劲扎进草地，对儿童说："送给你的，喜欢吗？"

儿童两眼放光："喜欢。"

妇好对儿童说："小男子汉，等再过几年，你长大了它也长大了，你就可以骑马了。"

妇好拿起头盔戴在头上，转身飞身上马，带着军队继续前行。

脸庞黝黑的女人拉住儿子，训斥说："你不能要妇好的东西。"

说完，脸庞黝黑的女人搂着儿子，愣愣地看着殷商军队继续前行。儿童再次挣脱了母亲，走向了小马驹。小马驹并不熟悉儿童，它本能地向后退了几步。儿童兴奋地蹲在草地上，笑眯眯地望着小马驹惊恐的眼睛。

白天，殷商军队在大漠上行进，远处一群羚羊吸引了妇好的目光。蓝天白云下青草萌发，一群羚羊在静静地吃草，几头机警的羚羊抬起头来看着妇好带领的殷商大军。一些性格活跃的羚羊在草地上跳跃，白色的臀部高高地显示给同伴们。

"太美了。"一名士卒感叹说。

妇好问身边的士卒："你看过大海里有无数的鱼儿在水面跳跃吗？"

士卒说："鱼怎么可能跳跃？"

妇好说："我父亲去过东夷，他见过那里的大海。我曾经突发奇想，战争结束之后，我要在中原地带繁殖饲养各地的动物，包括梅花鹿、羚羊、白狮、猎豹、白犀、黑猩猩、长颈鹿、河马、角马、斑马、丹顶鹤、大鸨。"

士卒高兴地说："那当然太好了，可是怎么才能将那么多的动物放在一块草地上饲养呢？"

"办法多得是！"妇好丢下一句话，径自前行。

忽然，走在队伍最前边的子常发现了一群人站在远处等候着。子常立刻警觉起来，催马走过去查看，原来是䃼方、鬼方、沚方部族首领，手中拿着各自的旗帜等着向王后妇好表达歉意。他们三人协商了，三人同时出面才能相互证明他们并非有意反叛，而是共同受到了欧人军队的威胁和土方首领的蛊惑。

妇好骑在马上，子常带着䃼方、鬼方、沚方部族首领来到了她的面前，说明了来意。

䃼方首领鞠躬施礼说："不知大商王后驾到，有失远迎。"

妇好板着面孔说："不知？什么叫作不知？不知你就不会来，来了就是知道。作为大商方国，你们䃼方、鬼方、沚方接受了大商国王的分封，成为大商诸侯、方伯，可是你们却借着殷都瘟疫，竟敢跟随土方密谋叛乱，纵容欧人祸害大商百姓，你们该当何罪？"

鬼方首领向妇好献上自己部族的旗帜，说："我们鬼方受了土方蛊惑，可是您都看见了，我们并没有出兵劫掠百姓，也没有收留欧人首领，更没有投降欧人。欧人士卒还杀死了我们的牧民，我们要报仇。我们愿意加倍向大商国王纳贡，以表达我们的诚意。"

另外两个首领也赶紧献上自己部族的旗帜，说："我们䃼方、沚方也愿意加倍纳贡，我们绝不与大商为敌。我们愿意杀了欧人信使，以表与欧人从此为敌。"

说完，三位首领招招手，命令卫兵押来了三名欧人信使，三位首领杀掉了扣押多日的欧人首领的信使，拎着首级献给妇好。

妇好冷冷地说："仅仅杀掉信使是不够的，为了表明立场，你们必须集体出兵，配合我共同剿灭欧人骑兵，砍下欧人首领的首级。否则，我的青铜大钺只认朋友不认敌人。"

沚方部族首领早有考虑，连忙说："我们沚方愿意出兵四千，我本人亲自带兵听从王后调遣，以显示我们沚方对大商的忠心。"

䃼方、鬼方部族首领也连忙表态，各自愿意出兵三千一同作战。妇好心中默算一下，欧人军队大致已经剩下不足一万五千人，自己的军队和三个方国军队，加在一起已经达到了一万三千人，完全有把握与欧人士卒正面作战了。

"那你们就立即返回，动员全体士卒参战，自备粮草，十日后咱们在前方二十里处集合。"妇好命令道。

自此，妇好带领的殷商军队大大增员扩容，旌旗猎猎，士气大振。

这天，大军正在前行，妇好问子常："到哪里了？"

子常回答："咱们已经翻越了阴山山脉，欧人残余势力不会太远了。"

妇好命令说："让探马四周打探，小心中了埋伏。"

远处，一名欧人骑兵骑马悄悄离开了。殷商军队的探马发现了欧人士卒，连忙向妇好做了汇报。

在一处山坡上，欧人首领带着一群士卒在看地图。欧人首领指着地图上的峡谷说："复仇的机会来了。根据探马报告，大商军队一直在向西北前行，明日就会进入峡谷，咱们正好打他个伏击。"

欧人大胡子将领怀疑道："他们会走峡谷吗？是否派遣士卒佯败把大商军队引入峡谷？"

欧人首领说："这是这一带唯一的通道，他们带着战车辎重不可能去翻山越岭，所以，他们没有其他道路可走。命令全体士卒今日提前埋伏在峡谷两侧，即便他们不来，我们也不会有什么损失。"

夜晚，在妇好的大帐里，妇好、子常和砒方、鬼方、沚方部族首领聚集在一起商议军情，探马早已将欧人在峡谷设伏的消息带了回来。妇好说："既然已经探明他们在峡谷设伏了，咱们就将计就计，明日按照原定计划进入峡谷，砒方军队负责在峡谷另一端堵截，鬼方、沚方在两岸包抄，我带着三千人从正面进攻峡谷。记住，一定要重视火攻，在狭窄的峡谷里只有火攻才能最大限度震慑敌军，消灭敌军。"

砒方、鬼方、沚方部族首领急于表现自己，完全同意妇好的作战分工，返回自己的营地部署去了。

黄昏的峡谷里，两边山崖埋伏着一万多名欧人士卒。欧人大胡子将领居高临下，指着远处的峡谷进口说："首领你看，那个穿红色大氅的就是大商的王后妇好。就是她，我亲眼见过她。不过，有点奇怪，为何她身后的士卒那么少？"

欧人首领远远望去，妇好披着红色斗篷，骑马带着一队长长的队伍进入了峡谷。欧人首领咬牙切齿地说："不管别的，一定要万箭齐发，我只想要妇好一人的性命。等到他们群龙无首，咱们就好下手了。"

欧人大胡子将领向远处山崖上挥手示意，立刻有许多欧人士卒举起了弓箭。

妇好越走越近，欧人首领看到时机成熟，当即下令："放箭！"

欧人大胡子将领挥手示意，立刻，两岸万箭齐发，射向了身穿红色大氅的妇好。妇好身中数箭翻身摔落马下。

进入峡谷的大商士卒纷纷躲到两边崖下，举起盾牌遮挡乱箭。

欧人首领看到妇好倒在地上，命令道："冲下去！快去看看，她到底死了没有？死了我也要，我要将她碎尸万段。"

欧人大胡子将领挥手命令："冲下去！"

很快，一万多名欧人士卒从两岸冲下了峡谷，在峡谷里与大商士卒厮杀在一起。欧人士卒虽然人数众多，但在狭窄的峡谷里难以施展开来，只得排成长队向外拥挤。人数处于劣势的大商士卒完全丢弃了跌倒在地上的妇好，沿着峡谷且战且退，但是却全力守住了峡谷进口，不肯再退。

一名欧人士卒上前翻开倒在地上的妇好，大声叫喊："是个草人，我们上当了。"

就在此时，峡谷两边的山崖背面，众多的鬼方、沚方士卒呐喊着从丛林中厮杀出来。因为大多数欧人士卒都已经冲下了峡谷，留在峡谷高处的剩余的少数欧人士卒根本没有想到他们的背后居然出现了敌军，大惊失色，不堪一击，很快败下阵来。越来越多的欧人士卒退进峡谷，欧人首领也跟随大军退到了峡谷里。一万多人的欧人军队完全集中在峡谷中。就在这时，无数火把从空中降下，鬼方、沚方士卒使用了火攻。欧人军队更加混乱，士卒们早已没有了作战的勇气，更无心与峡谷进口的殷商士卒继续作战，纷纷后退，沿着峡谷向远处的另一端逃亡。

很快，死守峡谷进口的殷商士卒开始反攻，向峡谷里边追赶厮杀。欧人大胡子将领再次掩护欧人首领先行撤退，他留在了最后抵挡殷商士卒。几经搏斗，欧人大胡子将领难敌众敌，被刺身亡。他瞪着大眼睛，死不瞑目地倒在了草丛中。显然，他没有想到自己会败得如此惨，更没有想到自己会有如此的结局。

欧人大队人马沿着峡谷向远处的另一端逃亡，没想到前方出现了碛方部族的旗帜，而且，碛方士卒们很快在峡谷出口处点燃了一堆大火，完全堵塞了峡谷的出口。峡谷深处的两岸比进口处更加陡峭，无奈之下欧人士卒们只得沿着悬崖峭壁向上攀爬。好容易他们上了崖壁，却又遭受鬼方、沚方士卒以逸待劳的斩杀，死伤无数且纷纷跌落谷底，不断砸落一些正在向上攀爬的欧人士卒。鬼方、沚方士卒在峡谷两边不断扔下石头和燃烧的滚木，使得欧人士卒的死伤大大增多。

一抹残阳落幕了，峡谷里越发黯淡下来，燃烧的火光大大增添了欧人士卒的恐惧心理。

欧人首领带着几名卫兵沿着峡谷边缘找到了一个细窄的突破口。他带着他们拼命逃窜，身边的几名卫兵不断中箭倒下。为了不被弓箭手发现，欧人首领只好趴在地上向前爬行。突然，一把明晃晃的佩剑指向他的鼻尖。欧人首领慢慢抬起头来，看见了妇好美丽的娇容。身披红色斗篷的妇好大喝一声："绑了！"

几名殷商士卒上前绑了欧人首领，他插着漂亮羽毛的帽子也被打落在地。欧人首领挣扎着说："你就是大商王后？你敢将土方首领大卸八块，有本事也杀了我。"

妇好说："土方首领有胆无识，他是受你蛊惑，他和他族人之死你要负全部责任。"

几名殷商士卒将关押土方首领弟弟巴莱特的囚车赶了过来。妇好命令："放他出来！"

殷商士卒给巴莱特打开了囚车的闸门。巴莱特走下了囚车，再次申辩道："我说过了，我从不反对大商。"

妇好对巴莱特说："得民心者得天下，夏桀罪孽深重，难以饶恕，天下诸侯群起而攻之。况且，那是三百多年前的事情了，谁都不想让土方灭亡。现在，我代表大商国王任命你为土方国新任首领。你要四处聚拢民众，善待旧臣，尽快做好畜牧生产的善后事宜，尤其是及时为百姓补给生活物资。"

巴莱特连忙施礼："臣巴莱特一定不负厚望，尽心尽责。"

妇好对欧人首领说："大商国王仁厚慈祥，大商百姓辛勤劳作，你们却无故挑起战端，死伤了无数无辜性命。来人，把他押进囚车！"

欧人首领大喊："我是欧人首领，我有高贵的爵位，大商王后无权将我当作囚徒。"

妇好说："戴上镣铐，押进囚车！"

几名殷商士卒将欧人首领的手脚都戴上镣铐，押上了囚车。欧人首领不服地喊道："我就是不服，你不按常规出牌。"

妇好说："你忘记了，这里是大商领土，是我们的家园，如何作战是我的自由，外夷入侵是难以取胜的。把囚车押进峡谷，责令欧人士卒全部投降。"

囚禁了欧人首领的囚车押进了峡谷，尚未逃走的欧人士卒看到首领已经被活捉，再也没有了斗志，纷纷扔下刀剑，束手就擒。

"反抗啊，你们不要投降，不要投降……"欧人首领几乎是哭着喊道。然而，失去斗志的欧人士卒再也没有了反抗的勇气，一切都无法挽回了。

碔方、鬼方、沚方首领与妇好汇合了。妇好对他们三人说："你们的行动证实了你们的诺言，我会如实向大商国王禀报，请他向天下颁诏表彰你们，减免你们的纳贡。现在，我就把这些欧人俘虏送给你们三个部族作为奖励。从此，他们就是你们的奴隶，你们自行安排让他们劳作耕种，自食其力。"

三位首领连忙施礼："多谢王后宽厚。"

妇好对欧人首领说："为首者是战犯，我要把你押回殷都，交给大商国王处置。"

欧人首领大喊着："你杀了我吧，我不想一个人去殷都。"

这时，子常跑过来说："报大将军，我们找到了被关押的大商工匠，还有数千头牲畜。轩辕鼎也找到了，就在一个山洞里。"

夜晚，当火把点燃的时候，妇好带领碔方、鬼方、沚方部族首领跟着子常来到了山脚下，这里有着无尽的帐篷，很多戴着脚镣的大商工匠在冶炼。看守这里的欧人士卒全都逃走了。山边的一个山洞里，一些殷商士卒奋力将轩辕鼎用木车推了出来。妇好跳下战马走近了轩辕鼎，在火把照耀下仔细看着上边的纹饰。

妇好判断说："这不是真正的轩辕鼎，是仿制的赝品。"

正处于兴奋之中的子常收住了笑容："仿制的？"

碔方、鬼方、沚方部族首领也认真看着，因为不熟悉轩辕鼎，不敢随意插话。只是他们也十分纳闷，为何欧人费尽心机抢到的轩辕鼎是假的。

妇好说："轩辕鼎曾经存放在我的部族，我亲眼看见过，亲手抚摸过。后来，听说先王将它埋在了我部族的密宫里，但是却丢失了。嗨，即便是假的，带回去吧，也好与真的做个比较。"

妇好转身来到工匠当中，登上一辆牛车，大声说："乡亲们，大家停下吧，你们真的不用再为欧人卖命了。"

工匠们犹豫一下，没人理会妇好。妇好又说："你们当中，有谁去过殷都？"

工匠们还是没理会妇好。妇好提高嗓门喊道："我是大商王后妇好。"

工匠们愣住了，很多人望着妇好。妇好向远处招招手，很快，许多殷商士卒举着火把出现在四周。一位正在烧火的老工匠慢慢走了过来，脚镣发出哗啦哗啦的响声。他走到妇好面前仔细看着，泪水流出了眼眶，然后"扑通"一声跪下，颤颤巍巍地说："我没去过殷都，可是我在您的封邑见过您呢……您真的是王后妇好……"

妇好跳下牛车，搀扶起老工匠，问："是妇好无能，让你们受苦了。老人家，虽然我记不得您了，可是我想问，你们在这里是做什么呢?"

老工匠慢慢站起来说："欧人军兵把我们押到了这里，这里有很多矿石，可以铸造铜器，他们非常喜欢大商的铜器。"

妇好说："你们已经开采了多少矿石?"

老工匠指着周围说："漫山遍野都是啊。"

妇好大声说："你们自由了！砸开你们的脚镣吧！明日开始打造车辆，将矿石拉到殷都，我们要建立更大的铸造基地，我要让大商所有的百姓都用上铜器。"

第二十一章　孝己宫院遇刺客　思母心切铸铜鼎

　　黄昏的殷都显得十分繁忙，街道上人来人往，人头攒动。

　　王宫院子里，太子孝己独自在玩耍。他讨厌白色狼狗一直跟着他，妨碍他捉蝴蝶。为了惩罚白色狼狗，他命令女仆用一根绳子将白色狼狗拴在了一棵小树上。

　　回到房间里，女仆开始烧水沏茶。忽然，丫鬟小芳悄悄走进了院子，看看四周无人，咳嗽一声走进了房屋，对女仆说："嗨，你可真是细心啊，孝己可真幸福。"

　　女仆看见了丫鬟小芳，因为小芳经常过来，所以并未在意。女仆取下烧水的铜壶放在几案上，说："王后不在身边，侍奉孝己不细心会受到国王处罚的。"

　　丫鬟小芳说："嗨，不说孝己了。我知道你这里有今年的新鲜茶叶，王妃想尝尝，我取一些可以吗？"

　　女仆说："喝茶有益身体健康，国王命令孝己从小学会喝茶，所以特意诏命南方一些部族进献新鲜茶叶。我就给你拿一些吧，也请王妃一起尝尝。"

　　女仆转身去取茶叶了。丫鬟小芳趁着女仆不注意，将手帕里包着的药粉倒进了烧水的铜壶，然后收起手帕塞进怀里，假装浏览房屋里的陈设。等女仆拿了茶叶回来，她接过茶叶说："真是太感谢了，王妃一定会非常高兴。你忙吧，我也该回去了，等王妃那里有了什么好吃好喝的，我一定送过来请太子品尝。"

　　女仆说："好吧，有空经常过来玩啊。"

　　"哎。"丫鬟小芳答应一声走了。

　　丫鬟小芳走出太子寝宫，来到王宫大院里的假山后边，看看左右无人，对藏在假山后边的一名男子说："出来吧，先把腰牌还给我。"

　　假山后边的男子走了出来，原来是前太子子明。他拿小芳的腰牌进入了王宫大院，与小芳约好要将孝己绑架出殷都，利用孝己控制武丁。为了防止侍从认出他，子明用布条蒙住了嘴巴，仅仅露出了眼睛。子明压低了帽子边沿，将腰牌递给了丫鬟小芳。丫鬟小芳收起腰牌，指着远处孝己的背影说："看清楚了，那个就是现在的太子孝己。我已经在茶水中下了迷魂药，一会儿他喝了就会晕倒的。"

忽然，一队巡逻士卒经过，子明连忙拉着丫鬟小芳一起藏在了假山后边。

丫鬟小芳说："你不是早就绑架了妇好的母亲吗，怎么这么晚才来殷都？"

"嗨，殷都有瘟疫，没人敢来。后来，妇好不是外出了吗？用她的母亲要挟武丁是没有作用的。今日根本用不着迷药。放心吧，背个小孩翻墙出宫，小事一桩。只要能出了王宫，天黑之前出城是没有问题的。"用布条蒙住了嘴巴的子明说。

巡逻士卒走过去了，丫鬟小芳不屑地说："别吹牛，我先走了，后边的事情就看你自己的了。"

丫鬟小芳走了，根本不在意蒙面的子明能否在王宫成功绑架一个小孩子。

子明掏出一个麻袋，悄悄走到了太子孝己的身后。恰在这时，女仆端着茶水过来了，边走边喊："孝己，该喝茶了。孝己，孝己，你在哪里？"

尚未看见孝己，女仆猛地看见了蒙着面孔的子明，她惊讶地问："你是谁？"

子明自觉已经被人认出身份别无选择，猛地扑过来掏出腰刀捅向女仆。女仆大叫一声，扔了茶盘、茶杯，但是最终身中数刀，倒在地上死了。

茶盘、茶杯摔碎的声音惊动了太子孝己。孝己早就接受了王宫的训诫教育，知道此时十分危急，遂转身就跑，边跑边喊："来人呀，有刺客！"

拴在树上的白色狼狗早就察觉孝己有了危险，开始朝着蒙面子明狂吠。怎奈它的脖子被树上的绳索拴着，无法挣脱绳索扑向子明。穷凶极恶的子明追上了太子孝己，将太子孝己扑倒在地，手持腰刀刺向孝己。孝己猛然转身，小手抓起一把黄土撒向子明。子明虽然鼻孔和嘴巴蒙着黑布，眼睛却裸露在外，被黄土一时迷了眼睛。但是，他右手的腰刀还是刺进了孝己的右臂。

孝己疼痛地大叫一声："啊，救命啊……"

巡逻士卒先是听到孝己呼救，迅速向出事地点跑了过来，又听到孝己疼痛呼喊，无比心急，怎奈无法瞬间到达案发地。

不等子明再次挥起腰刀，拴在树上的白色狼狗拼尽全力挣断了绳子向子明扑来。子明再也无暇顾及孝己，起身挥动腰刀与白色狼狗斗在一起。白色狼狗猛地咬住了子明的左臂。子明拼命用腰刀捅向白色狼狗的腰身，一下，两下……白色狼狗直到停止了呼吸，也没有松开自己的牙齿。

这时，巡逻士卒赶了过来，大喊："站住！抓刺客！"

子明使劲掰开白色狼狗的牙齿，甩掉了白色狼狗的尸体，起身冲到墙边翻越墙头逃窜了。巡逻士卒们纷纷绕过围墙追到墙的另一边，子明早已没有了踪迹。

夜晚，王宫大院里到处都是巡逻的士卒。国王武丁一边走一边对宰相傅说说："加强戒备，全城搜查那名蒙面刺客。"

傅说说："臣已经吩咐全城搜查了。"

武丁问："有线索吗？"

傅说说："还没有。"

武丁一脚跨进了寝宫，问巫医："太子如何？"

巫医说："太子只有右臂一处刀伤，已无大碍，只是受到惊吓昏迷不醒。"

太子孝己躺在榻上，嘴里迷迷糊糊地叫着："母后……母后你不能死啊……"

傅说叹息道："孝己还在说胡话，这可如何是好？"

武丁咬着牙说："搜查，继续搜查，寡人一定要亲手将蒙面刺客凌迟，凌迟！"

傅说对武丁说："我认为王宫大院需要加强人手。刺客之所以能进来行凶，一者是守卫松懈，二者不排除有内奸接应。表面上是冲太子下手，实则威胁我大商。如果被他得逞，后果不堪设想。臣提议，更换内府总管，加强守卫。"

"宰相言之有理，将内府总管和守卫长叫来！"武丁大声吩咐侍从。

一杯茶的时间，内府总管和守卫长来到面前，"扑通"跪下："参见大王！"

"寡人王宫出现刺客，是你二人失职！太子若不能康复，你们用人头抵罪。"武丁沉声训斥，"你二人可有申诉？"

内府总管伏在地上，身体颤抖着。

傅说走到内府总管身边，蹲下身，平静地说："现在这个时候了，还不说实话吗？"

内府总管的身体抖得更厉害了："我说，我说。是前太子子明，指使小芳姑娘买通老奴，进入宫院，只说故地重游，谁承想他要刺杀太子啊？大王饶命，奴才该死。"

"子明？"武丁猛地站起身，"如此说来，与殷商为敌的是前太子？"

"老奴说的都是实话，大王饶了奴才吧。"内府总管磕头如捣蒜。

"拉下去！"武丁一挥手。

"把小芳打入大牢，限制妇妌的行动。妇妌管教下人不力，罚俸半年！内府总管由你暂管！"武丁指了指身边服侍的人，"你叫什么？"

"小人排行第四，大家都叫我小四。"侍从跪下磕头。

"寡人赐你名字，家司！以后由你为寡人掌管王宫大院，不要让寡人失望！"

"奴才肝脑涂地，一定不负所托！"家司磕头领命而去。

此时，在殷都街道的一个隐蔽处，子明在用布条包扎左臂。虽然流血不多，但是白色狼狗的牙齿锋利，伤口较深，子明不得不赶紧处理伤口。

外边有巡逻士卒举着火把四处搜索，子明躲在隐蔽处等待巡逻士卒走过去了，顺着街边来到城门处，城门早已关闭。子明趁着巡逻士卒走过的间隙，沿着台阶悄悄摸上了城墙。子明趁着守城士卒不注意，立刻掏出绳索在墙垛捆绑好，顺着绳索飞身而下。

守城士卒发现了子明，大喊："有人跳城墙，抓住他。"

城墙上有许多士卒向这边跑来，也有士卒弯弓射箭，可惜墙面垂直难以射中快速移动中的子明。子明强忍着左臂的疼痛，顺着绳索滑到地面，迅速消失在了夜色里。

过了几天，在巫医的医治下，孝己的烧逐渐消退，手臂的伤情也开始好转，已经可以下床榻四处活动了。这天上午，武丁带着四岁的儿子孝己在城中转悠，不知不觉间来到了作坊。忽然，孝己停住了脚步，目不转睛地观看工匠们锻造大鼎。

孝己的右臂用白布吊在脖子上，热火朝天的工匠作坊深深吸引了他。

武丁看了看作坊，又看着孝己说："儿啊，你母后就快要回到殷都了。想母后吗？"

孝己点了点头，他的眼中出现了工匠们铸造大鼎的场景。

殷商时期是青铜冶炼的高峰期，也是青铜器生产的高峰期。青铜大鼎是殷商时期工匠制作水平的代表。鼎按用途可以分为炊器、刑器、礼器，有两耳三足的圆鼎，也有两耳四足的方鼎。作为刑器和礼器的鼎上通常用铭文刻着名字。

武丁问："母后经常给你做些什么好吃的呢？"

孝己说："母后喜欢做许多许多好吃的东西。她喜欢炖牛肉，善于使用大鼎。"

武丁又问："那么，咱们就每人给你母后铸造一口大鼎。你来做一口礼器大鼎，在上面刻上母后的名字。寡人做一口炊器大鼎，让你母后回来之后给你做更多好吃的东西，好不好？"

孝己点了点头，脸上露出异常的欢悦之色。

武丁问："那么，你来说说你为母后铸造的礼器大鼎上边写些什么好呢？"

孝己摇摇头说："我不知道。"

武丁说："你母后是大商王后，又是大商的大祭司，现在更是大商的英雄，那么，你就刻上'司母辛'怎么样。等你母后回来，你自己把它送给她好不好？"

孝己点点头说："好，我给工匠们说我心中四足大鼎的样子。"

第二十二章　妇好回朝知缘由　巧计挽回妇妌妃

大雪纷飞，妇好带着殷商军队返回殷都。在她身后，几乎所有的人都行进在茫茫大雪中，看不清胡子眉毛。

望着远处黑乎乎的殷都城墙，子常对妇好说："大将军，咱们就快要回到殷都了。"

妇好早就看见了城墙，也早就想到了的儿子孝己。她感慨地说："是啊，还是昨日的天空，还是昨日的土地。只是我们春末出征，年历绕了一圈，现在又快到春节了。"

子常望着前方模糊的人影，猜测说："前方，那是……前方那是国王的旗帜。"

妇好尚未搭话，很快，宰相傅说带着一队人马已来到跟前。宰相傅说跳下马来，向妇好施礼并高声说："王后辛苦了，国王出城十里恭迎王后凯旋。"

妇好看见武丁下了马车向这边走来。宰相傅说连忙对军兵们喊道："国王在此，还不快快下马行礼！"

子常等人正要下马，妇好挥手说："慢！军兵们戎装在身，不便行礼。"

子常没有下马，但是内心十分犹豫，因为按照惯例，见到国王必须下马行礼。

妇好独自一个人催马走到武丁面前，跳下战马单膝跪地行礼说："启禀大商国王，大将军妇好率军行程近万里，瓦解了土方部族，联合砇方、鬼方、沚方将欧人抗击于天山以北，大败欧人军团，灭敌两万，妇好完胜而归。"

武丁连走几步，双手哆嗦地慢慢摘下妇好的头盔，搀扶起妇好："王后……王后辛苦了……"

妇好抬起头来："这么长时间，国王可好？"

武丁轻轻拂去妇好头发上的雪花，眼含热泪说："都是寡人不好，偏偏关键的时候病重，害得王后……王后走后，每一天，每一夜，寡人都在思念着王后，思念着大商的英勇儿郎们。"

妇好依然跪着说："虽获大胜，妇好仍要请罪。罪一，轩辕鼎虽已抢回，却是假的，臣妾会继续追查真轩辕鼎的下落。罪二，妇好行程万里，却没有找到王太后的任何消息。"

武丁说："王后不必自责，你是我大商的英雄！寡人感谢全体士卒的拼搏努力，你们都是有功之臣。"

妇好站起身来，回身命令说："大军按照原有建制，各自返还兵营。普通士卒听候国王封赏，有功之臣听候国王册封。"

军兵们齐声高呼："国王万岁！国王万岁！"

商朝有册封制度，册封常和祭祀活动联系在一起。册封，实际上是商朝为抵御外寇以及开拓疆土而实施的藩篱政策。受封者或是同姓族人，或是关系密切的异姓姻亲，或是有功于王朝的方国诸侯。册封可以在京畿或封邑所在地郑重其事地举行，也可以临时、随地在军旅之中举行册封。当然，临时举行的册封可能只限于非常时期。册封除了赐予爵位和封邑外，有时还额外赏赐牲牢祭品。

武丁拉着妇好的手，在众人的注视中上了马车。子常和傅说骑马陪伴在左右，返回王宫。

妇好远征，是甲骨文记载的中国自三皇五帝以来，女子带兵征战的最大一次胜利。妇好此战对于殷商王朝乃至于整个中华历史都具有伟大的划时代意义。这一次远征奠定了殷商时代二百年间华夏大地民族之间的相对和平稳定，奠定了一个伟大文明的新基础。妇好因此成为殷商时代的女英雄。

虽然天气寒冷，但白天的殷都十分热闹，街道上到处都是奔走相告的百姓："听说了吗？王后回来了，咱们打了胜仗了。"

通过百姓的口口相传，妇好的形象被不断神化，她成为殷商天下美丽的战神。

王宫大殿门外，一身戎装的王后妇好将红色斗篷、佩剑递给门口值守的宫人，自己跟随武丁走进了王宫大殿。

所有的大臣都望着妇好。妇好含笑巡视面前的每一个人，不断点头示意。

"王后凯旋，本王今日大摆宴席，为王后和众位将领接风洗尘！"武丁朗声吩咐道，"王后退敌有功，封王后为一等大将军，可佩剑上殿，不必行礼！"

"谢大王！"妇好躬身行礼。

"王后车马劳顿，请到后殿歇息。"武丁又吩咐道。

"王后娘娘，请！"内府总管家司走上前带路。

"传孤王口谕，嘉奖三军，将官进爵位，士卒奖赏一年俸禄！他们都是我殷商的有功之臣！"武丁又大声吩咐道。

庆功宴是在殿前的广场举行的，还没来得及卸甲的将士们在殷都的王宫享受了一次贵宾级的款待。文武群臣对这些为国家立了战功的将士频频敬酒，直到自己不胜酒力，被侍从们送回家。醉酒的将士们也被妥善地送回军营。

妇好却没有喝酒，她要时刻保持清醒，尤其是她见到了带伤的孝己。

"太子，这是如何受的伤？"看到朝思暮想的儿子，妇好蹲了下来。

"是孩儿在后宫与狼狗玩耍，被一个蒙面人刺伤的。他还想抱孩儿离开。多亏孩儿机智，大声喊叫，巡逻的士卒来了，孩儿才脱身。母后，孩儿没事了，孩儿很快就好了。"孝己懂事地站在妇好面前，完整地讲解了事情的经过。

这时，妇好看见了从结束了的酒宴上回来的妇妌，妃子妇妌打扮得很妖艳。

"你可知道那蒙面人是谁？"妇好叫住了妇妌。

妇妌娉娉袅袅地走过来，有侍从打着伞盖跟在她后面，显得她雍容华贵。

"参见王后娘娘！"妇妌屈身行礼。

妇好抱起孝己，抚摸着孝己的手臂。片刻，妇好有声音发出："起来吧。"

"臣妾不知蒙面人因何进宫谋害太子。"妇妌站直身子，平静地回答。

"妇妌，你是一方公主，应该不是心胸狭隘之人。既然进宫服侍大王，就该知道，大王及国家安好，你才会安好。此番出兵，你父亲也派兵协助，并托我转交给你一封信。回去慢慢读吧，希望你不要让你的家人失望！"说完，妇好从怀中掏出一个锦囊，里面有绢帛的书信，递给妇妌。

"我父亲给我的信？"妇妌激动地接过信，迫不及待地读了起来。

妇好抱着孝己带着侍从们离开了。

深夜的寝宫，妇好叫来了侍女芸儿："你来说说情况。"

"奴婢在大殿侍卫和众臣闲聊中得知，进宫想拐走太子的是前太子子明，是妇妌宫里的小芳被子明的旧部内府总管买通。现在小芳和内府总管已在大牢。妇妌因管教下人不力被限制居住，今天因为宴请三军才被允许离开寝宫。"芸儿回禀道。

"前太子子明，妇妌的丫鬟，内府总管，你觉得他们要干什么？"妇好问芸儿，也像问自己。

"奴婢觉得这是一个有计划的阴谋，不排除前太子要篡位。"芸儿把自己想到的说了出来。

"不错，如果让他们得逞了，我们在前方杀敌掠地就没有任何价值了。所以从现在开始，我们不能只对外作战，对内更要严防死守，攘外必先安内！"妇好用手捶了一下几案。

"奴婢这就安排人手下去，遍查殷都城的每个角落！"芸儿回答。

"还有一个人，我们一定要争取过来，那就是妇妌。她的嫉妒，容易被别有用心的人利用。"

"明白，奴婢会亲自督查妇妌的一切动向，并及时汇报给您。"

"好了，天不早了，回去休息吧。"妇好有些疲惫地看着芸儿。

"王后更要保重身体，殷商需要您来守护呢。奴婢告退。"芸儿离开妇好的寝宫，没入夜色中。

芸儿并没有回去休息，而是跃上妇妌寝殿的屋脊，查看妇妌的动向。

"父亲，孩儿错了，孩儿一定听你的话，呜呜——"寝殿里传来轻微的哭声。芸儿的耳力聪敏，一下就听清楚了内容，是妇妌在说话。

芸儿飞身一跃，跳到地面，用剑尖挑开内殿窗棂上的薄绢，闭上一只眼睛向内看去。

只见妇妌穿着睡袍跪在蒲几上，头发散乱，痛哭失声。

"父亲，孩儿没有嫉恨妇好，孩儿只是想家，因为在这个冰冷的宫里，没有一个人真的在乎孩儿。孩儿没想害死妇好的儿子。孩儿一定好好服侍大王，做一个贤德的好王妃。孩儿好想家呀。"妇妌哭倒在蒲几上。

芸儿又观察了半个时辰，发现只有妇妌一人在悄悄地哭，并无外人进出，就悄悄地跃上屋脊，消失在夜色中。

天不亮，习惯了领兵作战的妇好早早起来，武丁和孝己还在睡梦中。妇好轻手轻脚地穿好衣服，走出寝殿内室，芸儿已经等候在外殿了。

"我们外面说。"妇好小声吩咐完，带头走出寝殿，来到院中。

"昨夜奴婢夜探妇妌寝宫，发现她哭倒在蒲团上，她承认是她嫉妒你而引狼入室。但是她已经知错，不知今天是否来向你认错。"芸儿简要说完，看着妇好的反应。

"就算她私下知道错了，也不会轻易地来向我认错。况且这谋害太子的死罪，她绝不会承认。"妇好冷静地回答。

"那我们是不是应该给她找一个台阶，让她不再与我们为敌？"芸儿浅笑。

"你有好主意了？"妇好笑着看着芸儿。

"我的主意哪有王后娘娘的主意好啊？"芸儿调皮地说。

"你这个丫头就是嘴巴甜。"妇好抬手捏了一下芸儿的俏脸。

"王后娘娘自是有了好主意。奴婢这就去准备，做个能下台阶的受伤现场？"芸儿笑了。

"去吧，别太过了就好。"妇好笑着抬了抬手。

跟随妇好多年，主仆俩已经心有灵犀。怎么排兵布阵，怎么设置陷阱，什么时候诱敌深入，什么情形瓮中捉鳖，芸儿早就烂熟于心。再加上自小与妇好一起长大，她的文韬武略仅次于妇好。

看着芸儿离开，妇好抽出宝剑，开始练剑。

"啪啪——"几声清脆的掌声传来，妇好收剑回步，看到了神采奕奕的武丁和孝己。

"母后的剑法太好了，孩儿也想学！"孝己喊着跑了过来。

"寡人也想学！"武丁也跟着过来。

"好，以后我不出门了，就在王宫教你们练剑！"妇好爽快地答应着，接过侍从的汗巾擦拭着脸上的汗珠。

"真的吗？"武丁看着妇好的眼神熠熠放光。

"是呀，我是皇后，总要尽一下皇后的本分，哪能整天在外打打杀杀不回家呢？"妇好冲着武丁顽皮地噘了一下嘴，眨眼之间又恢复如常。

"王后作为大将军，一言既出驷马难追，可不许诓骗我们父子。"武丁轻轻拉住妇好的袖子。

"这是自然！"妇好反手握住了武丁的手。

"母后，我们去吃饭吧，孩儿饿了。"孝己也过来拉着妇好的另一只手。

"父王抱着你，我们去吃饭！"武丁抱起孝己，三人走回寝殿。

饭后，孝己指着旁边的一口大鼎说："母后，我受伤那天，我做了好多好多梦。我梦见自己死了，又梦见母后也死了，直到我醒来才知道这不是真的。后来，母后你看，父王和我为你铸造了两口大鼎，一个刻着您的名字'妇好'，一个刻了三个字'司母辛'。我就想吃母后炖的鲜肉。母后，你以后不要出去打仗了，你要教我们练剑，等孩儿长大了也能御敌千里！"

妇好走过来，俯下身，抱紧了孝己："母后答应孝己，以后不会再让孝己受伤了。母后今天陪着孝己玩一天好不好？"

"太好了，母后！"孝己高兴得欢天喜地。

妇好其实是想看看妇妌今天是否会过来请罪，于是带着孝己走向凉亭。凉亭位于后宫花园的最高点，几乎可以看到后宫的每个寝殿，自然每个寝殿也可以看到凉亭中的人。

妇好在军中的随从也换了便装跟在后面，抱着给孝己的新宠物———一只刚出生不久的小老虎。这只小老虎是昨晚被妇好的军士们送到宫中的。孝己扫了一眼，以为那是只小白猫，撇了撇嘴，心里想："小爷我喜欢狗，从不玩猫！"

妇好注意到了孝己的表情，笑意绷在脸上，她今天要给这个骄傲的太子好好上一课。

放下这里的王后母亲要怎样教导儿子不表，看下在另一个寝宫的妇妌妃子。

平时喜欢荡秋千的妇妌，因为昨晚没睡好，所以现在还没出门。

确如妇好所料，妇妌尽管意识到错了，但是不知道如何认错。公主的虚荣心和面子使得她不愿意直接表达自己的歉意。还有一点，她担心妇好知道实情后会对她不利。但是父亲的亲笔信又告诉她妇好多么爱民如子、多么善待战俘，让她在宫中辅助妇好，因为妇好曾经在战场上无意中救了她的弟弟，现在全家都把妇好当成救命恩人。所以妇妌现在很矛盾，冥思苦想了一个晚上也没想出来一个致歉的好办法。既然想不出来，她索性就赖在榻上，不吃不喝不出门。

心里有事怎么也睡不着，妇妌在日上三竿的时候终于离开了寝殿。

这几日忙着迎接妇好的大军凯旋，妇妌不荡秋千已经有多日了。

到了秋千架前的妇妌，连架上的灰都没擦就坐了上去。妇妌的荡秋千可是童子功，不用人助就能高高飘起。以前她凭着轻盈的身姿赢得了武丁的赞赏和宠幸，现在更想在秋千架上找回自己的意气风发。于是妇妌在秋千架上荡得越来越高，几乎与地面平行了。

"娘娘小心啊——"侍女们惊呼。

妇妌仿佛没有听到，继续用力荡着秋千。

半个时辰过后，神清气爽的妇妌从秋千架下来，走向旁边的石桌石凳。进了些食水后，妇妌再次走向秋千。

荡到第二下，座位上的一个连环扣突然滑脱，妇妌在一人多高的地方摔了下来。

"娘娘——"侍女们吓得大叫，向妇妌跑了过去。

因为是屁股落地，所以妇妌摔得不轻，坐在地上不能动弹。

"来人呐，娘娘出事啦——"侍从们边跑边喊。

坐在地上的妇妌伸了伸胳膊和腿，觉得四肢无碍，想要自己站起来，刚一用力，屁股传来一阵疼痛，吓得她不敢动了。

等到侍从们抬来了软塌，妇妌被抬上软塌，回到寝宫。

妇好在高处的凉亭里听到了喊声，看到妇妌的状况，知道是芸儿动的手脚，看了芸儿一眼。

"不会有大事的，放心吧。"芸儿直接回答。

"我相信你。"妇好抚摸着太子孝己怀中的小白虎。

"王后娘娘，太子殿下该午睡了，我们回去吧。"芸儿蹲下行礼。

"我们也玩累了，回去吧。"妇好站起身往下走。侍从们立即收拾东西跟上。

回到寝殿，妇好和芸儿就收到了妇妌宫里侍从的禀报，说妃子妇妌摔伤了。妇好和芸儿立即带着药具前往妇妌的寝宫。

"你们这些男人，都不要碰我！"还没进屋，妇好就听见妇妌的喊声。

"王后娘娘驾到！"侍从被芸儿授意，未待妇好进门就高声宣告。

"参见王后娘娘！"巫医和侍从们跪倒一片。妇妌不能下床，但也不再大喊大叫。

"说说情况！"妇好吩咐巫医们。

为首的巫医连忙禀告："妇妌娘娘骨盆摔裂，疼痛难忍。我们要给娘娘用药，但娘娘说什么也不让，还要轰走我们。"

"你们先出去吧，去准备一些滋补的汤药过来。"妇好吩咐着巫医们。

"我也是巫医，你是骨头裂了，我来医治你。"妇好扶住妇妌的腰部，温柔地说。

"王后娘娘，我——"妇妌内心百感交集。

"不要说话，等我先医好你。"妇好以巫医的口吻轻声说着，平静而美好的声音令妇妌昏昏欲睡。

"翻过身去，趴在榻上。"妇好轻声吩咐着。

妇妌遵命而行。"吸着这个。"妇好递过来一个医包，放在妇妌的鼻子附近。

片刻工夫，妇妌昏睡过去。

妇好先是检查了一下妇妌的骨伤，再接过芸儿递过来的药膏，贴在伤患处。

"小心照看着，晚饭时分我再过来换药。"妇好交代完这些，带着侍从们离开了妇妌的寝殿。

妇妌在一个时辰后醒了过来,发现自己能活动了,疼痛也减轻了,内心喜悦非常。

晚饭前,妇好带着芸儿再次来到寝宫。此时,妇妌已经能离开床榻,跪地迎接。

"快起来,你还伤着。"妇好伸手拉起妇妌。

"姐姐,我可以称呼你姐姐吗?"妇妌泪如雨下。

"傻丫头,我们一起服侍大王,本来就是姐妹。"妇好拢了一下妇妌有些凌乱的头发。

"妹妹以前被人迷惑,嫉妒吃醋,险些对太子造成伤害,妹妹一时糊涂犯下罪孽,请姐姐责罚!"妇妌再次跪下。

"妹妹年轻气盛,所幸犯错没有造成恶果。想必你已经悔过了。快起来!"妇好搀拉起妇妌,"趴在榻上,该换药了。"说着,她拿出热乎乎的药膏。

"再敷三天,你就可以自由活动了。"妇好换完药膏,微笑着说。

"姐姐就是妇妌的再生父母,妇妌以后誓死追随王后,不会再有二心。这是妹妹祖传的玉项圈,送给孝己太子,算是妹妹的赔罪礼。"妇妌拿出一个晶莹剔透的项圈。

"妹妹的心意我们收下了,但是不能收妹妹祖传的宝贝。只要我们彼此心里要好,不在乎这些东西。"妇好看着妇妌的眼睛,认真地回答。

"姐姐!"妇妌要急哭了,她觉得这是妇好在拒绝她。

"等你好了,姐姐教你管理王宫。"妇好知道她在想什么,立刻给了她颗定心丸。

"姐姐是王后,愿意教导我如何管理王宫?!"妇妌不敢相信自己的耳朵。

"协助大王管理后宫,是我们的职责。偌大的宫院,每处都需要我们尽心尽责。我们只有抱成一团,才不怕外敌入侵。"妇好毕竟是殷商的大将军,三句话不离本行。

"谨遵大将军命令!"妇妌站直了身姿,满脸一本正经。

妇好和随从侍女们都被妇妌逗笑了,大家在这个欢笑的气氛中都知道内宫的危机已经化于无形。

第二十三章　武丁占卜征南夷　妇好做主收妇癸

这天早朝，宰相傅说出班行礼说："禀报大王，子明鼓动南夷国叛乱了，还有七王子。"

武丁吃了一惊："将军子婴不是在那里镇守吗？"

傅说说："子婴身患伤寒，卧床不起，军营失守后已被叛军所杀。"

武丁问："叛军有多少人？"

傅说说："逃回的士卒说，叛军大约一千人。"

妇好尽管位列大将军，但是今天在后宫当巫医，所以没在朝堂。

"大将军刚刚回朝，一千叛军不足为虑，子常听令！"武丁立即做出决定。

副将军子常站出来："臣在！"

"寡人派你亲领两千兵马去剿灭南夷叛乱。你去向妇好大将军请调令，明日出发！"

"臣遵旨！"子常领命离开。

武丁看着众臣说："是寡人无德啊，方国不服，四处冒火。"

傅说赶紧说："历代朝廷都会面临方国叛乱，这并非大王的过错，而是方国狼子野心，贪心不足蛇吞象。如果一定与大王联系起来，那就只能说是大王过于仁慈。治理国家，仁慈是必要的，但是诏令要严厉，违者必究。当年，先祖成汤建立大商，第一件事情就是发布《汤诰》，通告天下诸侯，华夏大地开始实行成汤新政。

"《汤诰》就是告诫各位方国部落诸侯：各位一定要为民众建立功业，要努力办好自己的事情，否则朝廷就严加惩办。过去禹、皋陶长期奔劳在外，为民众建立了功业，治理了东西南北四面的河流，民众才得以安居乐业。后稷教导民众播种五谷，民众才知道种植各种庄稼。这三位古人都对民众有功，所以，他们的后代能够建国立业。也有另外一种情况：从前蚩尤和他的大臣们在百姓中发动暴乱，上天就不降福于他们。这样的事在历史上是有过的。先王教诲一定要努力照办！诸侯当中如果有谁干出违背道义的事，那就不允许他再当诸侯，那时也不要怨恨成汤。之后，各种法律、法规、制度公布执行，成汤召开了景亳之命大会，得到三千多位诸侯、酋长的拥护。大王，现在就是认真执行朝廷法令的时候了，绝不可心慈手软。"

"哦，寡人知道，当时伊尹作了《咸有一德》，指出君臣都应该有纯一的品德；咎单起草了《明居》，讲的是民众应该遵守的民法通则。朝廷法令是全面的而不是单一针对诸侯的。依宰相看来，朝廷法令要如何实施呢？"武丁虚心询问。

傅说回答："大王或许不知，在西北草原大漠广袤的大地上，大将军妇好已经被说成杀人不眨眼的恶魔。他们对王后都敢如此不敬，大王务必要在殷商属地执行森严法令，惩奸除恶，使百姓安居乐业。"

武丁笑着说："你是宰相，寡人赐你一道旨意，无论是谁，不遵守我殷商法令，立即惩处！寡人要求你三个月内肃清殷商境内一切反对势力，人力物力任你支配！"

傅说叩头领旨。众臣及王公贵族内心唏嘘，因为这权力可谓一人之下万人之上了。

"微臣一人无法完成如此重大的托付。微臣恳请大王允准微臣邀列位臣公一起行事。臣会在明日早朝拟定一份计划书，请大王和诸位臣公商定。"傅说站起身来朗声说道。

"好！"武丁爽快地说，内心对傅说又增加了一丝敬佩。

众臣听完傅说的话，内心也对傅说很是赞叹，也对自己刚才的腹诽有些汗颜。

散朝后，武丁直接到后宫来找妇好。

妇好早上到妇妌宫中为妇妌换药，交过心的两个女人，见面自然十分亲切。

妇好给妇妌讲了在大军路过妇妌家乡的情景，也给妇妌讲了军中趣闻、军中的甘苦以及将士们奋勇杀敌的情形，讲了面对战场上敌人的各样计谋，他们是如何应对的。妇妌听后觉得自己真的是个坐井观天的女子，对妇好描绘的这些军旅奇闻听得双眼放光。等妇好离开的时候，妇妌的内心对妇好已经是无比崇拜。妇妌暗自庆幸自己说出了实情，不然与这样深谋远虑的女子为敌，只能是阎王爷上吊——嫌命长了。

妇好一行刚回到自己的寝宫，就看到几乎是飞奔而来的国王武丁。

"大王这是要和谁赛跑吗？"妇好笑着打趣武丁。

"王后，王后有所不知，南夷国叛乱了，是子明搞的鬼。"武丁一脸严肃。

"南夷叛乱？叛军有多少人？"妇好站起身。

"南夷叛军有一千人,我已经派子常去平叛了。我让他跟你要调令,给他两千兵马。你觉得如何?"武丁一口气说完,紧张地看着妇好。

"大王调遣得很好。我会吩咐芸儿随军前往,芸儿可做子常的智囊。"妇好赞许地看着武丁,给出自己的意见。

"这么说,妇好大将军没有怪寡人擅自干预军中事务?"武丁的一颗心放了下来,语气开始轻松了。

"大王说哪里话,大王是殷商王朝的主人,普天之下莫非王土,普天之下都是大王的子民!"妇好给了武丁一个肯定的眼神。

"谢谢王后这么说!"武丁握住妇好的手。直到此时,武丁才觉得做殷商的国王是一件多么幸福的事。

"大王不必过于自谦,殷商有大王,是殷商百姓之福!"妇好用笑脸面对武丁。

"得王后如妇好,是天助我殷商也!"武丁看着外面的蓝天,感慨道。

"我有个想法,既然殷商需要能领兵作战的将领,本大将军就教导他们。先测试各人天赋,文武双全者可竞选大将军,也算是为殷商储备人才。"妇好缓缓地说道。

"王后果然心胸广阔,与寡人想到一块儿了。寡人就想着不能总让王后外出征战,殷商男儿面上无光啊。"武丁说出了心里话。

"恐怕大王的想法在作祟,还是认为女子不如男吧。"妇好笑了。

"就算你能领兵打仗使方国臣服,在寡人心中,你永远是需要寡人保护的小女子!"武丁昂起头,觉得自己身为男人很好。

"大王说得对,妇好纵使能征惯战,也是一己之力。强国先强军,所以妇好想做教官了。"妇好柔声说道。

"王后不能只做将军的教官,还要为寡人开枝散叶。一个儿子不行,寡人要很多儿子。"武丁握住妇好的肩膀。

"妇好遵命!"妇好躬身行礼,顺便从武丁怀中离开,她可不想大白天与武丁亲热。

"明天子常领兵出征,我们现在找他过来,你这个大将军就先给他讲讲吧。"武丁很快恢复了常态。

"我有个主意,我们可以和他一起去南夷国平叛,顺便教导他。"妇好看着武丁。

"我们一起去南夷?"武丁眼睛放光。

"如果群臣反对，我们就这么办……"妇好拢手与武丁耳语。

意料中的群臣反对，迫使着剧情按照妇好的设计进行了。

炉盆中闪动着火光，一块龟甲在吱吱冒烟。过了一会儿，巫师取下龟壳，恭恭敬敬地递给了武丁。

殷商时期，国王也有亲自查看占卜结果的权力，然而，武丁并没有接。妃子妇妌连忙起身接过龟甲看了看，递到武丁面前说："大王，不吉。子常独自领兵平叛不吉。"

武丁说："请为寡人和妇好一起带兵出征占卜。"

炉盆中依旧闪动着火光，巫师放好了另一块龟甲，龟甲吱吱冒烟，所有的眼睛都看着巫师。巫师口中念念有词，然后取下龟甲，递给了妃子妇妌。妃子妇妌看了大叫："大吉！大王王后，大吉啊！这是上天的旨意，这是上天的旨意。"

宰相傅说说："国王，天意不可违。上天同意朝廷出兵镇压叛乱。至于大王与王后一同带兵，代表的是朝廷，我们支持。这是整肃殷商官员的计划书，大王王后请过目。"傅说趁着这个机会，递上自己的计划书。

武丁看完递给妇好，妇好看完，还给傅说。武丁与妇好交换了一下眼色后宣布："宰相整肃朝纲，执行新政，诸位要鼎力支持。待寡人和王后平定南夷叛军，对各位评功行赏！"

"谢大王，臣等定不会让大王失望！"群臣跪倒一片。

国王武丁与大将军妇好的平叛队伍就在风和日丽的第二天浩浩荡荡地出发了，随行的还有太子孝己和一队宫中侍女。沿街的百姓第一次完整地看到国王王后的仪仗。在所有人的心目中，这次出征不是去打仗，而是去郊游。

日行夜宿，在路上行进了十多天，终于到了南夷三十里的山地。妇好吩咐大军，驻扎在山地南侧。

在清晨温暖的阳光里，大营里的山坡平地上有一高一低的两个身影在练剑，走近一看是便装的武丁和孝己。

一身便装的妇好端着一大碗热腾腾的羊肉走了过来，放在大树底下的石桌上。看着勤勉练剑努力让自己变强的父子，妇好笑了。

"孝己，快来尝尝母后做的羊肉，异常鲜嫩啊。"妇好高声喊道。

孝己跑过来，放下木剑，拿起汤匙尝了一下，立即盛了羊汤准备大口喝。妇好轻呼："慢点，烫，吹一吹再喝。"

妇好看着孝己，武丁也放下宝剑走了过来，接过侍从递来的软锦，擦了擦脸和手，走到石桌旁坐下。他用筷子挑了一口羊肉放在嘴里，羊肉入口即化，香润异常。他感叹道："王后的厨艺比宫里的厨师强过百倍！"

妇好看着武丁，昂起头："大王，妇好是女子，厨艺女红也是样样出色呢！"

"以前，寡人觉得你是不谦虚，现在觉得你也不算太骄傲，哈哈……"武丁大笑。

"父王，母后是殷商最厉害的人，我最喜欢母后了。"孝己抱住妇好，看着武丁。

"既然你母后如此厉害，就请你母后为你多生几个弟弟妹妹如何？"武丁和孝己说着话，却温情脉脉地看着妇好。

"好啊好啊，母后，你就多生几个吧……"孝己纠缠着妇好。

妇好脸色绯红，埋怨地看了一眼笑眯眯的武丁，对孝己说："孝己乖，吃完饭就去练剑，母后一会儿检查。"

孝己乖乖地吃饭了，武丁的眼睛还是没离开妇好。

"大王，你的饭凉了。"妇好红着脸走向武丁。

"寡人不怕吃冷饭，以前在苦役营经常吃。"武丁没有收回热辣的眼神，笑着看着妇好。

"等平定蛮夷，妇好答应大王，为大王生很多孩子。"妇好回望着武丁。

"寡人有了妇好，不用再担心蛮夷；寡人有了傅说，不用再担心朝政。现在寡人最担心的是子嗣，王后可明白？"

"妇好首先是大王的妻子，其次是殷商的大将军，王权稳固，必先繁衍子嗣！"妇好坚定地看着武丁回答。

"明日抵达南夷，活捉子明，找到轩辕鼎！"武丁捶了一下石桌，下了决心。

"派出的探马应该很快会回来，我们还是到大帐去等候吧。"妇好走过来挽着武丁的手臂。

"走，去大帐！"武丁叫上孝己。

武丁与妇好到大帐与聚齐的众将官研讨军中事务。妇好对后勤保障、车马兵器仔细询问一番，吩咐要注意食物饮水安全。天渐渐暗了下来，春夏之交的南方旷野，气候宜人。

"报——"帐外有通报声传来。

"进来说话！"妇好大声吩咐。

"参见大王，参见大将军！末将探得叛军今晚在饮酒庆贺，据城里人说是南夷国唯一的公主过生日！"

"南夷城郭距此多少路程？"妇好问道。

"二十里。"探马回禀。

"吩咐下去，点齐五百骑兵，含一百女兵、四百男兵，都摘掉铃铛，内穿软甲，外着黑衣，多带弓箭和火种，轻装集合！"妇好拿出将令。

"请大王在此等候，妇好今夜要活捉子明！"妇好站起身向武丁行礼。

"好！寡人等大将军平叛归来！"武丁也站起身，扶起妇好。

顷刻之间，五百骑兵集合完毕。

妇好骑着高头大马，在队伍前高喊："勇士们，今夜我们要活捉叛臣！到了城外五里，我们要用软皮裹上马掌，无声无息地到南夷为南夷的公主祝寿！"

"活捉叛臣，为公主祝寿！"骑兵们士气高涨。

"出发！"妇好一声令下，骑兵策马飞驰出大营。

孝己自己盛了一匙汤，慢慢吹凉喝了。武丁抚摸着孝己的头发，说："等到天下太平了，父王不再让你的母后外出征战，天天为孝己做好吃的，好不好？"

孝己一边喝汤一边说："好。"

武丁说："孝己用功读书练剑，长大后为父王和母后分担国事。身为太子，你要知道你的母后和父王承担着一个国家黎民百姓的安危。等你长大了要为殷商分忧！"

孝己说："我只想让母后做王后，不要母后做大将军。"

武丁笑着说："你已经被封为太子，将来也要做国王，也会结婚娶妻，也会有王后。你要明白，国王的事情就是王后的事情，是王后分内的事情。有些道理，等你长大之后自会明白。"

"孩儿一定好好读书练功，为父王和母后分忧……"孝己在武丁的床榻上睡着了。

武丁却睡不着，他知道今夜妇好面对的是一场大战。

南夷的城主五十多岁才得此女，爱如掌上明珠。城主对公主没有娇生惯养，反而是让她和普通人家的孩子一起读书练武。公主深得南夷百姓的喜爱。子明流落到南夷，谬称武丁弑父篡位，因此南夷城主一怒，不再对殷商俯首称臣。

今夜是公主芭妞的十七岁生日，城主吩咐，南夷国举国为公主庆生。

芭妞是个美丽的女子，聪明绝顶，性情温顺，体格健壮，今天年满十七岁。

城主也是想通过这个庆生活动为公主寻得良人。

　　子明本来不同意南夷城主为公主庆生，怎奈在他人屋檐下，不得不低头。况且自己身边的几十人本来就寄居在南夷城，没有城主的支持，什么也做不了。所以，今夜的子明也和寻常百姓一样，上街买醉狂欢。

　　南夷地处沿海，气候温和，石头垒砌的城堡高大坚固，城中居民安居乐业，没有人会知道因为废太子子明的搬弄是非，南夷城已经引来灭城之祸。

　　芭妏今夜却感觉有大事发生。尽管父母为她安排了盛大的活动，让她在南夷百姓面前尽情展示才艺，她却沉着冷静。在频繁更衣时，她悄悄将父亲给她的宝贝软甲穿在身上。软甲细软如无物，冬暖夏凉，刀枪不入。

　　芭妏并不知道子明带给南夷的祸患有多大，只是内心不喜欢子明那闪着光的眼睛在自己身上游走。盛大活动后，芭妏留在内宫陪伴母亲，宛如平日一样。

　　妇好带领的五百骑兵无声地抵达南夷城门的时候，宴乐声还在继续。城门的吊桥高高抬起，看守的兵丁稀松怠懒，根本无人发现祸从天降。

　　妇好仔细勘察了南夷城一周，调整了作战计划。

　　首先派武功好的三十兵丁沿着石墙悄悄攀上城楼，夺取吊桥，再放下吊桥。吊桥被放下的声音不小，但是被狂欢宴乐的声音淹没了。骑兵如入无人之境般轻松进了南夷城。

　　当南夷的宫殿被妇好的兵丁包围的时候，南夷城主还在与好友把酒言欢。

　　妇好也没有想到不损伤一兵一卒就夺取了南夷城。

　　南夷城主倒也不是愚笨之人，待妇好将道理讲明之后立即俯首称臣，不再叛乱，并将子明及属下的寄居地点告知妇好。

　　妇好派人去找子明，手下在一家酒馆找到大醉的子明，捆绑了来见妇好。

　　归降的南夷城主得到了妇好大将军的宽待。妇好立即派探马通知武丁，请他连夜带兵来南夷城。

　　天光大亮的时候，南夷城主已经交降书纳顺表，再次对殷商称臣。南夷城主携家眷及群臣跪拜武丁和妇好。

　　妇好在南夷宫殿跪倒的众人中发现了芭妏公主，内心涌出一妙计。

　　"大王，妇好觉得南夷与我殷商的邦邻关系可以更近一步。"妇好走下高位，扶起南夷城主。

　　"不知王后何出此言？"武丁不解地看着南夷城主身旁的妇好。

　　妇好没回答，而是走到芭妏面前。

"你是南夷的公主,你叫什么名字?"妇好拉起芭妏的手,柔声问道。

芭妏听过妇好的名字,本来以为妇好是个貌丑粗壮的妇人,亲眼见到后发现她竟是如此温婉美丽,早就内心降服了。

"芭妏见过妇好王后!"芭妏屈身再次下拜。

"芭妏,好名字!既已成年,可有婚配?"妇好拉着芭妏的手,看向南夷城主。

"小女刚满十七,尚未婚配。"南夷城主低头回答。

"如果我请芭妏进殷都陪王伴驾,你们可愿意?"妇好小声问。

"老臣年迈,如果芭妏能被王后提携进入殷都,是我们的福气,我们全家叩谢王后大恩!"南夷城主万万没有想到会有这样的好事降临到自己头上,惊喜连连。

"芭妏可愿意?"妇好看着芭妏。

"芭妏愿意与王后在一起!"芭妏羞红了脸,算是回答。

"大王,"妇好回到上座,"妇好为大王找的妃子如何?"

武丁看着妇好,仿佛看一个陌生人:"王后,你这是?"他心里情绪翻腾:"你就这么着急为我物色其他女人?你还是不是女人啊?"

"大王只说这女子好不好?"妇好没有理会武丁的情绪,继续问道。

武丁看了一眼芭妏,回答道:"很好。"

"大王有旨,芭妏入宫为妃,全族封赏!"妇好代武丁下令。

武丁平静地坐在王位上,任凭王后妇好为他安排着一切,暗暗下定决心,晚上一定要好好问一下妇好,她到底是不是女人?

深夜,国王武丁与王后妇好躺在床榻上。武丁用手撑着头,看着妇好:"没想到寡人的王后真的说到做到,文能安邦,武能定国。"

"妇好虽为女子,却也知一言九鼎。"妇好的眼睛亮晶晶的,长长的睫毛上下摆动。

"孤虽然贵为一国之主,但在你面前却自愧不如。"

"在妇好心中,你是天,何必与别人比较?妇好就算是优秀的女子,但是也是为人妻为人母。妇好其实更愿意做个小女子,时时被人宠爱。"

"我知道这是你的心里话,以后我就把你当小女孩宠爱,好不好?"武丁宠溺地看着妇好,"在我的心里,只有你,没有别人。自从认出你,我就知道此生只和你比翼齐飞。"

"今天我为你选妃，你不高兴了？"妇好看着武丁的眼睛，等着答案。

"我在想，或许你对我的感情比我对你的浅，你居然愿意把自己的男人拱手让给别人。"武丁的眼睛深不见底，水润一片。

"你是殷商的国王，需要很多女人为你开枝散叶。只要你的心中给妇好留一个位置，妇好此生无憾。"妇好挽着武丁的一缕发丝说道。

"寡人知道欠你一个婚礼。此次平叛回殷都，寡人一定会给你一个盛大的婚礼，你可开心？"

"大王可是说真的？"妇好的眼睛发亮。

"寡人一言九鼎，这本来就是应当的！"武丁一脸严肃。

"那你可要好好准备，我对婚礼的要求很高的。"妇好调皮地一笑。

"既然是为你准备的婚礼，寡人不要你操心，安心做一个小女孩儿如何？寡人要你体会到什么是极致的宠爱。"武丁像个小孩儿一样，眨着眼睛看着妇好。

妇好没有回答，眼角却滚出一大滴眼泪。

武丁低头把那滴泪吻干："寡人不要你哭，寡人要你喜乐。"

"妇好独自在外征战的时候，经常忘记自己是女子，因为从小就被训练要冷静理智思考，泰山压顶也要临危不乱，处变不惊……"妇好像个小孩子一样依偎在武丁的胸前。

"直到今天，寡人也无法想象你这个弱女子是如何统御军队的。面对那么多刀枪剑戟，面对那么多凶悍敌人，你是如何与士卒们一起奋勇厮杀的？所以，寡人要和你一起出征，观摩学习。但是你却临阵冲锋，留下寡人焦急祈盼。回殷都后，你要马上训练军事将领，这是第一要事！"武丁抚摸着妇好浓黑的秀发。

"大王准备婚礼，妇好准备做教官。"妇好转过身，甜甜地笑了。

"你对婚礼有什么要求，寡人一定满足。"武丁握住妇好的小手。

"呵呵，我一定好好想想。"妇好一脸坏笑。

"什么要求？"武丁不解地问。

"大王明天就知道了，现在先安睡吧。"妇好卖了一个关子，转过身去。

"你这就要睡觉了？"

妇好没回答，睫毛却在抖动。

"我们再聊会儿。"武丁探过身，看到妇好抖动的睫毛。

"我不相信你能睡得着，现在就告诉我吧，好老婆……"武丁摇晃着妇好的肩膀。

"嗤——"妇好笑出了声,"大王,学人家百姓呀,老婆长老婆短的,呵呵。"

"你叫我怎么办?"武丁嘟囔着,"说也说不过你,打也打不过你,文武皆不如你,只能认怂,况且你本来就是我老婆。"

"武丁,你可是堂堂殷商的国王,怎么像个小男孩儿一样。"妇好捂着嘴笑成一团。

"寡人只有做小男孩儿才能宠爱你这个小女孩儿。"武丁用手指探向妇好的腋窝,弄得妇好痒得与武丁滚在一起。

"妇好,我们再生一个王儿吧。"武丁顺势吹灭了蜡烛。

温柔的海风在南夷城轻轻吹拂,月亮悄悄探出了云缝,欣赏着南夷城的旖旎春光。

第二十四章　妇好集训众将领　武丁专心筹大婚

半个月后，武丁妇好和新晋的妃子芭妭辞别南夷城主，班师回朝。

国王迎娶南夷公主之事被南夷城中百姓传为美谈，因此，国王的队伍经过之处，人山人海，都要看看国王武丁和王后妇好究竟长什么样子。

骑在高头大马上的武丁身着金色盔甲红色大氅，风流倜傥，英俊非凡；身后高头大马上的妇好也是一身金色盔甲，身披红色大氅，分外妖娆；第三匹高头大马上的芭妭一身银色盔甲，白色大氅，宛如天神。国王和王后的车辇紧随其后，新晋王妃的车辇跟在后面，都是南夷城主按照规制打造的。

这半个月，武丁也发现了芭妭的很多优点。当然，都是在妇好的启发下，他的想法才改变了。多一个妃子，安定了一个方国，妇好给出的果然是上上策。

武丁和妇好此次南行，不损伤一兵一卒收服南夷国，在殷都乃至诸多方国中被传为美谈。更多的方国首领愿意归顺殷商，百姓迎来了难得的安居乐业。

回到殷都城，妇好安排王宫总管家司为新王妃芭妭安置一处寝殿，却没想到王宫总管家司已经将一处宫院打扫好了，这让妇好省心不少。

妃子妇妌也为新宫院布置了很多迎新的景致，得到王后妇好不少的赞许。因此妇妌更加尽心尽力，慢慢显露出管理内宫的才华和能力。

宫中侍从们在妇妌妃子和大总管家司的指挥下对宫殿重新粉刷，准备迎接国王和王后的大婚庆典，宫中一片忙碌。

国王武丁回到殷都后，立即召集文武群臣商议，共同筹划与王后妇好的大婚庆典。宰相傅说对此事极为赞同，特意成立了大婚筹备司，将各项分工指派到人，各位王族长辈也被请出来担当顾问，殷都城中洋溢着喜庆祥和的气氛。

作为大婚主角的王后妇好却在回到殷都城的第三天就开始了军事训练。开启之前，妇好第二天在王宫先宴请了殷都城的多妇们。

天一亮，多妇们便来到妇好的宫殿里用早餐，这是妇好早起安排的。本来就准备好来宫廷拜见王后的多妇们一早就起来梳妆打扮，所以，妇好派出的接引车并没有在各家府门口等候太久。妇好知道这些王公大臣的妻子在社会上具有较大的影响力，朝廷每每有了大事，最好提前会见她们，给她们做通思想工作，待她们与朝廷保持思想一致，政令执行下去就会很顺畅。

早餐会上，王后妇好、妃子妇妌及妃子芭妘与多妇们其乐融融。大家被妇好的功勋所震慑，更被她的美丽和风趣所吸引，而妇好的一举一动、一颦一笑都让大家自叹不如。于是，多妇们不自觉地都用仰视的心态看待妇好。

宴席撤去，侍从们上了清茶。

妇好走到多妇们当中，缓缓开口："姐妹们，咱们都是女人家，按说理应相夫教子，盼着家庭和睦，不该多问国政之事。可是，国家是家庭发展的基础。姐妹们多居住于殷都，地位显赫，在民众之中有一定的影响力，为国家做贡献也是我们女人的权利。我们要用自己的行动充分体现出女人在灵魂、人性及人格方面与男子同等，互为伴侣和协助者。"

坐在一旁的王族贵妇噘着嘴说："瞧王后说的，难道要我们姐妹都上前线冲锋陷阵不成？我可拿不动那些刀枪。"

妇好笑了："妇好不是让大家舞刀弄枪，我们要充分发挥在家中枕边风的作用，为殷商扶持好自己的丈夫。我希望不论朝中还是民间，只要出现了邻里不和、妯娌矛盾、拒养老人等事，在座的各位都把它们当作国家的事情，用心去了解，用力去调解，贡献自己的力量，从而获得上天的恩惠，让每个家庭都能绽放幸福之花，让民众真正步入美好、健康的生活。"

一位贵妇高兴地说："既然王后给咱们树立榜样，我们姐妹们就向王后学习吧！"

大家纷纷说："好啊，好啊。"

"我和国王要组织殷商的男人们集中进行训练，学习文韬武略。封闭训练阶段，男人们不能回家，请姐妹们看好自家门户哦。"妇好看向大家。

"家丁们也要训练吗？"一位贵妇担心没人干活，直接出声。

"家丁们不训练。此番训练是针对官员们的，希望他们担负起保护殷商的使命和责任，训练他们做大将军统兵御敌！"妇好提高声音，"男人强，则殷商强！"

"此举是殷商之福啊。"有人感叹。

"殷商强盛，需要我们一起努力！妃子妇妌和妃子芭妘都有自己的特长，姐妹们可根据自己的喜好向她们学习。无论养蚕编织还是稼穑屯粮，都是我们需要做的事。姐妹们，殷商的强大，离不开你们每一个人，我们要为自己的子孙后代留下强大的殷商王朝！"

"我们一定跟随王后，强大殷商！"多妇们被妇好的话语激励着，斗志昂扬。

妇妌和芭妕也被感染了，纷纷和多妇们组团定时间学习沟通。妇妌在部落里也是公主，知道如何顺势而行，此刻乘着妇好的东风带领志同道合的多妇们做自己喜爱的事是多么令人振奋啊。本来是打算一辈子在深宫里苦熬岁月，现在平生所学有了用武之地，妇妌不由得两眼放光，兴奋之情溢于言表。

芭妕被妇好选为王妃，本来还不知道做什么，现在突然发现自己的特长成为宫廷王族及多妇们崇拜跟随的法宝，身上的每一个细胞都被调动起来，准备在妇好的领导下大干一番。

在如此热烈的气氛中，本来的早餐会延长为午餐会，又改成下午的茶点会。直到太阳西斜，多妇们才恋恋不舍地离开王宫，被妥善送回各自的家。

安排多妇们离开后，妇好与妇妌、芭妕、芸儿以及随从回到寝殿，继续商议今天未完事宜。

不多时，武丁派人过来，请大家到正殿赴晚宴。妇好知道，武丁已经说服群臣积极参与军事集训营的培训学习了。

妇好和妇妌、芭妕各自回到寝宫沐浴更衣，盛装打扮后分别前往正殿。

群臣见到王后妇好携王妃前来，忙起身跪迎。武丁也起身离座迎接妇好。

盛装的妇好让武丁看了内心喜悦，他们手拉手走到上位落座。

宰相傅说笑盈盈地跪倒："恭喜大王，恭喜王后！"

武丁言道："傅说，你因何事恭喜寡人和王后呢？"

"启禀大王，听闻大王和王后要举行婚礼庆典，各部落首领和方国城主都预备下厚礼，并要进殷都同贺，甚至连未曾结盟的方国和部落也派使者进殷都。现在这些人都在路上，不日抵达殷都。微臣认为，大王可借此次盛典向邻邦列国显示殷都的强盛，使之不战而降。为此，微臣草拟了一个庆典礼程，请大王和王后定夺。"说完，傅说将一个锦盒高举过头顶。

侍从接过锦盒，递交给武丁。

武丁看了一遍，递给妇好。

"宰相可谓高瞻远瞩，寡人和王后的婚礼如果能给殷商带来和平，这是上天眷顾我殷商啊。"武丁赞叹傅说的谋略。

"微臣认为，既然王后大将军正在筹备军事将领集训营，不如令兵士们一起密集操练，给使臣和方国部落展示一下。微臣不懂军务，还请大将军谋划！"傅说面向妇好，深施一礼。

"宰相言之有理，"妇好微微点头，"以往操练是为了杀敌卫国，此番操练是为了扬我国威，因此需要有所保留，尤其是秘密战术不可外露于人前。妇好认为朝廷可选拔民间长相俊美之年轻男女组成仪仗军队，由军营特训，以应对国事需要。宰相以为如何？"

"王后大将军果然深谋远虑，微臣望尘莫及，恳请王后大将军允准微臣进入军事将领集训营学习。"傅说对妇好真的是心悦诚服，纠结于内心的问题竟然被妇好轻易地解开了。他也有武丁的感受了：这个女子太强了，令人仰视。

"宰相说笑了，你我一文一武，辅佐大王，焉能都习文或都习武？宰相如有空闲，可去集训营观摩学习。妇好随时恭候宰相大人。"妇好不动声色的几句话就将自己与傅说的职责在朝堂分得非常清楚，令武丁和群臣口服心服。

"王后说得是，宰相身负重要国务，怎能脱岗集训？抽空去观摩即可。寡人与你一样可以随时去向大将军学习。"武丁赞同妇好的话算是给了这个提议一个态度。

"微臣谨遵王命！"傅说退回到班列中。

"明日天亮前，请受训的诸位将领早早在南营校武场集合，不得迟误！"妇好殿前发军令。

"遵命！"武将们立即向妇好行了军礼。

妇妌和芭妤亲眼看到妇好在国事和军务上把持有度，内心更加深了对妇好的敬佩，也不再因为自己是女子而自卑，抬头挺胸，侍立在殿中。

"芭妤明日一早也到军营集合！"妇好看向芭妤，朗声吩咐。

"芭妤遵命！"从小酷爱武功也受过军事训练的芭妤高声回复。她真的没想到妇好在朝堂当着文武群臣召她进入军营集训，内心激动非常。

"寡人明日一早也到校武场，为王后大将军的开营仪式助威！"武丁适时开口，没有因为妇好把朝堂改成军营而不满，反而鼎力支持。

"明日臣等是否也能……"一位文臣出班启奏。

"明日一早，众位都随寡人到南营校武场集合，然后再回朝议事。"武丁当场宣布。

"谢大王抬爱，只是妇好有一言在先，既然是去军营，就当按照军规执行。如果延迟需按军法惩处，迟误者鞭责五十！"盛装的妇好出声果敢狠辣，透出冷意，令身旁的武丁不由得内心一凛，原来大将军还有这样的气势！

"寡人和众臣一定遵守军规，请大将军放心！"武丁当场表态。

"若有迟误，莫怪妇好辣手无情！"妇好再次申明强硬态度。

"臣等一定准时到场！"众臣跪倒领命。本来还有人对妇好成为大将军不服气，现在被妇好的磅礴气势震慑得连大气也不敢出，内心暗自决定，一定提前到场，免得挨鞭子。

侍立一旁的妇妍现在内心汹涌澎湃，感激父亲来信规劝她与妇好认错，也多亏自己实话实说，不然就自己的小伎俩与足智多谋的妇好大将军斗，简直是以卵击石。

"酒宴摆上，众臣落座，一起为妇好大将军庆功！"武丁一声令下，侍从们鱼贯而入，顷刻间朝堂变成宴会厅。

酒席宴上，众臣纷纷举杯，庆祝武丁和妇好大将军得胜还朝。为助兴，芭妠还特意请命跳了一段剑舞，英姿飒爽，亦柔亦刚，绝美非常。

妇妍也请命演奏了一曲《将军令》，让微醺的众人如入战场厮杀。妇妍又助兴一曲《蚕织》，令人对桑蚕吐丝、织锦浮想联翩。

酒宴结束，已经是午夜时分。

第二天天不亮，妇好就和武丁到了南城校武场。简单用过早饭，妇好顶盔掼甲，一身戎装出场。

文武群臣陆陆续续赶来，有的打着哈欠，有的帽子歪戴，有的朝靴穿反。妇好扭过脸去，装没看见。武丁也对自己的朝臣队伍真正认识了一下：秀才们这是遇到将军了，怎能比？

相比之下，女眷们倒是神采奕奕：芭妠着一身利索的戎装后洋溢着青春气息；芸儿却有久经沙场的老辣；侍女们跟随妇好已久，俨然是一群训练有素的女兵。

时辰已到，宰相负责文臣点卯，芸儿负责武将点卯。

文臣缺了两名，武将少了一名。

"在门口迎候延误者，鞭刑后进场受训！"妇好吩咐传令兵和鞭刑手，带着众人进入校武场。

文臣延误的是卜二和小史，武官延误的是走马。卜二是专门负责甄选占卜龟甲的官员，昨夜并未参加宫宴，专心钻龟，一夜未眠，找到一片顶级龟甲后才想起来有事，结果就晚了。小史也是忙于在甲骨记录妇好大战捷报之事，完成已是天明，到了校武场已经晚了很久。武官走马是因为昨夜赤兔马生产，给母马和小马收拾好天都快亮了。待他骑马从城北跑到城南的校武场，天已大亮。

军令如山，尽管三位官员延误的理由可以理解，但是还是乖乖挨了五十皮鞭。脊背血淋淋的三人走到集训营，令在场的所有人吸了口冷气。

传令兵已将情况报与妇好知晓，妇好命巫医在集训营里准备好鞭伤药等候。

待巫医为三人敷上鞭伤药，妇好言道："莫怪妇好狠心，一支虎狼之师非用此法不能练成。诸位不是军中将领，此番被执行军法，妇好向诸位赔礼。"

"大将军言重了，我等延误当领鞭刑！"三人同声回答。

"大将军军纪森严，才能百战百胜，文武官员自当效法执行，殷商才能昌盛！"武丁表达了自己对妇好的支持。

"耳闻不如眼见，大将军真是爱兵如子、赏罚分明啊！"傅说也发自内心地赞叹。

"慈不带兵，妇好深知此理！但妇好也知人心向背，为了我殷商不被外敌践踏蹂躏，百姓能安居乐业，妇好只能用铁腕训练出一支虎狼之师！现在，撤去座椅，开始集训！"妇好一声令下，所有的座椅被搬空，就连武丁也只能站着。

昏昏欲睡的一些人在座椅被撤走后，立即有了精神……

第二十五章　武丁军营探妇好　带兵有方镇朝纲

体验了妇好如何带兵，武丁和非集训臣子立即告退，一律骑马返回朝堂，着手料理国事。妇好没有意识到，她的军事化管理对武丁和众臣产生何等深远的影响。一个弱女子时时刻刻把抵御外敌保护黎民放在心中，他们这些大男人焉能不殚精竭虑为国效忠！

傅说和众臣只用了三天的时间就在民众中间选拔了一千名青年男女进入仪仗军队，分成二十个班次。女子仪仗队骑马握刀，每组五十人，分三组，白天在殿前广场操练执勤；男子仪仗队佩剑，每组五十人，分十七组，夜晚时分在殷都的街道操练执勤。

厉兵秣马在目前的殷都乃至周边大城都成为主流，仿佛是一股洪流将人们带进一个民风淳朴的清流当中。

子明和七王子没有被杀，而是被武丁监禁起来，允许自由活动，只是无力再搞政变。七王子本来只是想替天行道，斩杀弑父篡权之人，并未想谋反。他在南夷酒楼被妇好的兵丁抓住后，本来以为自己难逃一死，却发现妇好所谓的不杀俘虏是真的。免除了死亡威胁的七王子，开始认真研究当前局势，认真思索，不再轻举妄动。

废太子子明谋反罪名成立，被武丁押往苦役营，由专人看守，每天服苦役，允其著书立说，令其思过。子明没想到自己的脑袋还能保留在脖子上。谋反证据确凿能不被杀，令子明有些怀疑人生，只觉得每天的暮鼓晨钟都是捡来的，倒也不再有异心。傅说不定期过来，给他讲解殷商局势，希望他能迷途知返，为殷商王朝尽自己的力量。子明内心的怨恨逐渐淡化，尤其是当他听说武丁和妇好每天为殷商黎民百姓能安居乐业殚精竭虑，反思自己，内心竟有些愧疚。他一直在争王位，一直在为太子被废而心怀不平，一直想杀死武丁自己做王，却从没想过做王要付出的代价。穷极一生，子明也没想到妇好作为一名部落女子竟能以殷商天下为己任，甚至在武丁没有正式迎娶之前依然铁肩担道义，而自己作为殷商老国王养大的儿子，竟勾结蛮夷欧人使无辜百姓流血。每想至此，子明自责得彻夜难眠。

随着子明和七王子的消息不断地被传给武丁，武丁最初的担忧也不复存在。武丁对子明和七王子本来是想杀无赦，但是九世之乱又让他无法对骨肉至亲痛下杀手，而妇好的提议又令他寝食难安。放了篡权之人，自己岂不是又进入危险之中？最终，妇好所谓的人尽其才、物尽其用之说还是劝动了武丁，他同意对子明和七王子劝化使之效力殷商。这是武丁和傅说原本不敢想也认为做不到的事，但是傅说答应尽力去尝试实施妇好大将军的建议，每月定时与七王子和子明会面，将殷商局势及武丁、妇好的行程告知他们，然后听他们怎么说。傅说这个当事人见证了子明和七王子从敌对到怀疑，从怀疑到反问，从反问到疑惑，从疑惑到认同的全部心路历程。傅说告诉他们，武丁和妇好没有成王败寇的想法，他们只是希望通过自己的努力能让殷商不再有战乱，不再被外族侵略；如果他们也能改变想法，用自己多年所学或者一技之长为国家效力，也不枉被这一方水土养育这么多年。傅说知道，撼山易，撼人心难。但是自从他认可妇好，就愿意实施她的理念，哪怕难如上青天。

　　武丁和傅说在妇好的身上学到了如何得到人心、如何得到民心，他们逐渐意识到这是当权者必须学会的。武丁在傅说的提醒下想要问一问妇好：她的这些理念是哪里得到的？谁教导她的？历来不是强权治国吗，怎么妇好的理念是得民心者得天下？

　　一日傍晚，武丁到军营探望妇好。自从进入军事将领集训营，武丁就没有在寝宫见过妇好，心里甚是想念，于是带着儿子孝己到军营来找妇好。

　　本来以为能在餐桌上见到妇好的武丁父子失望了，军营里除了一队看守的兵丁，再无旁人。为首的士卒长猛然见到武丁，慌忙跪倒："参见大王！"

　　"大将军现在何处？"武丁是失望加着急。

　　"启禀大王，大将军前天就出门了，说是带着将领们体验野外生存，今晚应该回营。"士卒长知无不言。

　　"去哪里你可知晓？"孝己毕竟是孩子，耐不住性子问道。

　　"末将实在不知！"士卒长真的很无奈。妇好大将军去了哪里？他也想知道，但是实在是不知道，也真的不敢问哪。

　　"准备饭食，寡人今晚在此等候大将军归来。"武丁吩咐道。

　　士卒长答应着起身去安排接待国王和太子的晚餐，简直是一个头两个大。军营里只有普通膳食，让他这个当兵的到哪里去给国王准备饭食啊？国王吃什么他都不知道，难道还能和他们一起吃饭？

　　看见士卒长走了几步就踟蹰不前，武丁叫住了他："你有何为难之事吗？"

士卒长走回来再次跪下:"末将实在不知应当为大王准备什么饭食,军营里没有接待国王的食谱,末将也不知道大王喜欢吃什么,所以……"

武丁扶起士卒长,语气温和:"国王也是人,你们吃什么,我们吃什么就是,无须刻意准备。"

士卒长瞪大了眼睛,张大了嘴巴:"大王的意思是?"

"父王的意思是你们吃什么,我们就吃什么!"孝己大声回答。

士卒长倒退了几步:"我这就带大王和太子去吃饭。"说完他跳了起来,跑向远处有烟囱的营房。

武丁和太子走到营房的时候,正碰上许多士卒包括炊事人员拥出来,他们以为士卒长哄骗他们,厨师长甚至拿着青铜炒勺准备打士卒长。

见到武丁和侍从,所有人刚要跪下,武丁笑着说:"都免礼,寡人很饿,你们有什么吃的?"

"我们有……"

"请大王进屋吃——"

意外的惊喜让这群士卒口舌笨拙,说话语无伦次。

"父王,有好多馒头啊!"孝己首先跑进屋子,大声呼叫。

武丁走进屋子,一簸箕一簸箕的馒头冒着热气摆在方桌上,散发着诱人的香味。

孝己抓起一个馒头就吃了起来,士卒们都笑了。

拎着炒勺的厨师长立即放下炒勺,端出一盆菜,士卒长赶忙拿出碗筷放在桌子上。

武丁坐下来,看着战战兢兢的士卒们,微笑着说:"大家一起坐下来吃饭吧。"

"我们可以吗?"士卒长简直不敢相信自己的耳朵。

"寡人又不是老虎!大将军能和你们一起吃饭,寡人自然也可以。都坐吧。"说完,武丁拿起一个馒头咬了一口。

大喜过望的士卒们,立即围坐下来,都拿起馒头,开始吃饭。他们心想:以后可有得吹了,今天和国王、太子在一桌吃饭啦……几乎每个人都在内心唱起了嘹亮的歌,尽管都不怎么着调。

在喜悦的气氛中,馒头和一盆青菜都被吃光了。

"母后回来吃什么呢?"孝己问了一句。

"大将军只说今晚回来,没有让我们准备食物。"士卒长有些尴尬。

"野外训练，肯定艰苦，我们现在就准备食物，迎接他们回来，如何？"武丁看着士卒长。

"遵命！"士卒长立即答道。

"你们都有什么食材？"武丁继续问。

"我们——"士卒长看向厨师长，巴望着得到答案。

武丁看到的是一双双瞪大的眼睛和一张张窘迫的脸庞。

"你们带我去府库看看。"武丁站起身直接往外走。

士卒长和厨师长赶紧跟上，跑到前面引路。

到了府库，武丁才明白士卒长和厨师长刚才为什么有如此表现，因为府库里除了米面，几乎什么都没有。

"你们日常的粮饷都从哪里来？"问出这句话的武丁顿时觉得自己这个国王有点不够格，王后是大将军，他这个国王甚至都没关心过军饷问题。

"都是大将军调配，我等不知。"意思很明白，就是妇好调配来什么，他们吃什么。

"唤宰相傅说前来！"武丁的脸沉了下来，随身侍从立即离开去给宰相传口谕。

"吩咐下去，今晚寡人要在此宴请众臣，就在这个地方。厨师长全权负责！"武丁继续在南城教武场发号施令。

"遵命。"接到王命的厨师长真要哭了。国王说要宴请，可他只会做军旅大锅饭。

不断地请示汇报，厨师长和士卒长终于明白了国王武丁的心思，他就是要通过军旅晚餐让王公贵族和众臣明白王后带领的军兵日常都在吃什么。

宰相傅说是在厨师长蒸完最后一锅杂面馒头后赶到的，能做的米面都用上了，明天早上这里就没有任何粮食可吃了。

"参见大王！"从律例治理现场匆匆赶来的傅说满头大汗，跪倒行礼。

"寡人把朝政交给你，以为万无一失呢。"武丁心冷面冷口冷。傅说从未见到武丁这样，一身的汗水被武丁发出的冰冷冻干了。

"不知大王何出此言？"傅说依然跪在地上。

"我来问你，王后带兵，军饷何来？"武丁冷声质问傅说。

"回禀大王，王后带兵的粮饷，均是从封邑运来，朝中未曾给王后提供过粮饷。"傅说回禀完，也出了一身冷汗。这个问题自己确实从来没有想过，作为众臣之首，如果武丁怪罪下来，这是严重的渎职之罪啊！

"你可知罪?!"武丁严厉起来。

"微臣罪无可赦,王后没有提过,朝廷军饷确实好久未支出过。请大王降罪!"傅说面伏于地。

"寡人只享受王后领兵带来的胜利,却没有想到朝廷对军队是如此亏欠,你这个当朝宰相竟也全然不知。"武丁的内心涌起极大的愧疚。

"今晚,寡人就地取材在此宴请诸侯和众臣,你可知何意?"武丁平静了一下情绪,扶起宰相傅说。

"微臣明白,朝廷愧对大将军,愧对御敌卫国的军士们。"傅说用手抹了一把额头上的汗。

"寡人失职,愧对流血流汗的军兵们;朝廷失职,愧对开疆扩土而舍命的将士们。从今晚开始,寡人要自罚,王宫半年禁肉食。朝廷官员及家眷跟随寡人,禁肉半年。省下来的俸禄,划拨军饷。"武丁面向窗户,透过窗棂看向远山。

满腹经纶的宰相傅说此时竟无话可说,他的内心也陷入自责当中。

君臣二人在屋内谈了很久,直到天彻底黑了,直到南城教武场内的宴席全部准备好。

盛装赶来的王公贵族和朝中大臣,不知道这一桌桌粗粮是给谁预备的,在自己府中,这些可是给最低级的苦力吃的食物。

武丁和傅说带着太子孝己从小屋中走出来,来到议事大厅,带头坐在中间的桌子旁。

"众位臣工请就座,这是寡人今晚预备的国宴!"武丁看着不知所措的王公大臣们,继续说道,"各位有所不知,为了预备我们的晚宴,南教武场的军兵们明天早上就无粮可吃。自寡人登基以来,朝廷从来就没有为殷商军兵们准备过军饷。我们今晚是来向大将军和军兵们赔罪来的。这些食物是他们的日常口粮,而这些却是苦役们才食用的。"武丁拿起一个杂面馒头,咬了一口,"为了殷商的百姓能安居乐业,军兵们奋勇杀敌,而我们,甚至连兵饷都亏欠着——"武丁的眼角涌出泪滴,"从今天开始,我和王宫所有人,禁肉半年。朝中大小官员家中,也禁肉半年,省下的花费,都交给大将军,充当军饷。"

"孝己愿意禁肉半年!"太子孝己童声回应。

"微臣全家愿意禁肉半年,充当军饷!"宰相傅说接着回应。

"微臣愿意!"

"微臣愿意!"

……

所有人都做出了承诺。

"先吃饭吧，晚上王后大将军会带着野外生存训练的将领回营。大家可愿意陪寡人在此等候他们？"武丁看向众人。

"臣愿意在此等候！"国王都这样说了，谁敢说半个不字？即或有人心里不乐意，也只能随大流了。

艰难地咽下了馒头，清汤送下，武丁和众臣亲身体验了军兵们的艰苦。饭后武丁吩咐众臣在南城校武场议事厅坐等妇好及众将归来。

妇好和芭妭带着众将官经历了三天三夜的野外生存训练，每个人都吃了不同的野味，有野兔、野鸡、田鼠、青蛇……三座山中几乎身上有肉的都被吃光了。

将领们没有想到娇滴滴的王后和王妃在猎杀方面凶狠勇猛，在野外生存训练中远超他们这些五大三粗的男人，因此对妇好的敬佩油然而生，对芭妭也不再轻视。

今天晚上，芭妭和芸儿猎杀了一头野鹿和一头野猪。妇好吩咐大家在一起晚餐，由她来为大家烤肉。芸儿随身携带的食盐在此刻派上了用场。芭妭现在才明白芸儿身上的一个个小纸包是做什么用的。

"诸位在野外生存训练中圆满完成了任务，妇好代表殷商的黎民百姓谢谢你们。吃完了我们直接回南城校武场！"和众人围坐在篝火旁，妇好制定下一步行动计划。

野外三天，第一次吃到如此有滋有味的鲜美烤肉，众将士的身体和心理都得到了很好的休息，一个个容光焕发，浑身又有了使不完的劲儿。这三天，他们从妇好身上学到了太多的东西，如何保护自己免受虫蝎叮咬，晚上如何轮番值守、保证睡眠，如何因陋就简抵御夜里的寒冷，如何利用树上的枝丫打造睡床，甚至如何取火都学会了。妇好的智慧和才能在野外生存训练中一览无余地展现在大家面前。本来绝无可能的野外训练，竟然都完成了。

芭妭在此次的集训中收获颇丰。此前受过基本训练的她，此次培训完成了质的飞跃。她现在完全具备了独立领兵作战，甚至独立生存的本领。

因此，当妇好带领焕然一新的众将出现在南城校武场的时候，几乎没有人相信这些人是在三天三夜野外生存训练后回来的。尤其是武丁和孝己，本来以为妇好和芭妭应该满身泥泞、灰头土脸、疲惫不堪，结果却比他们还精神。

妇好见到武丁带着众臣等在这里有些惊喜，但也有点糊涂。

"启禀王后大将军，大王带领我等禁肉半年，作为军饷未拨付的自罚。敢问王后大将军，这么长时间的军饷是如何得来的呢？"宰相傅说在行过君臣大礼后向妇好询问。

妇好微笑着看了一眼武丁，说道："这是妇好的秘密。"

"微臣知道大将军自有筹集军饷之道，只是大王为此震怒。自今日起，军队一切开支列入国库预算，还请王后体谅微臣。"傅说满脸赔笑。

"既然如此，妇好就将历年军饷收支情况汇报给宰相大人。芸儿，速去取总账本过来！"妇好转向芸儿，也看了一眼芭妭，芭妭微笑回视。

"王后刚刚集训回营，休息一下再去不迟。"武丁注视着妇好。

"妇好早就有意将军营开支汇报给朝廷，只是一直没有机会。现在宰相大人主动问起，妇好焉能错过大好机会？"妇好笑着看了一眼武丁，挥手让芸儿速去。

"寡人只知用兵却不知养兵，请大将军不要怪罪寡人。若不是今日孝己想念母后非要来校武场，寡人还不知情。"武丁有些说不下去了。

"妇好是殷商王后，本应为大王分忧。甘盘大将军客死他乡，军中事务没有传承，妇好也是刚刚整理清楚。至于军中所需粮饷及价银，妇好数年在战场收集入库的，足够军中几年开销。"妇好简明扼要说给国王武丁和宰相傅说。

闻听此言的武丁和傅说一扫刚才的愧疚，满脸兴奋地看着妇好，宛如看着神人。

"妇好私藏战利品，没有上报给大王和宰相，还请恕罪。"妇好笑意盈盈。

"得妇好者，得天下！"宰相傅说发自内心地大声赞叹，周围的王公大臣们纷纷点头称是。

"王后大将军的军事将领集训已经结束，寡人与王后的婚礼已经准备完毕，请王后大将军将军务暂且放一放，今夜就随寡人回王宫准备。"武丁看着妇好，宛如初见。

"如此说来妇好可以修养一阵子了，副将军听令——"妇好悦耳的嗓音高声扬起。

武丁和众臣看着火速集合的一个小队，足足有十人，其中就有芭妭、子常。对于子常，武丁不奇怪，他本来就是武将。而芭妭，是个女子，被妇好选为副将军，有点出乎意料。

"你们是本大将军选出来的副将军，自今日起各司其职。军中无小事，你们必须严谨治军，定期上报，不得有误！"妇好站在排好的副将军面前，宣布命令。

"末将遵命！"十位副将军齐声回答。

"芭妁身为王妃，兼任副将军，每日料理完军务还是要住在王宫里。"妇好看着芭妁，继续吩咐。

"芭妁遵命！"没有半点迟疑，芭妁回答。

芸儿抱着一个锦盒走进屋子，在妇好面前的桌子上放下锦盒。

"宰相大人，这是军中所有账目，请您查收。"妇好打开锦盒，一卷卷的丝锦账单展现在武丁和群臣面前。

"点亮火把！"副将军子常大声吩咐。

几十名士卒顷刻间将议事厅的火把点亮，议事厅亮如白昼。

宰相傅说走上前，自锦盒中取出一卷账单，在桌子上铺展开来。这是与欧人作战的获利清单，上面从战靴、衣物到战车、兵器、马匹、粮草、帐篷，一应俱全，均在账本上清楚标明。何时获取的，何时分配下去的，在妇好的账本中一览无余。

"王后此举为我等学习军中事务提供了翔实的课本，傅说感激不尽！"傅说向着妇好深施一礼以表敬意。

"王后是上天赏赐给寡人的国宝，是活的轩辕鼎！"武丁感慨地说道。

王公大臣们此刻也不再腹诽武丁罚下的半年禁肉，而是对先王选定的王后妇好全部认同。确如武丁所说，妇好是殷商的祥瑞啊。因为妇好，他们不再惶惶不可终日；因为妇好，他们在百姓和方国面前抬起头来。想着甘盘做大将军的时候，他们甚至还想着出逃。妇好做大将军这几年，他们才觉得在朝堂做官真是荣耀，真是改换了天日啊！

"王后，今日是否随寡人回王宫？孝己已经多日未见到母后了。"武丁说着向孝己使了个眼色。

"母后，今晚孝己要和母后一起睡！"孝己心领神会，将武丁一路的教导铭刻于心。他还是小孩，需要母亲睡前讲故事。

"众将听令！"妇好大声命令，"集训今晚结束，允准回家休整，三日后本大将军宣布对诸位的任命！诸位可先散去！"

"遵命！"

众将纷纷领命离开，拥挤的议事大厅顿时宽松起来，空气也清新起来。

"诸位爱卿，各自散去吧，明日早朝改在酉时！"武丁对众臣大声宣布。

众臣立即收拾自己的行装，准备启程回家。傅说高声喊着："恭送国王王后！”

“恭送国王王后！”众臣应声附和。

武丁拉着妇好，妇好牵着孝己，芭妏和芸儿跟随在后面。武丁、妇好和孝己登上车辇，芭妏和芸儿骑上战马，一行人先行离开南城校武场，直奔殷都城。

国王离开了，文武将官骑马的骑马、坐轿的坐轿，都用自己的方式往家赶。

在飞奔的车辇上，孝己靠着妇好沉沉地进入了梦乡。武丁握着妇好的手不肯放开，一家三口亲密无间。

进入王宫大院，武丁抱着孝己进入寝殿的偏殿，交给侍从服侍。随后他拉着妇好步入寝殿正殿，吩咐人准备沐浴桶。

“寡人好久没有看到王后了，王后可知道？”武丁在烛光中看着一直微笑的妇好。

“妇好答应，以后不离开了。”妇好小声回答。

“原来王后也有一颗柔软的心，武丁还以为王后只是铁石心肠的大将军呢。”武丁拉着妇好的手不肯放。

“培养出合格的大将军人选，妇好就安心做你的王后，可好？”妇好见武丁开始要小孩子脾气，笑了。

“你的第一天职是寡人的王后。寡人真后悔让你做大将军，你都快忘了寡人是你的丈夫了，是不是？”武丁抱住妇好。

“我可是三日在野外摸爬滚打，不想带着一身青草味儿与你行夫妻之礼。”妇好轻轻推开武丁，独自进入洗浴间，将恋恋不舍的武丁关在外头。

武丁吩咐侍从们到外殿伺候，明日再过来服侍。他要给自己和妇好一个无人打扰的美好夜晚，制造另一个小王子出来。

第二十六章　武丁妇好忙婚庆　傅说献图建水军

　　一夜的小雨在清晨停了下来，没有挡住初秋的日出。尽管太阳总是羞羞涩涩的，但是还是向殷都城投射了一缕缕的阳光。雨后的清晨，天气微凉，一缕阳光透过窗棂缝隙射进寝殿。

　　武丁睁开眼睛，看着怀里睡意沉沉的妇好，甜蜜地笑了。他轻轻挑起妇好的长发，轻吻了一下妇好滑润的香肩，为她轻轻拉上柔软的锦被，下了床榻，走出寝殿。

　　天空飘荡着烟灰色的云，正在快速移出宫院上方，宫院的上空展现出一片蔚蓝，清新的空气沁润着武丁的心脾。几只大鸟从远处飞过，留下几声鸣叫，似乎在宣告着殷都的和谐与安康。寝殿门口的桂树花枝重叠，散发的桂花香气被清风吹过，荡涤着殷商国王的情怀，这就是岁月静好吧。

　　武丁像是突然想起了什么，快步走向外殿，拐了几个弯进入膳食房。正在准备膳食的厨师们吓了一跳，怎么今天国王来了膳食房？

　　"寡人想给王后亲自做一次早餐，谁来教寡人？"

　　厨师长对于眼前出现的这个好学的国王感到不知所措。

　　最后，按照武丁的设想和愿望，厨师们几乎是手把手教武丁做完了早餐。

　　等武丁赶回寝殿，妇好还在香甜的睡梦中。

　　"大将军，该起床了——"武丁沉住气，轻轻呼唤着他的王后。

　　"大王，"妇好睁开美丽的眼眸，"好久没有睡得这么香甜了，谢谢大王的眷爱……"妇好的脸颊出现一片绯红，飞进了武丁的心里。

　　"以后寡人都这样眷爱你。现在起来，品尝一下寡人亲手为你烹制的早餐。"武丁拿来妇好的王后服饰，"今天寡人为你更衣！"

　　妇好穿着肚兜小裤下床，听话地接受武丁的服侍。

　　"我们今晚早些安眠好吗？"看着妇好诱人的身姿，武丁提前预约。

　　"谨遵王命。"妇好满面含羞看着武丁为自己更衣。

　　妇好在甜蜜中更衣完毕，在甜蜜中品尝完武丁不怎么样的厨艺，在甜蜜中与武丁一起登上车辇，直奔正殿。

芭妏作为副将军也进入朝堂，与众大臣一起站立在下面。

经过一夜充分的休整，殷商的文武群臣个个精神饱满。

"启禀大王，微臣傅说翻看了王后所有的军中账目。确如王后大将军所言，军中财务足够五年吃用，无须朝廷增补。"宰相傅说踏出队列，向武丁和妇好报告这一大好消息。

"微臣愿意自罚半年俸禄归入军饷。"宰相傅说再次回禀。

"既然宰相言明军饷无缺，何故自罚俸禄呢？"武丁提问。

"王后大将军御兵有道，新培养的军事将领需要更广阔的天地施展才华，因此微臣觉得需要将殷商国土划片治理，军队作为各区安全保障驻守。"傅说侃侃而谈，"殷都城外四个营盘，其他城邑也需要军兵驻守，甚至边界方国也需要我殷商军兵防守。如此算来，军饷并不充足。"

"宰相果然深谋远虑，如此甚好。"妇好赞许地说。

"微臣利用平生所学绘制了一幅殷商疆域图，作为众臣工献给大王和王后的大婚贺礼。"傅说说完命人抬上来一个羊皮卷轴。

武丁立即吩咐人将疆域图挂在宫墙上。

武丁携妇好离位走到疆域图前。殷商疆域有多大，他作为国王，之前只是在心里有一个轮廓，到底有多大，各方国都在什么方位，他还是第一次看到。

妇好作为大将军在外统兵作战几年，很多地方自己去征战过，但是在疆域图中看到，还是令她非常震撼。妇好在疆域图上看到了自己征战过的高原方国，也看到了妇妌出生的盆地部落，还有芭妏成长的海滨地区，而这些都被傅说标上了不同的名字。

用现代的说法，殷商帝国北至蒙古大漠，东北至辽宁朝鲜半岛，南至湖北湖南江西福建，西至甘肃新疆，东至东海海滨。

"宰相真是将我殷商国土谨记于胸啊！"武丁看着一个个朝堂议事提过的名字出现在疆域图上，对宰相傅说的赞美之情溢于言表。

"微臣深受大王信赖和托付，无以回报，唯有兢兢业业、鞠躬尽瘁、为国效忠！"宰相傅说低眉垂目，深施一礼。

被展现在眼前的殷商疆域图震撼的除了武丁、妇好，还有殿中侍立的众臣工。他们几乎所有人都在殷都长大，对殷商的版图有多大根本不清楚，现在有了傅说的这张全境图，不用出殷都就可以游历各地了。

"如此广袤的疆域，要治理好，需要众位臣工同心协力方可。"武丁在疆域图下站了一会儿，返回王座。

"各位对于治理殷商的疆域，有何高见？"武丁询问众人。

"臣妾以为，疆土治理在于人心，大王以仁德治国定当稳固。滨海之外，当训练水军，开疆扩土！"芭妏一身戎装站立，第一次开口就震慑朝堂。

"训练水军？副将军真是敢想！"一位武将不屑一顾。

"我等连大海都没见过，还想着在海外开疆扩土，莫不是昨夜梦未醒？"一位文臣接着讽刺。

"微臣以为，芭妏副将军言之有理。若能训练好一支水军，茫茫大海也不再是我们的阻拦！"傅说及时开口，免得再听到不堪的声音。

"芭妏自幼熟悉水性，在东夷海边长大，若能由你来训练水军，你可愿意？"妇好在王位左侧的位子上站起身来，看着芭妏。

"芭妏愿意为国尽忠！"芭妏俯身行礼。

"既然如此，寡人给你一个特权，水军所需一切，直接拿着寡人手令到府库领取，由宰相登记即可！"武丁当庭宣布。随后武丁拿出一个玉符交给侍从，侍从递给芭妏。

群臣都认识这个玉符。这个代表国王本尊的玉符，持有者无论到哪个地方，都享有至高无上的权力。芭妏尽管来殷都时间不长，但是也听闻过，却从来没有见过。没想到今天由武丁当众赏赐给她，令这个海边长大的东夷公主深受感动。她内心涌起了舍命报国的豪情，当即跪倒谢恩："芭妏一定尽快建立水军，报效国王和王后的信赖和厚爱！"

"建立水军，责任重大，你要仔细谋划，多方请教，不得出现任何闪失！起来说话吧。"武丁对这个妇好安排的妃子一开始持无所谓的态度，反正王后说好就好，现在他看到了妇好在识人和用人上的高明。

"芭妏谨遵王命！"芭妏起身侍立。

"傅说宰相见多识广，王后大将军能征善战，水军建设在大商无祖宗规制可寻，需要列位臣工集思广益！"武丁看向众臣。

"水军离不开造船，欧人留下的数百工匠可以征用！"妇好首先开口说道。

"微臣在傅岩认识几个能工巧匠，可以招来造船。"宰相傅说也开口了。

"老臣有一言，不知是否当讲？"老王叔沉默片刻开口。

"王叔有话请讲。"武丁言语和顺。

"论造船，大商国数子明最好。被废太子前，子明就曾经在海边建立一支船队，当时是为了打鱼吃海货。太子被废后，不知这支船队是否还存在？按理，老臣不应提起前尘过往，然而为了我殷商的繁荣昌盛，老臣愿意把自己所知讲出来，希望对建立水军有点作用，咳咳——"老王叔激动得咳嗽起来。

武丁离位走向老王叔："王叔，武丁和子明同是成汤子孙，如果能将祖宗基业发扬光大，没有什么不能的。武丁自幼离开王宫，王叔说的这些，实在不知。若能劝子明参与水军筹划，对我殷商是如虎添翼呀！"

"老臣没想到大王如此心胸广阔。老臣一定劝说子明，为国效忠！"老王叔一脸的志得意满。

"大王英明！"子常大声喊道。

"大王英明！"芭妃随声附和。

"大王英明！"众臣接着高呼，声音震动殿宇。众臣真的没有想到，武丁竟然打破常规，敢于启用曾经篡权之人，这需要多么宽广的胸怀和气度啊！殿中的众臣和侍从们亲眼所见，亲耳听闻，当今的国王武丁胸怀天下，能容人所不能容，这是殷商黎民百姓的天大福气啊！因此，大殿中自发形成了一股无声而强大的洪流，大家准备散朝后铆足了劲向亲朋好友宣扬武丁国王的政治清明、心胸广阔。武丁万万没有想到，从此刻开始，他的英明自大殿流向了殷商的每一寸土地，滋润了殷商子民的心，激起了多少爱国情怀，这是后话。

"下面我们议一下寡人与王后的婚礼大典吧。"武丁发现自己念念不忘的竟然是自己对妇好的承诺——给她一个盛大的婚礼。

"这是修改后的盛典仪制，请大王和王后过目。"礼仪司的典礼官走上前，呈上一轴红色丝卷。

"展开观看！"武丁吩咐侍从。

侍从们在大殿中将丝卷展开，武丁携妇好走下王座，注目观看。

第一部分，祭拜天地。由国王和王后携忠臣及方国首领在祭坛敬拜天地，感谢上天赏赐雨露滋润，保佑殷商全境五谷丰登，黎民百姓安居乐业。祭司宰杀祭牲，八头公牛，八只公羊，淘净内脏，切成块子，烧在祭坛上。

第二部分，大赦天下。赦免无故错杀人及失手杀人的囚犯，允准回家服刑；赦免参与谋朝篡位的囚犯，赦免所有未曾杀人的囚犯。令囚犯在祭坛向天地认罪，接受国王和王后颁布的赦令。

第三部分，游行庆婚。在殷都及封邑进行巡城庆典，国王和王后的车辇及忠臣的车轿进入百姓街道，与百姓同乐。国王和王后赏赐礼品，接受百姓贺礼。

第四部分，回大殿诰封。由国王亲自拟旨，对王后进行诰封，赐下国宝，昭告天下。封赏妃嫔，封赏有功之臣。举国同庆七日。

第五部分，检阅军兵。由国王和王后率众臣、众使臣在校武场检阅军兵，分步兵和骑兵及特种兵带盔甲展示，展示王后御兵有道，殷商国富民强。

武丁和妇好看过盛典仪制，点头认同。

"婚礼仪制甚合寡人和王后心意，照此办理，三日后正式开始。"武丁吩咐完，携妇好离开大殿，传令侍从高呼："散朝！"

登上回寝殿的车辇，武丁握住妇好的手，发现妇好的手有些微凉。

"你的手怎么这么凉？"武丁看着妇好的眼睛。

"妇好没有想到……"妇好小声呢喃着。

"没想到什么？"武丁不解地眨巴着眼睛。

"妇好今天在大殿上蒙受如此恩宠，被国王宠爱，妇好恍如梦中。"妇好看着被武丁握在手中的小手。曾经以为此生只能靠自己而非旁人，曾经以为武丁只是因为她能干才对她好，曾经以为她只是武丁传宗接代的工具，曾经以为武丁只是随口一说的一个婚礼，曾经以为……沉浸在遐想中的妇好被武丁的话唤醒。

"傻瓜，你是我的王后，是我的帮助者；我是你的丈夫，我的都是你的！"武丁发自肺腑地柔声说道。

"今天妇好觉得能做你的王后，真的是件很幸福的事！"妇好没有回避武丁深情款款的眼神。

"你是我的妻子，我是你的良人，此生定不负你！"武丁此刻无师自通，将不记得从哪里学来的情话，毫不吝啬地说给妇好。

在甜蜜的气氛中，殷都文武群臣和黎民百姓见证了国王武丁和王后妇好的盛大婚礼。被赦免的囚犯更是感恩戴德，带全家沿街跪迎，称颂国王和王后的浩大恩典。

方国使臣和部落首领被军兵的仪仗所震慑，单说特种兵带出的数百头大象，就非寻常人可以驯服和使用。他们从以前的面服口服变为阅兵后的心悦诚服，甘心俯首称臣。

最高兴的算是巴方的首领和夫人，自从将亲生女儿妇妌献给武丁联姻，这是第一次来殷都。他们本以为与女儿难以再聚，怎知大将军妇好救助了擅自独闯蜀方被羁押的独生子，因此视妇好为救命恩人。这次携家带口远道而来，为救命恩人妇好预备了丰厚的礼物，得到了武丁和妇好的亲自接见，并作为贵宾参加了妇妌册封为贵妃的册封礼。在妇妌的坚持下，巴方首领签署了永不反叛殷商的契约。妇妌的弟弟也被妇好认作弟弟，被武丁封为一等侯，世袭罔替。

东夷的首领和众臣子也在此次庆典中得到国王和王后的召见。公主芭妏被武丁赐名妇癸，册封为贵妃。癸字寓意深刻，即期望芭妠成为殷商强盛的重器，为殷商打造一支强大的水军。武丁与妇好和妇癸商议，将水军基地设在东夷，便于妇癸招兵买马，训练水军。

　　国王武丁和王后妇好的大婚庆典，成为殷商王朝最有影响的一件大事。有幸目睹和参与的人，无论是王公贵族还是平民百姓都印象深刻，甚至很多人想记录下来，希望传递给自己的子孙。众多方国和部落首领也被婚礼庆典期间武丁和妇好所展现出来的仁爱和智慧、法度所折服，纷纷请求国王武丁派官员到方国和部落去帮助他们建立与殷商相似的政令制度。殷都与所辖方国和部落因此建立了稳固的政通体系，这是武丁之前万万没有预料到的。

　　大婚庆典过后多年，殷商王朝四海平定，百姓安居富庶，国库充盈，物资丰沛，史称"武丁中兴"。

第二十七章　殷商鼎盛失妇好　太子孝己散民间

五年间，妇好又为武丁生了一儿一女。

妇妌生了两个女儿。

妇癸生了一个儿子后，因忙于水军事务，不肯再生。

殷商的水军在妇癸和子明的督造下在东夷建造了十艘大船、四十艘战船、两百艘小船；共有潜水兵四百人，水兵三千人；有船用弓箭十万只，火弩一万只，盾牌五千块，盔甲五千套。

远离殷都的子明，改换面貌，不再提前尘过往，隐姓埋名自称芨子，每天扎在船坞。不知内情的人都把他当成技艺精湛的造船师和文武双全的教师。

七王子最初也跟随子明学习造船，怎奈被子明判定不是造船的料，只教他去做水兵。于是堂堂殷商七王子改换名姓为祖己，从民间报名参加水军，从最底层的预备兵开始，勤学苦练，三年内成长为水军内无人不知的祖己副将军。

武丁和妇好每年到东夷视察两次，每次都是匆匆而来、匆匆而去，除了确定水军依然以妇好为旗帜番号，其他事宜均交给妇癸处理。一心练兵建船的妇癸本来不认识子明，也根本不知子明和七王子已经在水军效力。傅说作为当朝宰相，诸事缠身，开始还经常过问一下，后来根本无暇顾及一直安安静静的太子和七王子。尽管子明和七王子因弑君已经被废为平民，但是祖宗留下的房屋田产，武丁还是吩咐留给他们和他们的子孙。所以只要他们没有异常，便也不再惹人注目。

子明的妻子在被废期间抑郁而终，为他留下一个女儿，现在交给王太后抚养，现今已经十三岁。子明一心造船，无意再娶，王太后也就任凭他去。后来王宫里有了众多的王子公主，王太后也就不再挂念这个领养的儿子。子明得以沉寂江湖，寄居在东夷，成为赫赫有名的造船师和水军教官芨子。

妇癸率领的水军在沿海做了多次训练，自东夷港口出发，遍访殷商沿海陆地，为殷商收服了三十个方国。那些做好陆地防御的沿海方国首领万万没有想到，会有战船和兵马从大海上突然出现在自家门口。他们看到妇好的大旗才知道是殷商的军队，立即交纳降书顺表，俯首称臣。妇癸打着妇好的大旗沿各个水路突击自立方国和未归顺部落，很多方国和部落不战而降。妇癸收服的方国甚至比妇好骑马征服的还要多。

有了水军，宰相傅说当年制作的殷商版图又被充实扩张了很多，可谓是八方宾服、万国来朝。

文献记载说，武丁中兴时期出现了"天下复兴，商道咸欢"的大好局面。

这年春天，王宫的寝殿里。

"回禀母后，孝庚弟弟来找我，非要骑我的白虎。我不答应，他就赌气跑出去了。"十三岁的太子孝己跑过来回禀王后妇好。

"他跑去哪里了？有没有人跟着？"妇好正在给两岁的女儿换衣服，抬头看了一眼孝己。

"有侍从跟着呢。"孝己回答。

"你已经十三岁了，四岁的弟弟对你来说是完全可以降服的。母后相信你知道轻重。"妇好给女儿扣好衣襟，系上带子。

"母后说过，白虎不是宠物，是野兽，所以孝己不敢让弟弟玩耍。"孝己自从得了白色的小老虎，几乎日夜不分地和老虎在一起，有了很深的信赖感。但是芸儿教导他的驯虎之术他不可能教会幼小的弟弟，怕弟弟接触成年老虎会被老虎所伤。

妇好自然明白孝己的担心，也没有责怪孝己。

"我们一起去找孝庚吧。"妇好领着两岁的女儿，向殿外走去。

"报告王后娘娘，孝庚跑进了白虎山，我们不敢进去。"飞奔而来大声喊着的侍从几乎是趴在了地上。

"孝己快去！"妇好大声吩咐刚刚一只脚迈出殿门的孝己，随即将女儿交给贴身的婢女，飞身而去。

听到母亲呼唤的孝己，立即向虎山飞奔而去。

所谓的虎山，其实是王宫大管家家司绞尽脑汁想出来的在宫里饲养白虎的地方。家司命人在后宫花园偏角的假山处为白虎建造了一个栖身之地，四围是高墙，高墙内有深水沟，留两个门。一个是喂食者投放鸡鸭山羊等活物的，另一个是孝己专用每日进出训练白虎的出入口。平时这里有人严格看守，禁止小孩和无关人等过来玩耍。

四岁的孝庚正是好动的年纪，对什么都想弄个明白，越是不让做的事情，好奇心越重。对于哥哥孝己怎么都不让他接触的可爱的白色老虎，他做梦都想摸摸，幼小的头脑里根本就没有不行和害怕这两个词。

迈着小短腿，孝庚挤进虎山的缝隙——对越不让自己去的地方，越感新奇。头先进去，身子也使劲缩小，哎，这不是进来了。进到虎山里面的孝庚真的开心极了。他偷偷看到过哥哥孝己与白色老虎玩耍的情景。老虎好可爱啊，现在他也要和这只可爱的老虎玩耍。

趁着没人注意，小孝庚挤进了老虎的寝室。这只老虎正在睡觉，他几乎都看清了老虎的胡须，比爸爸的胡须好玩多了。"起来，和我玩吧，我们像哥哥一样玩耍——"小孝庚悄悄地向着他心爱的白色老虎挪过去。尽管内心兴奋，但是他却还是莫名其妙地有点紧张。

"孝庚快停下！"飞奔而来的妇好与孝己几乎同时落在老虎寝室的外面。孝庚进入的不是门，而是一个溢水的小洞，孝庚因为身材矮小可以进入，而妇好和孝己无法进入。

"哥哥，老虎还在睡觉，你把他叫起来和我玩。"不知危险的孝庚还在纠缠哥哥孝己。

"一会儿我进去抱起孝庚，你哄住老虎！"妇好简单而急切地命令着，然后带着孝己飞奔到门口，准备破门而入。

六岁的成年老虎现在正是发情期。妇好因为这几年忙于养育幼儿，没有精力为老虎寻找配偶，甚至疏于照看这只猛兽，所以和这只老虎非常陌生。

破门的响声惊醒了正在睡觉的老虎，睁开眼睛的老虎看到的是一个矮小的东西，它以为是食物，起身扑了上去。

此刻妇好已经到了孝庚的身前，她一把抱起孝庚，准备飞身离开。习惯了穿着宫廷长衣的妇好没有想到自己美丽的长衣被老虎咬住了。她习惯性地拔剑准备割断衣服，却发现自己匆忙间没有携带佩剑。惊慌的孝己连忙对着老虎大声喊叫，此时的老虎仿佛不认识孝己，继续撕扯妇好的衣服。

贵为王后的妇好，衣服自然是最好的，老虎的利齿只是在衣服上划了一条条口子，并没有将衣服撕裂。情急之下，妇好将孝庚扔给孝己，大喊着让他们出去，自己独自与发情的老虎搏斗。

孝己急忙抱着孝庚跑了出去，将孝庚交给束手无策的侍从，自己拿了一根大棍子再次冲进去。

手无寸铁的妇好幸好练过多年的武功，但是沉重的王后服饰使得她用不上力。孝己将棍子扔给妇好的时候，妇好的大腿已经被老虎咬住了。拿到棍子的妇好拼尽全身力气将老虎打晕，将被咬在老虎口中的大腿拉出来，随后再一棍打在老虎的头上，老虎当即毙命。

"母后，我们终于——"孝己猛然看见妇好的大腿流血如注，吓得哭叫起来，"母后受伤了，快快来人呐！"妇好惨白着脸，由孝己扶着挪出虎山，瘫倒在地。

侍从们连忙找来软塌，将妇好抬入寝殿。巫医们将妇好的伤口清理干净，发现妇好的左侧大腿已经被老虎的牙齿洞穿，无法止血。妇好疼得昏迷了过去。

紧急赶来的武丁看着不省人事的妇好，痛心疾首，心如刀割，命巫医们全力救治。巫医们用尽了所有的办法，才勉强将妇好大腿的血止住。但是妇好失血过多，脸色苍白，昏迷不醒。一位巫医猛然想起方国进贡的药材里有一种红色药丸，可以保命，立即拿来喂妇好服下。

傍晚，残阳如血，妇好终于醒了过来。

武丁立即抱起妇好，急急地问："你怎么样？"

"大王，妇好刚才去了一个地方，一位白衣白发、面现金光的神人告诉我，我在地上的时间到了，我该回去了。"武丁泪如泉涌，妇好举起无力的手臂，轻轻为武丁擦拭着眼泪，继续说道，"大王不必流泪，神人说得好，妇好种的因必当是妇好收的果。无意中得到的小白虎，是陪着妇好享受荣华富贵的天赐宠物，也是带着妇好离开的小小生灵。妇好此生无憾，唯一憾事是不能陪大王终老，不能陪孩儿们长大。妇好为大王生下的这两男一女，可以陪着大王，还望大王对他们严加管教，不要过分溺爱。孝己已经长大，但是还缺乏历练，孝庚贪玩不听话，都需要大王费心照料。女儿年幼……"说了这么多的话，妇好有些气喘。武丁含泪递给她一个水碗，妇好一饮而尽。

"女儿年幼，大王可将她托给芸儿照顾。芸儿是妇好出生入死的伙伴，请大王允准她替妇好照看孩子们。"妇好的伤口裂开，鲜血汩汩而出。武丁将妇好抱得更紧了，与她脸贴着脸。

"诸方国因妇好大旗而归顺。妇好死后，大王要秘而不宣，以免方国叛乱！"妇好咬着武丁的耳朵小声说。

"妇姘和妇癸均是大王妃子，以后还会有很多嫔妃因联姻入宫。大王要学会雨露均沾，不可专宠。后宫安宁，天下安宁。"妇好向武丁交代后事。

"妇好要去了，大王不必悲伤，得知妇好今日之事的不过数人，大王要令他们不泄露秘密。为了国家稳定，大王要秘密寻找形似妇好之女子，秘密带进宫中，大事上代替妇好出面应对，只有大王知道妇好离开就可以了。切记……"妇好的声音越来越微弱，武丁屏住呼吸努力聆听妇好的最后遗言。

武丁紧紧抱住妇好，哭求她别走，但是妇好的气息越来越弱，最后微笑着在武丁的怀里离开了这个她征战了一生的世界。

武丁令人关闭几道宫门，将脸伏在妇好的怀中失声痛哭。

这个上天派来的女子，教会了他这个苦役如何治理天下，帮助他征服各种敌对势力，励精图治使他的政权稳固，强军建国使他这个国王可以无忧无虑稳坐朝堂，放心接受各方朝拜，殚精竭虑为他排除内忧外患，心怀天下为他运筹帷幄得胜千里，文韬武略为他赢得民心。而今，她的寿数到了，上天用这样惨烈的方式带她离开，他的心如何能安，他如何才能再次得到这样的奇女子？她的老师是谁？是谁教导她成为这样的人？到现在武丁也没有从妇好的嘴里得知一二。

武丁记得第一次在大殿得知她是自己的王后时，对其轻慢不已。后来他想尽办法弥补，甚至给她盛大的婚礼，都没有消除自己内心的悔恨。妇好是上天赐给他的帮助者，一开始他是何等不珍惜，也是何等不在乎啊！直到自己被妇好折服，甘心听从她的一切建议，哪怕令他与方国联姻，迎娶各种没见过面的女子，因为深爱妇好，他都愿意做。他曾经说过他是妇好的天，是保护她的，而事实上，妇好才是他武丁的天，是他武丁的保护者。

沉湎在悲痛中的武丁禁止人进来打扰，抱着妇好为她清洗身体。在妇好活着的时候，这绝无可能，而现在他终于可以为所欲为了，因为这个强悍的小女人已失去了生气。武丁为妇好包扎了伤口，穿上里衣外衣，整理妆容，盘好头发。恍惚中武丁真的想把她摇醒，让她再陪自己治理国家。

为妇好整理好一切，武丁令人将寝宫的地砖撬开。他不要妇好离开，他要妇好在宫殿里陪着他，他要妇好看着他，他要将一个更加强大的殷商奉献给妇好。

同时，武丁命令心腹寻访酷似妇好的女子，一旦发现，立即带进宫来。为了防止消息外露，武丁圈禁了所有知晓此事的侍从和巫医，将太子孝己秘密送出王宫，仿效父亲小乙将自己送到民间。

离开王宫的太子孝己感觉天都要塌了，母后身故，父王不让哭，甚至都不让宫外的人知道，他不明白这到底是怎么了。夜里，他被侍从在卧榻上叫起，给了一身百姓衣服，就被带离了王宫。他是有过错，但是也不能因此就被赶出王宫吧？他可是当朝太子，未来王位的继承人啊！在王宫里，父王不让他哭，不让他看母后，不让他看弟弟。他不知道自己将被带到哪里去，也不知道由谁来照顾自己。

孝己感觉到了从来没有过的孤单和无所依靠。他是武丁和妇好的儿子，现在却惊慌如一匹孤狼。还好，侍从允许他将随身之物携带。他带了佩剑，带了母后送给他的生日礼物，除了那只被杖杀的白虎，他感觉以后要自己照顾自己了。孝己被告知不允许哭泣，他也不想哭。没有了母后，他却拥有了母后传授的剑法和武功，还有母后培养的生活习惯。无论走到哪里，他都不会忘记自己是妇好大将军的儿子。

马车在漆黑的夜里一直跑，都快散架了，赶马的侍从也没有停下来。

临行前，武丁和他见了一面，说是让他离开王宫去锻炼一下，以后再接他回来。可是孝己有一个直觉，他此生不会再回王宫，不会再见到父王。

当马车停下的时候，孝己发现自己来到了一个沿海的小渔村，太阳刚刚从海面上升起来，先是红彤彤的，后来散着金光，再后来就无法直视了。侍从带他进了一个小院，告诉孝己，这就是他以后的家。

孝己自始至终没有多问一句话。

侍从继续交代，这是他的老家，整个渔村都是由外乡人组成的，互相都不是很熟悉。如果有人问起，孝己就说是从外乡过来的。

这个侍从是武丁的心腹，武功高强，沉稳干练。临行前，侍从给了孝己一个玉佩，说是将来与武丁相见的凭证，一定要好好保存。临行前，侍从还给了孝己一袋子银子，告诉他以后要自食其力，自己养活自己。

"你不留下来陪我?!"孝己看着这个侍从。他连饭都不会做呀，从小锦衣玉食，现在把他丢在这个院子里，就不管他了？孝己真不敢相信。

"你父王说，他在你这样的年纪，就已经独立了。这也是你母后临终的遗言，她要你勤学苦练，长大成熟！"跟随过妇好的侍从看着有些懵懂的孝己，狠了狠心，拍了拍孝己的肩膀，解开一匹马，绝尘而去。

一匹马，一架车，一个少年，一个院落，这就是太子孝己和少年孝己给自己现状的总结。

下面做什么呢？

跑了一夜，他又累又饿，如果在宫里，现在应该是吃早饭的时间了，现在怎么办？对了，母后教导过自己烹饪美食，不妨现在试试。在所有屋子里看了一遍，太子孝己终于找到了厨房，又在旁边的大缸里找到了一大块腊肉、一袋子米和一袋子面。走到后院，孝己看到了挂在架上被大叶子挡住一半的冬瓜和南瓜，也看到了一垛垛的干柴，码放得很整齐。

既然母后和父王要求自己自食其力，那就从自己做饭开始吧！

脱下长衣放在卧房，孝己找了一身短小的衣服穿在身上，将头发盘在头上，开始忙活。终于，这个小院的烟囱冒出了烟，孝己的民间烟火生活就此开始了。

一锅米饭蒸煳了只有中间能吃，南瓜和腊肉炖在一起味道还不错，放了盐巴更是美味。手忙脚乱的孝己，总算是吃完了自己做的早餐。孝己完全没有了太子的样子，灰头土脸黑鼻头，俨然一个农家孩子。

将马车从马背上卸下来，搬进院子，孝己开始照顾这匹马。这可是他为数不多的财产，他一定要好好保护。

小院的动静引来了左右两家邻居，左边的邻居是一个老婆婆带着一个小男孩，右边的邻居是一个老爷爷带着两个小女孩。孩子们听到动静纷纷过来找孝己玩。

"大顺叔叔回家来了吗？怎么没吃饭就走了？你是大顺叔叔带来的对吧？你叫什么名字？你的脸怎么那么脏啊？……"叽叽喳喳的声音在这个沉默的小院响起。尽管孝己沉默不说话，也挡不住他们询问的热情。

"哎哟，一锅的煳饭，怎么吃啊？婆婆你快过来看看。"一个小女孩跑进厨房，立即大声叫了起来。

"孩子，你不会做饭是吧？"老奶奶走进厨房看了看，出来问孝己。

"是的，婆婆。不过我快学会了，下次做米饭就不会煳了，是我烧火太大了。"孝己看着慈祥的婆婆，内心一暖。

"你要想学做饭，婆婆教你！不过在你学会做饭之前，可以到我家吃饭，小蛙也需要一个玩伴。"

"多谢婆婆。"孝己向着婆婆深施一礼。

"我看你带着佩剑，身形礼仪不似寻常之人，可愿意给我们这些乡野孩子当老师？"观察细微的爷爷笑眯眯地看着太子孝己。

"我刚刚到这里，算是异客。如果您不嫌弃，我愿意！"孝己挺直胸膛。

"日常起居饮食，我们可以帮助你，孩子们的武功识字需要你尽心教导。"奶奶看了一眼爷爷，对孝己说道。

"孝己一定不辜负二老的托付。"孝己说完就有些后悔，担心暴露自己的身份。可是看着爷爷和婆婆的神情，好像他们并没有对这个当朝太子的名讳有任何触动，就像听到了邻家小哥的名字一样，孝己心里的一块石头落了地。

"你的名字是孝己，以后我们就称呼你孝己老师吧。"爷爷点头微笑。

两个小女孩和一个小男孩跑过来，拉着孝己的衣服，开心得不行。

孝己低头在一个水盆里看到自己的样子，有些不好意思，连忙打了盆清水，洗干净脸上的锅灰，进里屋换了身干净衣服出来。

"把脏衣服给我，我帮你洗干净。"奶奶吩咐孝己。

"我自己可以的。"孝己有些不好意思。

"我们没有学费给你，帮你做这些事应当的。"说完，奶奶直接走进内屋，将脏衣服拿了出来。

"孩子，我们不知道你为什么独自一人来这里，但是既然来了，我们就是一家人，不要客套了。"爷爷捋着胡子，笑眯眯地说。

"我们带你去海边玩吧。"一个扎着羊角辫的小女孩过来拉住孝己的衣服。

"去吧，带他们去玩吧。"爷爷同意了。

"去吧，我帮你收拾下厨房。"婆婆也同意了。

孝己被三个孩子带着跑到了大海边，脱掉了鞋子，光着脚在沙滩上玩耍。当孝己的脚踏上温暖的细沙，内心对母后的思念喷涌而出，大滴大滴的眼泪止不住地落了下来，在沙滩上砸出了一个个的小坑，海水漫过，沙滩复原。

孝己拔出佩剑，在沙滩上迎着海风奋力舞动。他要变得更强，他是妇好的儿子！

不谙世事的孩子们没有注意到孝己的眼泪，而是被孝己的剑法和身法惊呆了：原来还可以这样用剑，原来真的可以身轻如燕……

远离殷都，远离家人的孝己太子，就这样在这个不知名的小渔村安顿下来，暂时成了三个孩子的免费私塾老师和武功师傅。

送走孝己的国王武丁，已经是第七天没有合眼了。

他不敢睡，不敢想，只有拼命做事，拼命折腾。他的眼睛里全是血丝，脾气一点就着，没有人敢在这个时候跟他说半个不字。被圈禁在宫里的巫医和侍从们都从被动干活发展到主动干活，生怕一不小心被当成殉葬品。于是，一个几丈深的地下墓穴在妇好的寝宫下面挖好了。武丁做这件事没有瞒着傅说。傅说对建筑颇为精通，对地宫的防水做出了最好的处理，使得地宫凉爽干燥。

武丁接纳了巫医的建议，同意对妇好的尸体做处理。巫医先将五脏掏空，填入乳香没药等物，放进石质棺椁，用蜡密封。武丁命人在棺椁前点燃长明灯，日夜守护。

武丁的心腹，也就是海边渔村小孩儿口中的大顺，第二天就回宫向武丁报告了孝己太子的落脚点。武丁只是点了下头，没有太放在心上。日后，遍寻不到孝己的武丁，才发现自己当初的心不在焉是多么大的错误，自己当时对孝己是多么的粗心大意。

完成了护送孝己的任务，大顺又被安排秘密寻找妇好的替身。这期间，大顺几乎踏遍了傅说地图上的所有区域，终于在两个月后找到了一个容貌、年龄、身材都与妇好相仿的女子。他丢下选美的王命给女子家人，留下金银钱财，带着女子火速入宫。

悲痛中的武丁看到这个酷似妇好的女子，内心一阵悸动，他多么希望妇好能活生生地站在这里呀。

武丁火速派人将宰相傅说请进王宫。

看到酷似妇好的女子，傅说有些吃惊，随即释然。谁都有弱点，何况是经历坎坷的武丁国王了？王后骤然毙命，国王内心接受不了，做些古怪事情也在情理之中。

"傅说，你说说我应该怎么办？"武丁扫了一眼正在离开的女子。

"大王，傅说想听听大王此举的初衷，再考虑如何为大王分忧解愁。"宰相傅说没有正面回答武丁，而是换了一个说法。

"寡人骤失妇好，悲痛难忍。妇好临终嘱托，死讯不得传出宫院，要求寡人寻找酷似妇好之人，大事上代替妇好出面，维护国之稳固。寡人想为妇好之死昭告天下，举国皆哀。可是王后临终遗命，寡人又不得不听从。寡人之苦，谁来解忧？"武丁面对傅说，说出内心情愫，令人不忍。

"大王节哀，逝者已逝，大王保重身体要紧！"傅说知道时间会冲淡这一切，可是两个月过去了，武丁的哀思却没有减少。"大王不妨带着此女子以王后身份举行郊野祭祀，算是对妇好在天之灵的告慰，也算是对大王哀思的寄托，算是妇好王后在百姓和群臣面前再次露面。大王以为如何？"

傅说不愧为宰相，先一步想到了解决问题的方法。

"如此甚好！"武丁的脸上终于有了笑容。

"微臣觉得，既然初衷是祭奠王后妇好，应该让太子孝己和孝庚以及公主送妇好一程，让他们尽一尽儿女的职分。"傅说接着说。

"可是孝己已被寡人送出宫去，一时恐怕无法回来。"武丁想起孝己太子内心有些许不安，他也想知道孝己的近况。

"我们可以七日后进行祭奠，请大王接孝己回来，祭奠完王后再去游历。"傅说知道武丁的经历，所以对于武丁送孝己出宫游历并没有不同意见。

"寡人这就安排人接他回来。既然是祭奠,也派人把妇癸母子请回来。"武丁说到此,突然对妇癸母子很是想念。因为他知道妇好对妇癸寄予了厚望,几乎是手把手地教导,也知道两姐妹的深情厚谊远超其他人。

"既然王后遗命要求秘不发丧,还请大王……"傅说看着武丁,说不下去了。

"实为祭奠,名为祭祀,宰相按常礼操办就是!"武丁知道傅说的担心。

"大王和王后在此次祭祀中都不必说话,大祭司由妇癸代行,大王意下如何?"傅说想得很周到,不能让假妇好说话,也不能让她做事,不然容易露出马脚。

"寡人同意。不过,妇癸与妇好交情深厚,若是回来之后寻妇好说话,如何是好?"武丁还是有些顾忌。

"微臣会请妇癸娘娘到南教场议事,商量水军军饷,大王不必过虑。"傅说信手拈来,当了这么多年的首席宰相,使得他处理各种棘手事情驾轻就熟。

"如此甚好。"武丁的眉头舒展开来。

王命随即被人送出宫去,国王和王后要祭祀的消息随即传遍殷商及方国。

武丁找来心腹侍卫大顺,要求他尽快将孝己带进宫来。

第二十八章　妇好托梦伤心人　国王武丁神思清

安排好一切的国王武丁，回到寝殿，进入地宫，坐在软榻上与妇好说话。说着说着，武丁略显疲乏，恍惚间做了一个梦。

第一个梦境中，他看见穿着大祭司服饰的妇好，跟着侍者进入正殿，梦里的武丁说了一句："如果天意许可寡人出征，众位可要记住刚才的分工。"

"大祭司到。"侍者向上回禀。

"现在开始占卜。"武丁大声吩咐。

占卜仪式立即开始，占卜的结果：武丁被天意认可随妇好大军出行。众臣也就不再多言。

散朝后，武丁快步奔向寝殿："王后——"

换了王后服饰的妇好走了出来，微笑着说："大王收拾一下，下午我们一起去军营点兵，然后出行。"

武丁刚要进入寝殿，妇好又道："此次出行，我们带着孝己，也让他长长见识。"

"好啊，咱们一家三口还没一起出去游玩过呢。"武丁点头同意。

妇好笑了："我们这是去打仗，大王想的却是游玩，真是心大呀。"

"有妇好大将军在，寡人无所畏惧！"武丁昂着头进入寝殿。

因为国王和王后还有小王子一起随军出征，整个王宫就忙碌起来，恨不得每个人脚踏风火轮才能保证在一个时辰内收拾停当。好在仆从们都各司其职，由妇好的亲兵卫队安排组织，倒也井然有序。

午饭时分，一切收拾妥当。

武丁翻了一个身，脸上浮现笑意又沉沉睡去。

武丁眼前变换了另一个场景。

疾风中的旷野上人喊马嘶，方国军队占据了有利地形，训练有素地列兵布阵。

方国士卒们将殷商将军的尸首悬挂在一根高高的柱子上,试图恐吓殷商大军。子明和七王子骑马并肩站立在方国军队一侧,他们要与殷商为敌。

子明大声对方国士卒们说:"兄弟们,大商营地已经被我等攻破,商朝将军已经被杀,你们都看到了。现在,咱们已有千人,今日灭掉武丁之后,我要带你们杀向殷都。"

七王子骑在马上,愤愤地说:"既然武丁亲自出兵,我们就等他,杀他个下马威。我一定要杀了他,杀了这个弑父篡权的武丁。"

方国首领嘴唇上留着两撇小胡子,骑在战马上信心满满地说:"有太子和七王子坐镇,我等就放心了。"

一名身材矮小的方国首领说:"首领请放心,等大商国王到了,我们就杀他个措手不及,然后借机杀向殷都。"

一名探马带着两名殷商信使飞驰而来,探马跳下战马,大声禀报:"报!大商军队离我们只有十里地了。"

方国首领连忙拔出马刀,问:"大商国王来了吗?他带了多少人马?"

探马汇报说:"大商军队前边是他们王后的旗帜,她带了三千人。"

七王子一惊,颇为失望:"武丁没来?探子消息错了不成?"

方国军队的其他将领议论纷纷:"妇好?就是那个绝杀欧人的妇好?这个女人不好惹呀。"

"听说她在北方大漠杀人不眨眼,欧人、土方两万多人都被她三千人杀得稀里哗啦、全军覆没。咱们只有千人,怎么偏偏遇上她了?"士卒们开始躁动不安起来。

一名小眼睛将领提马上前几步,对方国首领说:"首领,我们遇到劲敌了,您也听说过这个女人带兵攻打欧人、土方的事情,三千人打败了两万三千人。她亲手杀掉了土方首领,还把首级送给了欧人首领。她太凶悍了,我们是不是择机……"

子明大声呵斥小眼睛方国将领:"不就是一个小女子吗?她长途而来,疲惫不堪;我们精心准备,以逸待劳,必胜的是我们。首领不要害怕,待我夺回王权,即刻任命你为大商宰相。"

七王子瞪着眼睛反对道:"大哥,你已被先王废掉太子地位,不该再窥视王权。我要杀武丁,并非帮你夺权,只为报武丁弑杀父母之仇。你要记住,我只杀武丁,为父王报仇,别的事情我不参与。"

子明向七王子解释道："七弟，那今日咱们就齐心协力灭掉贼人武丁，换个时间咱们众兄弟再商议谁来理政、如何理政。"

方国士卒们越发躁动起来，越来越多的人对己方能否取胜产生了怀疑。不仅众人开始议论纷纷，甚至有人开始向后退缩。

子明大声安抚方国军队说："有我在，你们不要怕！阵形不要乱！"

方国军队士卒暂时安静下来，但是，恐惧畏战的心理始终难以泯灭，所有人都恐惧那个传说中的女恶魔。似乎，她有一种天神赋予的超人力量。

"他们俩是谁？"方国首领指着两名信使问道。

探马汇报："他们是妇好的信使，来送劝降书。"

"信使？来送什么信？"方国首领问。

一名信使说："我俩奉王后之命，前来给方国首领送达劝降书，放下兵器，饶尔等不死。"

没等方国首领说完话，子明提马上前，拔出马刀一刀就斩杀了举着羊皮劝降书的信使。

子明对另一名信使说："滚回去，告诉妇好，方国军队绝对不会投降，让她过来送死吧。"

另一名信使立即拨转马头快速逃走了。

武丁皱了皱眉，又沉沉睡去。

妇好带领的殷商骑兵、战车、步兵队伍阵容整齐，浩浩荡荡来到方国境地。在距离方国军队五里处，妇好择易守难攻之地扎营，让殷商军队在营地休整。

中军大帐内，武丁和妇好以及众将领坐着议事。

"王后派出信使，意在劝降，可方国会投降吗？"武丁问道。

"要谈便谈，要打就打，我们已经做好了必胜的准备。"妇好坚定地说。

"不知王后要如何取胜呢？"武丁有些好奇，初来乍到，在不了解敌军的情况下，轻言取胜，是否太自大？

"大王不必担心，臣妾在外征战多年，各方情势皆在我心，如何御敌，早有良策，岂有临阵现想之理？"妇好胸有成竹地表态。

"王后确实要教一下寡人，不然寡人难以心安。"武丁说完，向妇好偷偷眨了一下眼睛，意思是"你就教教人家呗"。

"既然大王要知道，臣妾就说说。臣妾自幼研究兵法及御敌之道，对不同敌人使用不同方案。方国表面凶蛮，实则胆小如鼠，外强中干。此地虎害频发，牲畜皆听不得虎啸。战马尽管受过特殊训练，但是也畏惧虎啸，害怕虎形。因此臣妾军中早就准备好了千张仿真虎皮。两军对垒，不用一兵一卒，敌军战马腿软，我等出击必胜。"

"暂停一下，王后可否将虎皮拿给寡人看看？"武丁打断妇好。

"来人，把虎皮拿上来！"妇好大声传唤。

片刻，一个军兵拿上来一张栩栩如生的虎皮。

武丁离开座位，上前观看抚摸，连连点头。

"不过，王后觉得单靠虎皮就能取胜吗？"武丁还是不放心。

"自然不是，这只是我们准备的御敌之策之一。"妇好微笑着准备继续给武丁答疑解惑。

"报——"传令官进帐。

"讲！"妇好命令。

"劝降书送过去，子明和七王子蛊惑方国首领拒绝投降，还杀了一名信使，放另一名信使回来报信。"

"知道了，通知下去即刻埋锅造饭！"传令兵下去。

"大王，看来我们不得不面对手足相残了。"妇好看着武丁。

"竟然是子明和七王子鼓动方国谋反，王后可知因由？"武丁回看妇好。

"据我们得到的消息，七王子认为大王弑父篡权，他被子明利用了。方国首领也被蛊惑，以为师出有名，南夷之地群情激愤呢。"妇好向武丁汇报了自己了解到的情报。

"寡人已经与七王子和王太后讲明此事，七王子怎能还执迷不悟呢？"武丁说完，叹了一口气。

"大王不必难过，如果七王子不参与谋反，我们就会给他机会让他知道真相。"妇好劝慰道。

"子明诡计多端，王后要小心行事。"武丁嘱咐妇好。

"大王放心，午饭后稍做休息，我们就会向方国军营出击，大王在军营等候臣妾就是。臣妾会留几百人保护大王和孝己的安全。"说完，妇好带着众将领走出大帐。

离正午还早，妇好的军队就已吃饭休整完毕。

"传令集合！"妇好吩咐传令兵。

军队集合完毕，妇好骑马过来，手扶大钺，命令："战车居中，骑兵两翼，冲锋！"

子常大手一挥："冲锋！"

殷商骑兵在两侧，呼应着居中的战车团队一起向方国军队冲了过去，方国士卒看清了最前边的旗帜上绣着一个斗大的"好"字。方国士卒有人高呼："不好了，妇好的旗帜，那个杀人恶魔真的来了。"

几名方国士卒开始退缩，其中一人扭头就跑。很快，更多方国士卒开始后退逃跑，边跑边喊："妇好来了，妇好来了。"

没等殷商骑兵赶到阵前对面厮杀，方国军队几乎全军后撤了。方国首领无法控制局势，只得边骂边随着士卒们一起掉头跑了。子明无奈，也只能掉头跑了。

七王子骂道："站住！胆小鬼！你们给我站住！"

看到情况不妙，七王子也催马掉头逃走了。

殷商军队不战而胜，妇好命令子常调整军队布局，步兵在外，骑兵和战车居中，安营扎寨。

沉浸在梦中的武丁，对于领兵作战很是热衷，妇好每次都不让他亲临现场。现在他第一次以局外人的身份，身临其境地进入战场观看，感觉非常奇妙。他躺在妇好棺椁旁的软榻上不愿意醒来。自从妇好离世以来，武丁已经有好久没有睡得如此香甜了。

梦中，又一个场景出现在武丁面前。

夜晚的殷商军营灯火通明，武丁、妇好和孝己在大帐里玩耍。

"报！"帐外有人报告。听声音是子常，妇好知道子常一定有了新情报需要禀报商议。

"进来。"妇好说。

子常走了进来，施礼说："启禀国王、王后，樊方国首领邀请王后前往一叙。"

妇好有些意外，问："樊方？樊方并未反叛，他请我一叙，可说有何意图？"

子常分析说："侄儿猜测，一定是子明躲到了他那里，请他出面讲和。樊方首领谁都不愿意得罪，才请您过去商议。"

妇好说："太好了，咱们现在就动身。打仗毕竟要死人的，就请他调解，只要抓住了子明，方国首领也就没有了反叛的胆量。"

"王后不可轻易前往，万一是陷阱呢？"武丁反对。

"大王不必担心，就算是陷阱，也没人能控制得了臣妾。你别忘了臣妾可是自幼习武，百万军中取上将首级如探囊取物一般。"妇好给武丁打气。

"看来寡人确实低估妇好大将军的实力了。不管怎样，王后只身前往樊方，寡人不同意。"武丁坚持。

子常说："陛下说得对，我们先不要搭理他们，看他们到底想干什么。"

"既然你们坚持，我们可以换个打法。"妇好拿过地形图，查看地形。

此处距离樊方属国五十里，三十里山路，二十里平原。

"您这么和颜悦色不妥。"子常笑着对妇好说。

妇好问："为何？"

子常说："您在他们想象中……已经……已经成为美丽的战神。"

妇好笑着说："是恶魔。"

子常含糊说："不管怎样，他们已经怕了，您万万不能和颜悦色。您是大将军，要板起面孔，让他们有威严感。而且，我们要在外围部署军队，以防止不测。不然，万一子明有什么阴谋，我们会失去优势。"

妇好想想说："也好，就依你所言。出发！"

武丁看到了自己从来没有来过的樊方国，而且是在夜晚掌灯时分。

樊方国都城外，十几名军兵举着火把。樊方首领在都城门口迎候妇好。妇好大摇大摆地骑马走进了樊方都城，身后跟着子常以及几名随从。

来到樊方国王宫殿，妇好落座之后对樊方首领说："首领深夜邀请一叙，不知何事？"

樊方首领问道："敢问大商国王为何没来？"

妇好不屑地说："大商国王是你们相见就见的？"

樊方首领赶紧说："那是，那是，不过，不知王后能否代表大商国王？"

妇好突然拉下脸来："我先问你，子明背叛大商，我正在全力搜剿，樊方是否窝藏了他？"

樊方首领赶紧解释："没有没有，我是想说……"

妇好对子常说："放箭，围城！"

子常走到王宫门外，将一支前端缠有油布的箭矢搭在弓上，在王宫门前的油灯上点燃油布，弯弓向天空发射了箭矢。

樊方国都城外，一名殷商将领看见了划破夜空的亮光。殷商将领向周边的军兵们说："点火！"

几名军兵同时点燃了几支插在地上的火把。很快，相连的火捻又点燃了更多的火把。

樊方国城墙上，巡逻的樊方国士卒发现了远处的火把群："不好，远处有军队，足有万人之众。"

一名小眼睛士卒立刻转身就跑，来到樊方国王宫，向樊方国首领耳语了几句。

樊方国首领一惊，立刻起身向妇好施礼说："王后息怒，在下并非故意藏匿。在下知道错了。来呀，将七王子押出来！"

很快，几名樊方军兵押着方国首领和七王子走了出来。

妇好连忙起身拱手："七弟。"

子常也连忙施礼："七叔。"

七王子不屑地哼了一声，算是作答。

另一方国首领狠狠地瞪了樊方首领一眼。樊方首领上前对方国首领解释说："首领莫要怪我，你没看见城外的大军，你永远斗不过大商。"

七王子说："没想到你樊方竟然出卖我。"

方国首领犹豫一下，不情愿地说："请转告大商国王，我方国知错了。"

七王子气愤地说："你……"

妇好一拍几案："既然知错，那就集合你残兵败将，交出全部兵器，立刻返回方国。子明呢？"

方国首领说："早已不知去向。"

七王子一把抢过士卒的佩剑，横在胸前说："不用找他，有什么事冲我来，是我要杀了武丁。"

子常解释："七叔，咱们子姓家族内部事情，非要当着外人动手吗？"

七王子吼道："我心中只有弑杀父母的仇人，没有外人。"

妇好慢慢拔出佩剑："我不会让你杀我丈夫，想动手，那就来吧。"

妇好飞身与七王子战在一起。

七王子一边挥剑一边说："我原本敬你，还想带王太后投奔你，没想到，你最终仍与武丁同流合污，截杀王太后。"

妇好说："截走王太后的是子明。"

七王子问："王太后没死？你有何证据？"

妇好说:"子明将王太后劫到了东夷,你找到王太后,自会明白一切。"

七王子说:"我不信,武丁弑杀父亲就是铁证。"

妇好使劲儿磕开了七王子的剑锋,说:"七弟,先王尸首我检查过,十一处伤口,是子明勾结倭人武士,在大将军甘盘授意下刺杀了先王。"

七王子说:"什么?你说什么?你在推脱你部族的罪责。"

妇好说:"我的部族已经不存在了。"

七王子说:"那你是在替武丁推脱罪责。"

妇好一剑挑飞了七王子的佩剑。妇好的剑锋抵住了七王子的脖颈:"如若是他,我早就杀了他,我瞧不起龌龊之徒。"

妇好收起了佩剑。七王子猛地抓起地上的佩剑。妇好回身再次将剑锋抵住七王子的脖颈:"七弟,难道今日非要见血你才相信吗?"

子常上前夺下七王子手中的佩剑:"七叔,王太后确实是被子明劫走了。"

樊方首领对方国首领说:"王后已经宽恕你们,赶紧对天发誓,永远不再背叛大商。"

方国首领刚刚将右手放在右胸,正欲开口,妇好起身说:"不必了,被迫发誓毫无意义。你自愿接受大商分封,就应该设身处地为方国百姓带来福祉,不要因为一己之私毁掉整个方国。你自己在心里发誓吧。"

妇好转身走了,边走边对子常说:"撤兵!"

子常将两支箭矢搭在弓上,向夜空发射了两支带火的箭矢。

从城楼向远处望去,远处的火把渐渐熄灭了。樊方首领埋怨方国首领:"你说说你们这是犯的哪门子糊涂,为一个废掉的前任太子而得罪现任国王。"

七王子的心情十分复杂,不知道该相信子明还是相信妇好。

樊方首领追随妇好走出了王宫:"王后息怒!王后慢走!"

在梦中亲自与妇好同行的武丁发现自己很开心很幸福,也学了很多的智谋与胆识,心里的力量大增,内心甜蜜,甘之如饴,于是又甜甜地睡去。

在第三个梦境中,武丁发现自己跟着妇好回到殷都。妇好来不及换下一身戎装,带着子常径直走进了王宫大院。

傅说迎了出来,看见妇好径直就说:"王后,王后,您可回来了,国王不在殷都。"

妇好放慢了脚步,问:"国王去哪里了?"

傅说紧跟在妇好身后，说："南方传来消息，相氏内乱，叛贼在子明的蛊惑下囚禁首领，宣称反叛大商。"

妇好走进了王宫，问："那么，国王派谁去了？"

傅说说："国王……亲自去了。"

妇好突然转身，厉声问道："一个小小相氏内乱，国王怎能御驾亲征？"

傅说说："这个……相氏首领是国王的结拜兄弟。"

妇好问："结拜兄弟重要，还是大商国事重要？"

傅说解释："是国王听说……听说……相氏首领被叛贼砍头示众，是子明亲自动手砍的。"

妇好说："那也不能意气用事……"

傅说又解释："这个……王后不知，前些时日，太子孝己就是被子明刺伤，国王愤怒难忍，发誓报仇。"

妇好对子常说："子常，点兵出发！"

子常答应："是！"

傅说反对道："慢！王后刚刚说了不能意气用事，再说，国王临走之前吩咐，要王后留在王宫主持政务，不可再离开殷都。"

妇好问："他走了多长时间？"

傅说说："一个月了。"

妇好说："这么说一个月了，殷都既无国王又无王后。唉，国不可一日无君，他哪怕待在王宫病了躺着，大商也不会轻易内乱。"

妇好想了想，对子常说："你带亲兵千人驻扎在城外。另外，把守城士卒全部换掉，进出殷都的腰牌也全部换掉，防止发生意外。"

"遵令。"子常走了。

妇好走进王宫，指着王位旁边，对宰相傅说吩咐："明日，在这里给我添一个位子。"

一阵凉风吹过，武丁醒了。

"妇好啊，你是在给寡人托梦吗？如果你喜欢托梦给寡人，就说明你没有离开寡人，寡人好想你。"武丁有点儿哽咽。

沉坐了半晌，武丁走出地宫，吩咐侍从开饭。

侍从们自从被武丁下了禁令后，对武丁国王的饮食起居也不敢多问，只是听吩咐行事。武丁自从妇好离世，已经几天不眠不食，现在睡好了，顿觉腹中饥饿。

　　按照妇好之前教导过的养生之道，武丁先是进食了粥羹，少食了一些肉食。饭后，武丁决定出宫走走，看看妇好与自己的孩子们在做什么。

　　芸儿带着孝庚和小公主住在另外的寝殿，被武丁严令禁止，不准进来。知晓妇好离世的芸儿面对不谙世事的小王子孝庚和小公主每天的诘问感觉快撑不住了。她发现孝庚的胆量小了很多，不敢独自出门，不敢独自睡觉，害怕老虎会来咬他。小公主还是每天喊母后，越来越不听话，越来越刁蛮任性。

　　"母后怎么不过来陪我？"孝庚在卧榻上准备睡午觉，例行公事地继续问。他每天都要问几次。

　　"母后有事。"芸儿闭着眼睛回答。

　　"母后的伤好了吧？"孝庚继续问。

　　"好了，母后很好，你们快睡吧。"芸儿不想继续骗孩子，哄他睡觉。

　　"云姨，我要你抱着睡，我怕大老虎。"孝庚说完往芸儿的怀里扎。

　　"没有老虎了，安心睡吧。"芸儿用手轻轻拍着四岁的孝庚，孝庚慢慢进入梦乡。奶娘哄着的小公主却又跑过来要求抱抱，芸儿还要继续哄小公主睡觉。这两个月来，芸儿每天被这两个孩子纠缠得快崩溃了。她真佩服妇好，生了三个孩子还能气定神闲。妇好，怎么就真的说走就走了呢？哄着妇好的女儿，芸儿的眼泪顺着脸颊流到撑着头的手掌心，闭着眼睛，与小公主一起渐渐入睡。

　　这些场景，被悄悄进来的武丁都看在眼里，看着卧榻上熟睡的芸儿和两个孩子，内心一酸，走了出去。看到芸儿，武丁想起妇好，他忽然发现芸儿与妇好有些神似。何必去遍访女子，芸儿与妇好有很多相似之处，自己怎么就没有发现呢？芸儿与妇好如同姐妹，不如……

　　芸儿醒来，接到了武丁的侍从传过来的王命，封她为云妃，赐寝宫居住，照看小王子孝庚与小公主。

　　武丁吃过晚饭继续步入寝殿，下到地宫，他还期待在梦中与妇好相会。

　　武丁没有失望，等他沉沉睡去，又开始进入梦境。

　　第四个梦境中，武丁发现自己来到监狱门口。

　　他看到子明提着食盒来到监狱门口。守卫士卒刚要说话，子明亮出腰牌："王宫密旨，提审一个要犯，我要亲自见你们典狱长。"

守卫士卒看看腰牌，放子明走进了监狱。子明走进监狱，典狱长正与一名宫人喝茶，子明亮出腰牌，对典狱长说："王宫密旨……"

宫人插话说："我就是王宫的，正要颁旨，王宫的腰牌刚刚换成新的了……"

子明没等他说完，从食盒下边摸出匕首，趁着宫人不备，刺死了宫人。子明又追上典狱长，杀死了典狱长。子明抓起一串钥匙，抓起一把佩剑走进监狱。迎面有两名狱卒反抗，子明几个回合便杀死了这两名狱卒。

子明扔了钥匙和佩剑，抓起一把大铁锤走进走廊，大声喊道："我是太子子明，你们自由了，随我杀进殷都，建立新政权，你们个个都是功臣。"

子明不断用大铁锤砸开牢房门锁，牢门一个一个打开了，不断有犯人走出牢门。子明走到关着白胖男子、黑瘦男子的牢房门外。白胖男子、黑瘦男子十分激动："大哥。"

显然，白胖男子、黑瘦男子是子明相识已久的同伙，子明一锤砸开了门锁。子明大喊："妖妇篡权，随我一起杀进殷都。"

白胖男子、黑瘦男子跟着一起起哄："杀了妇好，扶立新王。"

凭借腰牌，子明骗过了殷都城门的守卫士卒，带着四百多名囚犯冲进了殷都，一路烧杀，来到了王宫大门外边。发现敌情的守卫士卒早就关闭了大门，同时赶紧通报了宰相傅说。因为王宫已经率先更换了腰牌，子明手中的腰牌根本进不了王宫。

子明左手举着火把，右手提刀，大声说："兄弟们，我刚从南方赶来，国王武丁已经阵亡，王后妇好借机篡取王权，她一个女人怎能做国王？今夜，大家协助我攻进王宫，杀了妖妇妇好，我会让大家加官晋爵。"

众囚犯乱纷纷喊道："杀了妇好！杀了妇好！"

武丁的眉头皱了皱，并没有醒过来，而是继续做梦。

寝宫里。王后妇好陪着儿子孝己，指着木地板上的小木棍说："这是奇数，这是偶数，这是百，这是千，这是万。"

孝己高兴地说："我知道，我知道，母后曾带万人打了胜仗。"

妇好问："孝己可记得昨日母后教你的天文日历？"

孝己连忙答应："记得，记得，每年三百六十六日，年终……年终置闰调整朔望月和回归年长度。"

妇好又问:"那么,孝己是否还记得日食?"

孝己正要说话,忽然,宫女来报:"报王后,宰相紧急求见。"

妇好站起身来,说:"这么晚了……请他进来吧。"

宫女走后不一会儿,傅说慌慌张张进来说:"报王后,逆贼劫狱了,是城外监狱。现在一群犯人约四百人已经杀进殷都,正在攻击王宫,就在西门。"

妇好问:"他们如何逃出监狱,又如何攻进殷都的?"

傅说说:"逃回的狱卒说曾经有人拿王宫腰牌进了监狱。"

妇好问:"谁的腰牌,查出来没有?"

傅说说:"事发突然,腰牌一事还无线索。"

妇好一边向外走一边命令:"立刻发送火箭,连发三枚,子常会看到的。必须通知子常赶回来。"

傅说跟在妇好身后,说:"王后,外边太危险,还是等待子常处置吧。"

孝己跟在后边跑了几步:"母后……母后……"

妇好转过身来:"孝己听话,就在这里等候母后。"

两名宫女拉住了孝己。妇好对宫女说:"关上大门,除非我本人回来,否则不许开门。"

妇好边走边对傅说说:"必须尽快搞清真相,查清王宫之中是否有贼人内应。"

妇好、傅说走上了王宫城楼,士卒向天空射出了三枚火箭。妇好向墙外望去,下边一片火把晃动,不时有冷箭射来。城楼上,傅说连忙用盾牌挡住了妇好。妇好推开盾牌,取过一支火把走到垛口,向下边喊道:"我是王后妇好,请问城下之人何故围攻王宫?"

城下,犯人们一阵躁动。子明喊道:"妇好,恶毒女人,你竟然害死国王,自己独揽朝政。今夜,我等正要诛杀你,推举……推举孝己为新国王。"

妇好说:"无稽之谈!年幼的孝己怎能主持朝政?国王即将返回殷都,妇好怎敢越俎代庖?"

子明继续蛊惑:"胡说!国王武丁已经阵亡。"

妇好说:"相氏内乱,又非征战,国王怎会阵亡?想必你有其他用意?"

子明一时张口结舌:"这个……"

妇好问:"你是何人?竟敢诅咒国王?"

子明说:"我就是子明。"

妇好有些意外:"子明?你充军戍边完全由你父王决定。你不服管教,惹是生非，在你兄弟之中德行最差，无论如何也轮不到你坐王位。"

傅说小声对妇好说："国王早就怀疑子明劫走了王太后。"

妇好喊道："子明，我母亲呢？王太后呢？"

子明说："你可以拿王宫交换。交出王宫，你会见到你的母亲。"

妇好说："我绝不会出卖大商。"

子明恶狠狠地说："那就休怪我无情。等我杀进城去，绝不饶你狗命！"

妇好不屑地说："你在吓唬妇好！城下的兄弟们，大商刑律由先祖成汤制定，你等触犯刑律才被关进监狱悔过自新。今夜，你等定是受到子明的蛊惑才聚众滋事，现在，立刻返回监狱者，我可以宽恕你们围攻京城之罪。"

傅说小声说："王后，这些犯人不可饶恕，必须罪加一等，起码要受到凌迟或者炮烙火刑。"

妇好接着喊："我只给你们半炷香时间，不想受炮烙火刑者马上返回监狱。"

子明说："不用半炷香，现在必须开门。"

子明从身后拽出来一辆牛车，牛车上立着木杆，木杆上捆绑一个老妇人。妇好十分吃惊，她看到了母亲的脸庞："母亲……"

子明将兵器架在妇好母亲娴琉的脖子上，命令妇好："交出殷都，交出王宫，不然，今夜就是你们娘俩见的最后一面。"

妇好母亲娴琉喊道："妇好，你不要听他的！他勾结贼人灭了咱们部族，你要为族人报仇啊……"

子明用兵器使劲砸向娴琉的头部。娴琉晕了过去。

妇好喊道："母亲……子明，你住手！"

子明吼道："我就一句话，开门，交出属于我的一切。"

傅说也高声喊道："子明，你放下老人家，有事好商量。"

子明有了谈判的资本，他向犯人们喊道："兄弟们，攻城！有妇好母亲在，他们不敢放箭。"

子明率先赶着牛车向前走，一群囚犯受到鼓励，举着火把尾随牛车向宫门走来。

妇好眼含热泪命令："放箭！"

傅说赶紧阻拦士卒："不！不许放箭。"

子明冷笑着："放火烧掉宫门！杀进城去！"

妇好大喊："放箭！"

傅说喊道："不！王后，不能放箭啊！——子明，你听我说，放下老夫人，有事可以商量。"

子明向上喊道："打开宫门，交出殷都。"

妇好说："子明，你身为大商王族，却引狼入室。你我是个人恩怨。今日，我与你单独说，待妇好打开宫门，接你一人进来，咱们到王宫和众位大臣一起仔仔细细说个明白。"

妇好从宫墙垛口消失了。

"妇好来了，妇好要出来了。"犯人们更加躁动了，不断有人向后退缩，有人扔掉手中石块，也有人扔掉了手中砍刀。

子明揪住一个囚犯衣领："她一个女人，你怕什么？"

子明松开手，囚犯赶紧捡起砍刀。

母亲娴琉渐渐醒了过来。

傅说一边跟随妇好走下宫墙门楼，一边竭力劝阻妇好："王后万万不可！囚犯皆为穷凶极恶之徒，王后与他们没有道理可讲。"

妇好举着火把，一边走一边说："只要擒获子明，那些囚犯自会散去。"

傅说着急地说："他们个个手持利刃，老夫人已陷敌手，万一王后再有闪失，傅说担当不起。"

妇好说："你我皆为大商出力，我不要你承担责任。"

傅说着急地说："如果需要为国献身，也该我去，我是宰相。"

妇好反对："子明绑架的是我母亲，我不能躲避。"

傅说抢先一步来到城门处，"扑通"一声跪下，说："王后若是定要开门，就从傅说身上踏过去吧。"

妇好说："宰相，你可知道城西三十里关押着反叛被俘的方国首领，还有欧人首领。一旦子明带着囚犯离开殷都去攻击那里，那些首领就会逃出来。一旦欧人首领逃回大漠，大漠草原还会再次陷入混乱，大商将士的远征战绩将会化作泡影。我们必须把子明滞留在殷都，让他滞留在这里。"

傅说固执地说："不行，无论如何我不能让王后出宫。"

妇好命令说："出入沙场，妇好早已做好牺牲准备。士卒，将宰相拉开！"

"谁敢！"傅说吼道。

几名士卒有些犹豫。妇好命令士卒说："我是大将军，我命令你们拉开他！打开宫门！"

几名士卒强行将傅说拉到一边。傅说挣扎着高喊："你们敢私放王后，若有三长两短，国王回来不会饶恕你们，国王会灭了你们的九族。"

王宫西门嘎嘎吱吱打开了，妇好一个人举着火把慢慢走出宫门，宫内的灯光将她的身影拉得很长。

娴琉喊道："妇好，你不要出来，不要出来……"

犯人们又是一阵躁动，子明大喊："就是她，她就是妇好。杀了她！"

囚犯们不但没有向前，反而步步后退，有人开始逃跑。

傅说一边冲上城楼一边命令士卒们："快，快！弓箭准备。"

士卒们纷纷弯弓搭箭，对准了囚犯们。城门下，妇好站住了，大声说："宫门打开了，子明，有胆量你就自己走过来，自己走进王宫。"

子明说："我要进去，但不是现在，而是在杀你之后。"

囚犯之中，子明对着拿着弓箭的白胖男子大喊："放箭啊，杀了妇好，我任命你做将军。"

白胖男子大致瞄了一下就射出了箭矢。箭矢擦过妇好的火把，带着火星"砰"的一声扎在了城门上。城楼上，傅说命令士卒们："放箭！向两边放箭！向远处放箭！"

士卒们纷纷射箭，城楼下，后排囚犯纷纷倒地，很多囚犯开始趁乱逃跑。

子明挥刀冲出人群，冲向城门楼下的妇好。城楼上，傅说命令士卒们："快放箭！阻止子明！"

士卒们再次射箭，城楼下，子明脚踝中了箭矢，摔倒在地。他爬起来，挥刀砍断箭矢，一瘸一拐地举刀冲向妇好。白胖男子也跟着冲了过来。妇好挥舞火把，阻挡子明、白胖男子的进攻。妇好骂道："子明，你的劣迹原本我只是有所耳闻，今日才看清你的嘴脸。你这鸡鸣狗盗的卑鄙小人，就是有机会，你也不配做国王。"

城楼上，傅说左看右看，十分焦急，命令士卒："不要放箭，不要伤了王后，不要伤了老夫人。"

城门下，妇好没有兵器，又同时受到两个人的攻击，渐渐处于劣势。突然，外围，子常带着骑兵赶到了。子常大喊一声："包围起来，凡反抗者格杀勿论！"

子常骑马冲到妇好近前，飞身从马上跃起，扑向子明。两人在地上翻滚了几下，散开了。子明发现怀里的腰牌掉在地上，想去捡拾。但是，子常一跃而起抓起地上的佩剑，子明也只能捡起自己的砍刀与子常战在一起。

子明挥刀砍来，说："子常，我是你大伯，王位是我的。"

子常接招相拦，说："你引欧人入侵，蛊惑方国叛乱，罪该万死！"

犯人们大多逃走了，只剩下几个顽固分子负隅顽抗，也纷纷被大商骑兵砍死砍伤。此时，黑瘦男子冲过来营救子明，拦住了子常。

白胖男子与妇好继续搏杀。白胖男子喊道："太子，你快走！"

子明说："不行，你们先走。"

白胖男子避开妇好，一把推开子明："你快走，巴方首领在等着你呢。"

子明一瘸一拐逃到牛车前，挥刀砍向老夫人，老夫人受伤惨叫一声。

妇好闻声跑向牛车，将火把扔向子明。子明连忙躲闪，再次挥刀砍向老夫人。

忽然，一少年骑马冲了过来，从马上扑向子明。子明挥刀与少年搏杀。少年不敌子明，被砍伤。子明又磕开少年的兵刃，再次砍向老夫人，老夫人再中一刀。

之后，子明抢了一匹马逃走了。白胖男子、黑瘦男子则一起围攻子常，子常奋力反击。

妇好为母亲解开绳子，少年从地上爬了起来。

子常将白胖男子逼到牛车近处，妇好抓起火把从背后猛击白胖男人的脖颈，白胖男子倒在地上。子常与黑瘦男子几经交手，终于将黑瘦男子击伤。一群士卒围了过来，举着刀枪围住了黑瘦男子。

妇好与少年将母亲娴琉从牛车上救下来。

妇好喊道："巫医，巫医在哪儿?！我需要布条包扎伤口。"

少年抱着母亲，痛苦地喊道："母亲！"

奄奄一息的娴琉看着妇好，说："我不行了，你要将我与你父亲葬在一处。"

少年说："姐姐已经为父亲报仇了。"

妇好哭泣着喊道："巫医！"

娴琉奄奄一息："你要……给你父亲收尸。"

娴琉咽气了。

少年哭泣："母亲……母亲……"

妇好跪在了地上："母亲……对不起……"

少年擦干了眼泪，忽然平静地说："我要参军！我一定要参军！"

傅说冲出了城门。子常发现地上的腰牌，捡起来交给了傅说。

子常猜测："王宫腰牌？是子明掉下的？"

傅说借着火把的亮光，看清腰牌上的字，非常吃惊："妇妌？难道子明与妇妌有关？"

早晨。殷都城内大街上。白胖男子、黑瘦男子等一排人被五花大绑，跪在地上。

周围有很多百姓在围观，丫鬟小芳远远地站在一棵大树后边心惊胆战地偷看。

两眼通红的妇好坐在蒲团上，一脸肃穆。妃子妇妌、宰相傅说等很多大臣站立在妇好身旁。

一名刽子手将大砍刀架在白胖男人的肩头，问道："招还是不招？"

白胖男子咬牙说："事已至此，绝不反悔。"

巫师占卜之后，拿着龟甲请妇好观看。

妇好说："请王妃看吧。"

巫师将龟甲递到妃子妇妌面前，对妇妌说："吉。可以砍头。"

妃子妇妌说："好……好的，砍头。"

被绑的黑瘦男子哆哆嗦嗦说："我招，我招……"

被绑的白胖男子训斥说："胆小鬼，住口。"

刽子手将大砍刀架在白胖男子的肩头："你敢威胁证人！我先砍了你！"

被绑的白胖男子拧着脖子说："砍了我也不招！"

子常过来问被绑的黑瘦男子："说，谁是内应？"

被绑的黑瘦男子小声说："小、小芳。"

子常问被绑的黑瘦男子："接着说，谁是小芳？"

被绑的黑瘦男子说："王妃妇妌的女仆。"

子常走到妇好身边，小声说："那个黑瘦男子说内应名叫小芳，是王妃妇妌的女仆。"

妇好看看手中攥着的一块腰牌，没有声张。这块腰牌就是昨夜子常在城门外与子明搏杀之后捡到的。妇好将腰牌攥在手中，说："将那个黑瘦男子押走，等候国王回来当场作证。"

子常对周边的士卒说："将他关进监狱。"

两名士卒将被绑的黑瘦男子押走了。

妇好转身对妇妌说："妹妹。"

妇妌向前走了两步来到妇好身边。妇好说："那个白胖男子与子明勾结在一起，武力围攻殷都，恶毒诅咒国王。你也是国王的女人，你说，应当如何处置？"

妇妌胆战心惊，小声说："砍……砍了……"

妇好说:"大声点。"

妇妌提高了嗓门:"斩首!按大商刑律应当斩首!"

白胖男子听见妇妌的话,骂道:"贱女人,你……好狠毒啊。"

妇好站起身来说:"颠覆大商,这就是代价。"

傅说向刽子手举手示意:"行刑!"

刽子手拉好架势,挥刀砍下了白胖男子的脑袋。另一名刽子手挥刀砍下了另一名被绑犯人的脑袋。

远处的大树后边,丫鬟小芳赶紧离开了。

国王武丁在地宫睡了整整一个夜晚,这个夜晚,他做的梦是连续的,仿佛是让他亲身经历一般,清醒后他还记得。奇妙的是,梦醒时分正是天亮的时刻,他感觉自己神清气爽,对妇好的思念也淡化了一些。

武丁在用早膳的时候,突然想到妇好是要借着梦提醒他需要做的事情吗?他今天一定要和宰相傅说好好谈谈,听听他的意见。

早朝的武丁神采奕奕,群臣很是吃惊,也很是喜悦。因为不知道什么原因,国王武丁最近有些神不守舍,早朝经常不来,来了也是神情恍惚。

"子明和七王子,最近都在忙些什么?"武丁坐在王位上,漫不经心地问了一句话。

"启禀大王,微臣派去监视的人回来说,府内无异常,与寻常百姓一般。"宰相傅说出班回禀。

"宰相有多久没有见过他们了?"武丁声如止水。

"微臣有几年没有见过他们,大王恕罪!"宰相傅说俯首叩头。

"寡人也就是随便一问,宰相平身吧。"武丁的心情竟然出奇的好。

"子常何在?"武丁又问了一句。

副将军子常出列回禀:"臣在!"

"妇好王后的弟弟现在何处?你可知晓?"武丁问道。

"启禀大王,王后的弟弟在西城校武场担任守卫将军!"子常立即回复。自从升任副将军,子常分管殷都城东西南北的校武场,负责殷都城的守卫和仪仗,责任重大。

"明日请他进殿,寡人要看看他。"武丁如此吩咐子常。

"遵命!"子常领命退回班列。

"启奏大王,微臣收到奏报,黄河大堤需要在汛期前休整加固,请大王定夺！"水工大臣出班回禀。

"黄河大堤涉及沿岸黎民百姓生死存亡，速速筹集砂石，调派军队，对大堤进行抢险！"武丁立即宣布，"寡人三日后去大堤督工，尽快完成大堤加固工程！"

水工大臣没有想到自己的提议得到武丁国王的首肯和鼎力支持，更没想到国王要亲自督工黄河加固工程，内心感激涕零。他跪倒叩头，大声说道："大王关爱黄河沿岸子民，老臣替他们感谢大王！"

"水能载舟亦能覆舟，寡人是大商的国王，本当保护大商百姓的安危。平身吧。"武丁恢复了国王的睿智和英明。宰相傅说冷眼观察，内心暗自思忖。

朝廷议事进入尾声的时候，武丁吩咐道："子常与水工大臣准备黄河堤岸加固之事，即日开始。宰相傅说散朝后随寡人同行。"随即他吩咐散朝。

宰相傅说不知武丁有何事，散朝后跟随武丁进入宫院。

武丁没有去寝宫，而是登上妇好去过的凉亭。

"寡人恢复了。"武丁说了一句话。

"大王的意思是——"傅说不敢随意揣测。

"寡人遇到王后妇好托梦，带寡人进入了一个个场景，宛如亲临。所以今天寡人当朝问了几个问题，宰相可还记得？"武丁微笑着看着傅说。

"恭喜大王，尽管微臣不知内中缘由，但是微臣看到大王恢复常态，内心喜乐。"宰相傅说发自内心地说。

"寡人有一点不明白，王后带寡人进入的梦境，都是寡人没有经历的，寡人不知何故？寡人的梦境是这样的——"武丁将自己这两天经历的梦境都告诉宰相，包括每一个细微的情节。

"王后或许是想给大王观看一些事情，或者说是被改变了的历史。如果不是大王和王后成婚大赦天下，政治仇敌势必越来越多，子明和七王子也不会回心转意，国内杀戮定不会止息。"宰相傅说听完国王武丁陈述的梦境，从尝试分析到最后确认王后的用意，"是大王和王后的仁爱改变了大商的国运，改变了黎民百姓的命运啊！"

"如此说来，这些梦境确实是王后有意带寡人经历的，难怪寡人梦醒后不觉得累，反而神清气爽。"武丁有些兴奋地看着侃侃而谈的宰相傅说说。

"微臣以为，王后还会继续向大王托梦，大王只要认真经历即可，这是上天给大王的恩典啊！"宰相傅说尽管没有经历过，但是他看到武丁由内而外的改变，知道这不是坏事。

"寡人原本担心太过思念王后被邪念入体出现幻觉，听你说来，倒是寡人多虑了。"武丁如释重负，轻松了好多。

"大王顺应天意，势必赢得上天眷顾！"宰相傅说发自内心地感叹。

"寡人一定不辜负上天的美意，将大商治理好！"武丁抬头望天，一片片白云在蓝天上缓缓飘过。

此刻国王武丁立下的心志，到晚年也没有改变。以至于后人著书《史记·殷本纪》称："武丁修政行德，殷道复兴。"由于武丁将商王朝推向极盛，被称作"中兴之王"，后人又称其为武丁大帝，这是后话。

武丁国王在和宰相傅说促膝长谈后，发现妇好还在看护着大商，内心的悲伤逐渐变淡，内心里增加了对子民的仁厚和宽容。

晚饭后，武丁先是到寝宫与云妃说说话，抱着小公主玩了一会儿，然后带着孝庚在宫院里玩耍，在暮色中回到寝殿。与寝殿中留守的宫人和侍从以及巫医们说了几句话，他吩咐了一些事，然后又下到地宫。他感觉妇好还会向他托梦。

果然，武丁躺在柔软的卧榻上没多久，又沉沉睡去，再次进入梦境。

武丁不知道，他今天的这些举动，对于身边的人来说，简直是做梦也不敢想的事情。云妃感觉到武丁心中有了自己，内心暖流涌动，不再觉得带孩子辛苦，反而觉得应该感谢妇好留下的这两个孩子，才能让她拥有了做梦也不敢想的福分。宫人和侍从以及巫医们本来以为此生就是这样了，没想到国王还在关心他们，甚至主动与他们说话，怎能不尽心尽力守好这个最大的秘密呢？不离开寝宫也可以做好多事啊，保持寝宫的舒适和地宫的干燥，都是需要有心人来做的。国王不也和他们一样，每晚过来陪着王后吗？况且王后对他们曾经是那样好，从来不把他们当下人看待。

武丁进入了第五个梦境，这次的场景是王宫。妇好坐在王位旁边的位子上，对大臣们说："大家不要再争，黄河大堤必须加固，不能等到决口再去收拾。此事就交给宰相办理吧。"

傅说连忙答应："诺！"

贞人们在一旁用甲骨记事。

子常走了进来，说："报王后，咱们在鬼方国遇到的那个小男孩来到了殷都，求见王后。"

妇好一时想不起来："鬼方国？"

子常说："拉瓦尔，您送他小马驹的拉瓦尔。"

妇好恍然大悟："我想起来了，请他进来。另外，你把太子孝己找来。"

"诺。"子常走了。

小男孩拉瓦尔和脸庞黝黑的母亲一起走进王宫，胆怯地望着王宫里的一切。小男孩拉瓦尔和母亲一起跪下，脸庞黝黑的女人说："鬼方国臣民叩见大商王后。"

妇好说："起来吧。良久未见，你们可好？"

脸庞黝黑的女人说："很好，没有战争了，生活安定了，这些，全仰仗王后威名。"

妇好说："是妇好应该做的。拉瓦尔，你现在会骑马了吗？"

小男孩拉瓦尔说："会。"

脸庞黝黑的女人说："自从王后走后，拉瓦尔常常念起王后大名，如同生身母亲。后来，我男人死了，我索性带着拉瓦尔来到殷都。既然拉瓦尔与王后这么有缘，我想……有个请求，请求王后收下拉瓦尔做义子。"

大臣们议论纷纷。

妇好微笑着说："国王和王后收留义子，必须占卜。只要上天同意，我可以收拉瓦尔做义子，也好让他在中原多学习些文化。"

拉瓦尔说："我带了我的礼物……献给王后。"

妇好高兴地说："哦，你带了什么礼物啊。"

拉瓦尔说："您送了我小马驹，我要送您腰刀，鬼方国最精美的腰刀。"

妇好高兴地说："是吗？"

拉瓦尔站起身来，捧着腰刀慢慢走向妇好。侍卫刚要上前阻拦，妇好挥手让他们退后了。妇好站起身来，走下台阶，蹲下身来，接过拉瓦尔手中的腰刀，说："真漂亮。"

拉瓦尔说："这是黑铁做的，比大商青铜锋利。"

妇好将腰刀拉出鞘外，看了看说："黑铁？"

拉瓦尔说："我们那里有很多铁矿，等我长大了，我要炼出更多的黑铁，做成马刀，让您杀尽天下所有坏人。"

妇好合上腰刀，站起身来，摸摸拉瓦尔的头，说："拉瓦尔长大了，懂事了。"

子常带着孝己来到王宫，孝己快步走向了妇好。

妇好说："快来，孝己，这是拉瓦尔，是母后在草原上认识的小朋友。"

拉瓦尔自我介绍："我叫拉瓦尔。"

孝己怯生生地说："我叫……孝己。"

妇好看着大臣队伍，说："司工大臣。"

司工大臣站立起来，走到妇好近前："臣在。"

妇好将腰刀递过去，说："你去让工匠们看看，为何铁比铜更加锋利？"

"诺。"司工大臣接过腰刀走了。

妇好对脸庞黝黑的女人说："明日请巫师占卜，如果拉瓦尔留下，你也留在殷都吧，由宰相给你安排，你可以在王宫里做工。"

脸庞黝黑的女人连忙叩拜："谢王后。"

妇好对大家说："妇好带兵北上之后才知道外边还有更大的世界。不论占卜如何，孝己和拉瓦尔都可以做兄弟。今日朝议就到这里吧，退朝！"

众大臣纷纷起身退去。傅说也招呼孝己、拉瓦尔、脸庞黝黑的女人退下。

与大臣们一同跪着的妃子妇妌也站起身来。

妇好说："妇妌妹妹，我有话对你说。"

妃子妇妌走了过来。妇好挥挥手，对贞人们说："我与妇妌妹妹谈些私房话，就不要记录了，你们先退下去吧。"

贞人们拿着一堆龟甲走了，不再做记录。妃子妇妌笑眯眯地说："妹妹看出来了，姐姐又有身孕了，几个月了？你说妹妹我跟了国王几年了，怎么就不能怀孕呢？"

妇好严肃地对妃子妇妌说："今日不谈身孕，只谈腰牌。姐妹们的腰牌都是国王亲自定做的，每人一块，工匠们是不敢擅自多做的。"

妃子妇妌小心翼翼地问："姐姐何出此言？"

妇好将腰牌递了过去："这是妹妹丢的吧。"

妃子妇妌慢慢接过了腰牌，故意说："哟，真是我的，我已经丢了好多天了。姐姐是从哪里找到的？"

妇好站起身来说："哪里找到的不重要，重要的是不要让国王知道。"

妃子妇妌笑着说："失而复得，国王不会知道的。"

妇好突然提高了嗓门，说："你的女仆小芳昨夜服毒而死，在王宫里能瞒得住吗？你的腰牌是子常将军在逆贼身上找到的。子常是国王的亲侄子，你能保证子常不对国王讲吗？"

妃子妇妌"扑通"一声跪下了："好姐姐，妹妹不想死啊，都怪那小芳，她只说借我的腰牌去监狱探望一个亲戚，我真是一时糊涂。"

妇好说:"关在监狱里的那个瘦子已经交代了,逆贼子明就是在东夷战场上杀害大将军甘盘的凶手。甘盘是国王的恩师,若是国王怀疑你与此事有关……"

妃子妇妌连忙说:"我和逆贼万万没有关联啊,没有任何关联啊……我不想死啊……"

妇好说:"你死事小!你做事之前想过自己部族的父老乡亲吗?他们一定在以你为荣,而你身为国王的女人,却要背负勾结外人谋害国王的骂名,国王回来绝不会饶恕你。砍了你,你们井方部族必定不服,那里将会血流成河。"

妃子妇妌连连叩首:"姐姐,我真的是一时糊涂啊,我也是国王的女人,无论如何,我绝不会伤害国王的。"

妇好说:"姐姐只有一句话,不要因为一己私利,毁掉你整个井方族人的性命。"

妃子妇妌磕头如捣蒜:"妇妌知错了,妇妌知错了。此事还请姐姐帮我。"

妇好冷冷地说:"妹妹若是知错,自己到祖宗祠堂里去忏悔吧。"

妇好转身走了。

妃子妇妌瘫坐在地板上,腰间的布包掉在地上。妃子妇妌懊恼地抓起布包摔向地板,布包散开了,里边的珠宝散落一地。

清晨,妇好带着孝己、拉瓦尔在观看工匠们雕刻玉石。

妇好拿着一块佩璜,对孝己、拉瓦尔说:"你们要记住,这是大商传承的鸟纹璜。"

孝己自己拿了一块佩璜,看着上边的纹路,问:"母后,这个呢?"

妇好说:"这是鱼纹璜。"

拉瓦尔也拿起一块佩璜,问:"母后,这个呢?"

妇好说:"你那个是人纹璜,那边那个是兽纹璜。你们在大商生活,这些都要知道。"

妇好在手把手教孝己、拉瓦尔修整龟甲。

妇好说:"祭祀占卜之前,龟甲是要修整的,这是祭司的必修课。"

妇好坐在一旁,看着孝己、拉瓦尔在一起拉风箱,工匠们在铸造铜器。

妃子妇妌慌慌张张跑了过来,看看工匠们,然后拉着妇好往外走。

妇好问:"怎么啦?你说话呀!"

妃子妇妌看看周围没人,小声说:"不好了,国王被困了。"

妇好说:"你说什么?"

妃子妇妌说:"刚才宰相到处找你,说是国王平息了相氏国内乱,返回殷都的路上被巴方国军兵围困了,困得里三层外三层的。"

妇好着急地说:"现在国王怎样?"

妃子妇妌几乎掉了眼泪:"怕是凶多吉少……"

妇好说:"我必须前往营救国王。"

妃子妇妌说:"可是姐姐有孕在身。"

妇好立刻警告她说:"不许告诉别人。"

妃子妇妌低头嘟囔说:"可是……大家都已经知道了。"

妇好止住了脚步,问:"是你说出去的吧?"

妃子妇妌更加低下了头:"人家不是关心你嘛,再说,这也不是什么坏事。"

妇好没有说话,自己向王宫走去。妇妌也连忙跟在她身后,向王宫走去。清晨,此时也到了该上朝的时间了。

王宫大殿里,大臣们跪在两旁。妇好走进来说:"既然群臣都知道国王在相氏国返回殷都的路上被巴方国军兵围困了,那就占卜吧,看看妇好能否带兵营救国王。"

占卜仪式是严肃的,巫师开始烧烤龟甲。一会儿,龟甲出现了裂纹。巫师连忙把龟甲捧了起来,递给了妇好。

妇好为了避嫌,并没有起身查看,而是说:"妇妌妹妹,你来宣布占卜结果,一切皆听天命。"

妃子妇妌起身过来,细细看了,着急地小声说:"凶。"

巫师再次肯定地宣布:"凶。王后不可带兵出征。"

牧正大臣出列了,建议说:"还是想其他办法吧。或许,宰相可以前往斡旋,大家和平共处吧。"

傅说说:"傅说正是如此考虑,宁可赔偿万头黄牛绵羊,也要把国王换回来。"

"他们挑战的是王权,"妇好反对说,"不是牛羊。如果他们不换,再把宰相扣留了呢?难道还要妇好拱手让出殷都,让出大商王朝去换回你们两人吗?"

"这个……"傅说疑惑了,这个结果是他事先没有想到的。

大臣们议论纷纷,根本没有最终的结论。妇好起身说:"妇好嫁给国王的时候,曾经对国王说,国王的天下就是每一个大商子民的天下,为国出力人人有责。现在国王被困,生死不明,妇好若是袖手旁观,静观事变,岂是王后所为?"

牧正大臣说:"不行不行,天意不可违啊。王后也没有权力因为一己的过错给天下百姓带来灾祸。"

妇好接着说:"大家放心,尽管占卜为凶,但那是指的大规模作战。妇好可以轻骑少从前往营救,这样纵使有千百个不对,都记在妇好一人身上。上天若是惩罚,所有的过错都由妇好一人承担。"

牧正大臣说:"王后此言差矣,一则王后已有身孕,行动不便,二则国王离开殷都之时有话,王后不许再离开殷都。国王诏令不可不听啊,违者是要受到处罚的。"

妇好问:"那就见死不救吗?"

傅说解释说:"不是不救,而是要权衡利弊。纵使国王遭了危难,我们还有太子,还有王后可以听政。若是王后去了再遇危难,仅仅剩下年幼的孝己,天下必乱。"

跪在旁边的太子孝己说:"母后,宰相说得对啊,母后……"

妇好回头盯着孝己,训斥说:"住口!那是你的父王,你怎么能如此无情!"

牧正大臣辩解说:"这不是无情,王后可知国王确切的位置?去那里要渡过黄河,渡过长江,像王后这样带着身孕,即便能够到达那里,怕是国王早已……"

妇好说:"国王是妇好的丈夫,仅仅凭着私情,妇好也不会袖手旁观。不就是长江吗,还能远过草原大漠不成?妇好不去,国王必定凶多吉少。若是去了,或许国王会转危为安。即便国王福大命大,能够自己返回殷都,妇好出城去迎一迎,有何不可?至于妇好的身孕,才刚刚四个月,妇好乘坐马车前往,不受影响的。"

傅说申辩说:"可是……王后再走了,都城无主,万一其他方国得知,或许会趁机起乱,那就是把殷都逼上了绝路。还是派其他大臣去和谈吧。"

众臣纷纷说:"是啊,是啊。"

妇好十分肯定地说:"你们都知道,妇好已经有了恶魔的坏名声,妇好若是去了,可以起到以少胜多的作用。若是子常去了,不带军队,对方必定不屑一顾;带的军队太多,王畿一旦出现意外,怎么能够保护好殷都?天下大局,宰相一定要通盘考虑。"

傅说说:"无论如何,王后万万不可亲往,王后担任大祭司,知道天意不可违啊。"

妇好叹了口气,说:"我同意大家的意见。好吧,我留在殷都,那就让子常代表朝廷去斡旋吧。"

夜晚，傅说家中，一名仆人进来禀报："宰相，宰相料事如神，王后果然不见了。"

傅说连忙问："可知她带走了多少人马？"

仆人说："奴才打探了，她和子常将军只带走了一百名骑兵。"

傅说瞪大了眼睛，说："唉，我实在担忧殷都；可是一百人太少了，路途那么遥远，自身尚且难保，又如何能救得了国王？冒险啊，真冒险啊，这个女人真是不可思议。嗨，明日上朝，我还要向大臣们撒谎，说王后身体不便，暂时不再上朝听政了。难哪，难哪！"

许多天之后，在长江南岸，一百名殷商骑兵军队在分批次乘船渡江。妇好坐在长江南岸的马车上，看着军队向南集结。妇好向士卒们喊道："渡过长江，我们离国王就不远了。"

子常骑马从南方疾驰而来，勒住缰绳说："报王后，六方国的一千骑兵已经借到。"

妇好问："借了多少战车？"

子常说："战车名贵，只借到三十辆。不过，黄牛倒是借到了五十多头。"

妇好满意地说："足够了。我们距离国王还有多远？"

子常说："三十里。听说国王仍在山区坚持。"

妇好冲着渡江军队喊道："加快速度。"

此时，跟随武丁的殷商军队被困在山上，几名士卒强行拉住一名哭闹的士卒，旁边有一群士卒在杀马。

士卒乙哭喊着："不能再杀了。马是用来作战的，杀光了，我们还如何打仗？"

士卒乙劝说："已经受伤了，不杀也得死。再说，我们连草都吃光了，哪里还有东西喂它？你想让自己饿死吗？"

啪！士卒甲猛地在大腿上拍死一只蚂蟥。士卒甲愁眉苦脸地说："天天不是蚂蟥吸血，就是蚊子叮咬，吃不吃都得死。"

哭闹的士卒乙看着一群士卒在分割马肉，喊道："我就是自己饿死，也绝不吃马肉。"

营地另一边，武丁在山上坐着休息，手中握着那块做苦力时留下的带血的锋利石块。士卒丁拎着几只野鸡跑来报告："报告国王，我们又射了十几只野鸡，还捉住了两头野猪。"

武丁将石块揣进怀里，鼓励士卒丁："好啊，再坚持些日子，等敌人疲惫了，我们会有办法突围的。"

士卒戊说："唉，数次突围都失败了，再熬下去，怕是我们自己也疲惫了。"

武丁鼓励说："会有办法的，会有办法的。"

妇好下了马车。

子常打开羊皮地图，指着远方说："王后你看，国王就被困在前方的山上了。"

妇好说："四处散布消息，就说妇好来了。"

"诺。"子常指着穿着军装的少年说："你带十名士卒，化装成百姓四处散布消息，就说妇好来了，带了三万大军。"

"诺。"穿着军装的少年走了。

妇好看着地图说："国王所在位置的南边有条河流，东部有条峡谷，若是我们从西边进攻，国王必然回应，里外夹击若能成功，巴方军队必定向东逃入峡谷。子常，你带着借到的一千名六方国士卒绕道埋伏在峡谷两岸，我带一百人前往营救国王。"

子常连连摇头："一百人？那怎么行？敌军可是有三千人啊。不行不行！我不会同意您的部署。"

妇好问："你怎么变得越来越胆小了？"

子常激动地说："不是我胆小，而是王后您的部署太胆大了。一旦出现意外，不仅救不了国王，反而会把您也搭进去。"

妇好解释："他们不是正在围困国王吗？腾不出更多兵力阻挡我的。"

子常说："那也不行，王后您万一出现意外，我……我……"

妇好问："你怎么？"

子常耸耸肩说："我可怎么向国王交代？国王会砍了我的脑袋。与其等待被国王砍头，我今天无论如何也不能同意您的部署。"

妇好收起地图，训斥道："啰唆！我是大将军，是你说了算还是我说了算？"

子常辩解说："当然是您说了算，可是您不能如此盲目冒险。"

妇好说："子常，我学习兵法的时候，你还穿着开裆裤呢。你放心吧，我自有办法，你把三十辆战车都留给我。别再啰唆了，执行命令去吧。"

子常犹豫一下，问："那……行动时间呢？"

妇好说:"明日申时之末。"

子常的眉毛拧在了一起,疑惑地说:"我今晚就能到达,可是我就在峡谷干等整整一个白天?"

妇好说:"你派五十名士卒,设法烧掉巴方军队的粮草。"

子常的眼睛一亮,眉毛舒展了,击掌说:"诺。"

夜晚,巴方军队大营里,巴方首领气愤地对子明说:"太子你是知道的,过去,是我先提出联姻的,可是她父亲却把她嫁给了武丁。我恨死武丁了。"

子明劝说:"待我们困死武丁,我会杀进殷都,把妇好赏给你的。"

巴方的肥胖将领走进大帐,汇报说:"首领,大商军队来了,妇好来了。"

巴方首领一惊,问:"什么?刚刚说到妇好,妇好就来了?"

肥胖将领说:"是啊。听说这个女人不是善茬儿,百战百胜,无人能挡。"

巴方首领略有思索,问:"我也有所耳闻,妇好……果真如此?"

子明赶紧说:"那些都是谣传,你们不要相信。"

此时,另一名黑瘦将领走进大帐,施礼道:"报!报首领,士卒们逃走了数十人。"

这个现象出乎意料,巴方首领问:"为何?"

黑瘦将领沮丧地说:"听说妇好带了三万大军,士卒们害怕。"

子明不屑地说:"吹牛!你们不要相信,我是太子,我最了解,大商根本没有那么多士卒!"

黑瘦将领又说:"可是外边发生月食,大家都认为是不祥之兆。"

"月食?"巴方首领等人一起走出了大帐,望着天空中的月亮。

子明对巴方首领说:"即便是不祥之兆,也是妇好带来的,杀了武丁,她自会离去。"

巴方首领转身对身后的将领们说:"她有三万人又能怎样。虽说只有三千人马,可是我们熟悉地形,占尽天时地利人和。立刻安排祭祀上天。"

肥胖将领说:"围困武丁的两千人很吃力了,数次攻山都被武丁击退。如果妇好从外围进攻,必定会被撕开口子,活捉武丁的计划就……"

巴方首领说:"听我号令,如果妇好的人多,我们就设置路障,避而不战。如果妇好的人少,我们就转而包围妇好。哼,活捉了妇好,跟活捉大商国王没什么两样,我也报了当年她撕毁婚约之仇。"

子明说:"如此甚妙。"

夜晚，一片空地上。妇好命令："放箭！"

三名健壮的士卒架着大弓，将两支带火的箭矢一起射向了空中。

武丁与士卒们困在山上。武丁望着夜空残剩的小半个月亮，自言自语说："不祥之兆啊。难道我武丁真要困死在荒山野岭不成？"

忽然，一名士卒发现远处夜空升起一支火箭。

士卒连忙向武丁所在的地方跑来说："国王，西边天空发现火箭。"

武丁连忙起身向西边跑来，趴在树丛间看着。

忽然，远处的夜空又升起一支火箭。武丁静静地看着。远处，又有两支火箭升到了空中，又渐渐落下。山上，武丁还在看着，远处一片漆黑。武丁问："一共发现几支火箭？"

一名士卒说："五支。"

另一名士卒反对："不对，六支。"

武丁问："到底几支？"

更多士卒说："六支，六支。"

武丁问："没看错吗？"

士卒们纷纷说："六支，总共六支，前两次都是一支，后两次都是每次两支。"

武丁闭上了眼睛。

士卒们盯着武丁。忽然，武丁猛地睁开眼睛，说："明日向西集结，准备申时突围。"

士卒们猜测："国王，是不是援兵到了？"

武丁说："这是王后的信号，可是王后应该不会来的。"

士卒也纷纷猜测："王后怎会出现在这里？会不会是巴方陷阱？"

武丁判断："王后的暗号他们不会知晓。明天我们必须突围了，届时若是看到王后大旗就继续向西，否则迅速掉头向北突围。"

白天，户外，殷商士卒们在砍伐小树。

妇好督促士卒们在战车后边用绳子捆绑小树。

妇好命令，除了冲阵的十辆战车，其余的二十辆，在车后面全部绑上小树。进攻时，前边十辆战车径直前冲，绑了小树的二十辆战车在后边拉开间距，横向交叉前进。

黄昏，妇好带着十辆战车一字排开。在妇好后方远处，烟尘升腾，仿佛有千军万马正在集结。

对面，巴方首领带着数百士卒列好了阵势。

黑瘦的巴方将领看着远处妇好身后荡起的烟尘，自言自语："怕是真有数万人马啊。"

巴方首领说："不可能，东南西北都需要戍边，她哪里会有那么多军队？"

妇好手扶大钺，催促战车独自上前，来到巴方首领一箭之地停下。妇好喝道："尔等为何反叛大商？"

巴方首领催马上前，说："你是何人？竟不知晓周边方国屡屡侵扰我巴方地界，大商全都视而不见，怎能怪我反叛？"

妇好喊道："我乃大商王后妇好，难道你看不见我身后大旗吗？"

巴方首领问："你就是妇好？今日，我才一睹芳容。当年是我先发出婚约，你父亲却把你嫁给了武丁。"

妇好说："那是我的选择，不怪我父亲。"

巴方首领说："敢做敢当！好！今日，你就要付出撕毁婚约的代价。"

妇好厉声说："那就准备开战吧！"

这时，子明骑马疾驰而来，向巴方首领汇报："我刚刚看了，大商后方只有二十辆战车，根本没有其他军队。"

巴方首领对妇好说："哈哈哈哈，你再次欺骗了我，你身后只见灰尘，原来没有军队。"

妇好指着前方说："子明，你真是屡教不改，今日又来蛊惑巴方。"

子明喊道："妖妇，你可真够胆大，如此一点人马还不够塞牙缝，你就敢来挑战？"

妇好说："就算大商只剩妇好一人，妇好也不会放弃自己的丈夫。"

巴方首领说："我早已困住武丁，若是再活捉了你，美人，谁是你的丈夫还不一定呢！来呀！准备作战！"

"报！"一名巴方士卒前来禀报："报首领，大商军兵烧毁了咱们的粮草库！"

"什么？没有粮草如何作战？"巴方首领大吃一惊。

黑瘦将领说："我去看看。"说完，黑瘦将领就带着一队人马走了。

这时，几十名殷商士卒牵着五十头黄牛来到妇好身旁，绕到妇好前面。士卒们将拴在每头黄牛脖子上的绳子连在了一起，形成一排。每头黄牛的牛角上都绑着利刃。

巴方首领哈哈大笑："大商真是没人了，难道，你们就这样让黄牛遮挡箭矢？怪不得武丁胆小如鼠，避而不战。来呀，先杀了这些黄牛，晚上给士卒们炖牛肉下酒。冲啊！"

"杀呀！"巴方军队数百人呐喊着向妇好冲了过来。

妇好喊道："那就看结果吧。"

妇好挥手之后，殷商士卒们一起点燃了拴在牛尾上的油布，顿时，牛阵大乱，一排黄牛相互拥挤着向前狂奔。牛蹄声仿佛踏得大地在颤动。

巴方军队始料不及，一阵骚乱，很快被火牛阵冲得七零八落，哭爹叫娘，溃败而逃。

"不好！快走！"子明、巴方首领、肥胖将领都逃走了。

巴方士卒挥刀乱砍，黄牛绳索断了，黄牛分散着向前冲去。

一支流矢飞来，子明的战马中箭倒地。子明从地上爬起来，看到一块巨石横在路边，连忙躲在巨石后边。

火牛阵排山倒海般地从巨石旁边冲过去了，突然，一把佩剑压在了子明的脖颈，子明慢慢站起身来，回头看见了七王子。子明心中一惊，知道七王子已经得知了某些内幕。子明假装平静地问："七弟，如此何意？"

七王子气愤地问："是你杀害了父亲？母亲在哪里？轩辕鼎在哪里？"

子明说："七弟一定受到了蛊惑……"

七王子说："住口！我已经去过东夷，是你绑架了母亲。"

子明说："你既然去过东夷，何不找到母亲问个清楚？"

七王子说："母亲被你藏起来了。"

子明猛地挡开剑锋，用自己的佩剑刺伤了七王子。

子明说："你知道就好，父王是我杀的，母亲是我劫的，轩辕鼎就在我府上，我就是要与武丁作对，我要夺回我的一切。"

七王子趔趄一下，靠在了巨石上说："你欺骗了我，也欺骗了众兄弟，他们都以为是武丁。"

七王子冲了过来，但是两个回合之后，子明再次刺中七王子。子明说："挡我道者，都得死。"

子明将剑锋刺进七王子的胸膛。七王子大口吐血，慢慢倒在地上。

子明拔出佩剑，向妇好冲去。

埋伏在峡谷的子常看见几头黄牛疯狂地冲进了峡谷。

穿着军装的少年问："怎么只来了几头黄牛？"

子常说："再等等。"

山边，国王武丁骑在马上，指挥殷商军兵："随我突围，冲啊！"

殷商军兵奋勇向前突围，与妇好率领的殷商军队汇合。

巴方士卒刚刚撤向侧翼，躲过了火牛阵，却又被斜冲过来的国王武丁的殷商军兵撞上，双方厮杀在一起。

战场上，妇好手扶大钺，喊道："冲锋！"

妇好的三十辆战车冲了过去，妇好也催动战车前冲。

武丁骑马冲过巴方军队包围，远远看见妇好的旗帜，便向着妇好方向冲杀过来。

子明从一个被火牛踏死的士卒手中抓过弓箭，然后弯弓搭箭，瞄向了妇好。

妇好的左臂突然中了一箭。她咬牙折断了箭矢。

子明再次弯弓搭箭，瞄向了妇好。

妇好的战车向前冲锋，大耳朵士卒看见子明，连忙起身挡住了妇好："王后闪开！"

大耳朵士卒右胸中箭，双手拉紧了缰绳，战车紧急减速。不料此时战车一只轮子撞在了巴方军队遗留的马匹尸体上，竟倾覆了，将妇好扣在了车下。

大耳朵士卒翻滚在地，一骨碌爬起来，看见驾辕的两匹战马挣扎着拖拉战车，连忙挥剑砍断了辕缰，两匹战马逃走了。

大耳朵士卒连忙过来伏在车边询问扣在车下的妇好："王后，王后，你怎么样？"

子明扔了弓箭冲过来，挥剑砍翻了伏在车边的大耳朵士卒。又有一名大商伤兵从地上爬起来扑到了战车前，用自己的身体挡住了妇好。

大耳朵士卒拼命反抗，却力不从心，干脆也趴在战车上，用自己的身体挡住了妇好。

子明不停地挥剑砍下，大耳朵士卒背后连中数剑，一会儿便口吐鲜血死了。

突然，一把佩剑从大耳朵士卒腋下刺出，直中子明腹部，子明连忙闪开了。

妇好从战车另一面钻了出来，挥剑与子明搏杀。妇好接连砍中子明数剑。

妇好骂道："为了我的母亲，我的儿子，我的丈夫……"

子明左手捂住腹部伤口，右手挥手一刀砍伤了妇好。妇好受伤倒地，挣扎着要起身，子明再次刺中了妇好的小腿。妇好躺在地上，疼痛难忍，气喘吁吁。

七王子突然起身扑倒了子明，压在子明身上。然而，子明的剑锋刺穿了七王子的胸膛，从后背穿了出来。

周围的厮杀声越来越远,天空有大雁飞过。妇好躺在地上,失去了知觉。

武丁一直在寻找妇好,最后终于看到了妇好。他立马跳下战马,急忙抱起妇好:"王后,王后,你怎么样了?"

妇好睁开眼睛:"子明呢……"

武丁回身查看,早已没有了子明的身影。

武丁看见了七王子的尸体,喊道:"七哥。"

七王子已经死了,没有回应武丁。

妇好催促说:"快去……子常已经埋伏在峡谷,你快去……向东追杀敌军……"

武丁命令跟着自己的殷商士卒:"向峡谷方向追击。"

"冲啊!"殷商军队一窝蜂追杀了过去。

武丁抱起妇好,将她放在战车上。妇好有气无力地说:"我的大钺呢,我的大钺呢?"

武丁说:"幸亏有大钺支撑,你才没有被战车压伤。"

妇好催促:"快去,子常一人不行的。"

武丁站起身来,骑马向峡谷驰去。

巴方首领跑到了峡谷,气喘吁吁的。肥胖将领说:"我们正准备返回去救您。您可来了,快走吧。"

一群巴方士卒围拢着巴方首领乱纷纷地逃进了峡谷。突然,两边杀声四起,无数支火把将峡谷照得通亮,原来是子常带着六方国军队掩杀过来。

巴方首领一惊:"怎么这里也有大商军队?"

巴方肥胖将领说:"看来妇好确实带来了不少人马。顶住,快顶住!"

峡谷里,双方厮杀得天昏地暗。武丁赶到了,骑在马上大喊:"冲过去,不能让巴方首领跑掉!"

巴方黑瘦将领正在厮杀,忽然一支箭矢射中了他的脖颈。他坚持挥刀厮杀,又被六方国士卒用长枪刺中了左肋,倒地而亡。

巴方肥胖将领找到了一个坑洼,连忙躺在里边,拉过一具尸体挡在了自己身上。

子常左冲右杀,终于逼到了巴方首领面前。子常大喊:"放下兵器,饶尔不死!"

巴方首领拼命反抗,喊道:"休想!"

巴方首领与子常大战数个回合,两人一会儿厮杀在一起,一会儿又拉开距离。两人正在僵持，忽然一把长剑从背后架在了巴方首领的脖颈上。

巴方首领的脖颈明显感觉到了剑锋的冰凉，他慢慢回头看去，是商王武丁。

武丁大喝一声："绑了！"

夜晚，帐篷里，脸上涂了油彩的巫医为妇好做了手术，放下刀具，用干布擦手。

武丁冲了进来，问："王后如何？"

巫医连忙施礼，对武丁说："国王，王后手臂的箭头已经取出，腿脚多处刺伤，并无大碍。"

武丁气愤地说："该死的巴方首领，我饶不了他。"

巫医说："不过，王后非常危险，她……"

武丁问："快说！"

巫医说："王后失血过多，并且已身怀六甲，胎气不正，必须迅速返回殷都疗养。"

武丁大吃一惊："什么？你说什么？"

巫医说："恭喜国王，王后已经有孕，急需静养。"

武丁来到妇好身边，感动地说："王后，你怎么……身怀有孕还远道出征？你怎么那么冒险？寡人离开殷都之时对傅说有交代，不许王后出门。等回到殷都，寡人第一件事就是责罚宰相。"

妇好无力地笑着说："宰相无错，都是妇好自己急切要见国王。"

武丁说："总之寡人饶不了傅说。"

妇好说："殷都之事回去再议。我先前借了六方国一千骑兵、五十多头黄牛、三十辆战车，死伤损坏是要赔偿的。"

武丁说："放心吧，子常已经去办妥了。"

子常走了进来，高兴地说："是的是的，国王吩咐加倍赔偿。"

妇好问："眼下，国王打算如何处置巴方国的事情？"

子常插嘴说："我军大获全胜，擒方伯三人，俘虏一千五百七十人，战车八十辆，盾牌五百八十个，甲胄八百具。巴方首领已经被国王活捉，要杀要剐，全凭王后一句话。"

妇好对武丁说："臣妾的意思是把他押回殷都，做个人质，让巴方不再反叛。"

武丁说："行！就依着王后。"

武丁又对子常说:"整肃军队,征集车辆运送伤员,三日后启程返回殷都。"

子常问:"王后,巴方那些俘虏怎么处置?"

武丁使了个眼色,子常没有明白。武丁拉着子常出了帐篷,小声说:"你别全听她的!全部押回殷充作奴隶!还有你……"

子常更加疑惑,指着自己的鼻子问:"还有我?"

武丁一把揪住子常的耳朵,恶狠狠地说:"你小子竟敢让王后自己带着一百人冒险参战,回去寡人再跟你算账,打不断你的腿也得让你在祖庙把腿跪断。"

武丁松开了子常,自己返回了帐篷。

子常捂住自己的耳朵,耸耸肩,气愤地朝着一棵小树踹了一脚,然后朝着远处一群士卒走去,一边走一边回头嘟囔:"巧妇还难为无米之炊呢,我能怎么办?你们两口子一个往左一个往右,我怎么里外都做不了好人呢?"

这天白天,殷商军队军旗猎猎,启程返回殷都。子常骑在马上,走在殷商大军最前边。子常身后跟着一辆囚车,囚车里关押着巴方首领。

殷商大军的队伍中间有一辆马车,妇好躺在马车里,武丁坐在妇好身边。妇好说:"国王,通过两年来的战争,我感觉国王应当改变一些做法了。"

武丁说:"什么做法?"

妇好说:"我在草原的时候,在鬼方国收留了一个儿童作为义子,已经占卜得到上天许可。前几日,六方国首领也提出让我收留他的两个小儿子做义子,我答应了。虽然还要到殷都占卜,但我坚信,为天下和睦所做的事情,会得到上天眷顾的。"

武丁说:"这种家事,王后自己可以决断。"

妇好说:"咱们已经有四个儿子了。对了,前些日子,鬼方国的义子拉瓦尔送给我一把腰刀,是铁做的,比我们的青铜还要锋利。过去,我认为中原文化已经先进到了极点。通过这件事情,我才认识到每个方国和部族都有自己独特的生产技术。我认为,国王应当改变国策,命令每个方国每隔四年都要派遣一百名优秀工匠前来殷都汇合,体会中原文明,也让中原人以及方国之间相互交流对方的技艺,让生产的发展基本平等。"

武丁说:"好,好。"

妇好说:"还有,就是命令所有的方国首领必须将自己的一名王子送到殷都长期居住,融合中原文化,与大商交好,与孝己结为兄弟,以期在更长远的时间避免战争。"

"被困在山上，寡人也思考过这个问题，战争的起源就是由相互不理解、不了解引起的，相互学习不同的文化可以在某种程度上消除误会。"武丁说。

妇好说："还有，就是每隔四年举办一次方国首领大会，集体盟誓，相互团结。此事放在春季最好。"

"哎，这是个好办法，回到殷都，寡人就让宰相去办理。"武丁说。

妇好说："我忽然有一个感觉，就是觉得我的生命才刚刚开始，我还有很多很多的事情要去办。"

妇好咳嗽了几声。武丁赶紧说："王后身体虚弱，好好休息吧，回到殷都我们再聊政务。"

"必须在东夷与倭人决战了，倭人之患不亚于欧人，大商疆土是先祖打下的，我们无权放弃。"妇好说。

武丁承诺道："明日，寡人就部署反击倭人。"

妇好感叹说："可惜，妇好没有找到王太后，没有找到轩辕鼎。"

武丁说："寡人一定要找到王太后，我发誓一定找到轩辕鼎。"

妇好疲惫地闭上了眼睛。

武丁看看窗外，独自说："走了六十天了，就快要到殷都了。"

夜晚的殷都王宫里，武丁正在与大臣们商议事情。武丁说："这一路之上，王后与寡人谈了许多，寡人也思考了许多，国家大政需要做出重大调整了。"

不等大臣们反应过来，子常慌慌张张跑来："不好了国王。"

武丁训斥说："急什么，没看见我正和大臣们议事吗？"

子常放慢了脚步，走到武丁身边耳语了几句。武丁瞪大了眼睛，径直起身向王宫外边走去。走到王宫门口的时候，武丁回过身来，对傅说说："宰相，你们接着商议。"

武丁走了，子常尾随武丁而去。傅说看着离去的武丁，陷入了沉思。

武丁来到寝宫，一名巫师正在占卜。武丁听到了妇好微弱的呻吟声，急切地问："结果如何？"

巫师看着龟甲，说："王后难产，我在询问上天，如果到了庚申日，王后是否会分娩？"

一名贞人在甲骨上刻字记录："贞：翌庚申，妇好不其娩？"

武丁问："上天怎么说？"

巫师为难地回答："上天没有回答。"

一夜的煎熬过去了，第二天一早，王宫里跪满了大臣。武丁走过来坐下，直接说："既然大家都已经知道了，当着诸位大臣的面，占卜吧。"

巫师烧烤龟甲，一会儿，又取下龟甲，看了半天。

傅说问："王后分娩会顺利吗？"

贞人在一旁刻字记录："丁酉卜，宾贞：妇好娩？"

巫师将龟甲递给了武丁。武丁亲自判断说："如果是在丁日分娩，顺利；如果是在庚日分娩，大吉；如果是到三旬另一天的甲寅日分娩，不顺利，而且是女孩。"

贞人记录说："甲申卜，壳贞：妇好娩嘉？王乩曰：其叀丁娩，嘉；其叀庚娩，弘吉；三旬又一日甲寅娩，不嘉，叀女。"

到了夜晚，雨滴开始洋洋洒洒飘落下来。武丁匆匆进寝宫问："王后还没生吗？"

巫师说："还没有。"

窗外一道闪电划破天空。

巫师取过冒着青烟的龟甲，然后判断说："从壬辰日到癸巳日这两天内分娩，生的会是个女孩。唉，不管男女，国王必须做出决断了，是要王后，还是要孩子？"

武丁说："你说什么？"

巫师说："王后难产，为时已久，国王必须做出决断，否则大人孩子都难保全。"

武丁发火说："寡人要王后。"

巫师解释说："可是，王后吩咐，必须保全孩子。"

武丁说："有了王后，以后还可以再生。"

巫师说："可是，王后担心自己的身体，担心自己今后恐难再孕。"

武丁双手捂住了前额。

窗外又是一道闪电。片刻，妇好痛苦的呻吟声再次传来。

武丁抬起头来，无奈地说："嗨，就依王后所言。"

忽然，妇好的呻吟声更加剧烈。巫师急忙进到了内室，然后大叫："王后要分娩了，不好。"

贞人在刻骨记录。

巫师在室内大叫："王后大出血。"

贞人双手哆嗦，刻骨记录："王……于母辛……百宰……血。"

武丁跌坐在地上。

窗外又是一道闪电。

一声婴儿的啼哭响彻宫殿。武丁的脸上绽放一丝笑容，武丁急忙爬起来问："王后怎么样了？王后怎么样了？"

武丁冲进内室，巫师抱着婴儿迎面出来："国王，是个女儿。"

武丁没看，武丁扑向妇好身边："王后，你受苦了。"

妇好脸色苍白，奄奄一息："多么美好的大商王国啊……"

武丁激动地说："王后，你受苦了。咱们又多了一个女儿。"

妇好说："可惜……妇好气数已尽……无缘再侍奉国王……国王保重……"

妇好的脑袋歪向了一旁，再也没有了呼吸。

看着妇好离世，武丁惊呆了。他渐渐站立起来，静静地看着妇好。

武丁转身来到室外。巫师抱着啼哭的婴儿跟在他身后，问武丁："国王，这孩子……"

武丁独自冲出寝宫，冲入雨中，来到庭院"扑通"一声跪倒在地，双手伸向天空："成汤王……大商列祖列宗，武丁无德，可是……可是妇好自从嫁给武丁，她一个弱女子为大商四处征战，捍卫疆土，文能治国，武能安邦，立下汗马功劳，你们的在天之灵就不能保佑她一次吗？"

夜空又是一道闪电，大雨倾盆而下，武丁浑身湿透，痛苦地哭泣起来。

哭了一会儿，房间里女婴的啼哭再次传了过来，武丁抬起头来，使劲擦了眼泪。

武丁突然起身大喊："子常！"

子常从房间里来到雨中。武丁命令说："集合大军，杀向巴方国，不论男女老幼，一个不留！一个不留！"

子常说："国王，不可呀……"

武丁两眼喷火，说："围攻国王，射杀王后，寡人一定要灭了巴方国。屠城！屠城！"

子常跪下说："叔叔息怒啊，子常是没有保护好王后，可是……巴方国首领和俘虏已经被押到殷都了，叔叔再去巴方国屠杀无辜，王后一定会责怪叔叔的。万万不可呀！叔叔若是心中有气，就杀了子常吧，杀了子常吧……"

武丁怒不可遏，拔出佩剑，盯着子常。

夜空又是一道闪电，武丁奋力将佩剑砍向子常身后的灯柱，砍得灯柱直冒火星。

子常跌坐在地上。

夜晚，大雨依旧下着。王宫大殿里，武丁的头发湿漉漉的，瘫坐在王位上与傅说、子常密谋。

傅说站在一旁，小心翼翼地说："国王还要节哀顺变。"

子常跪着说："明日，如何告知民众呢？王后在大商影响甚大，若是知道王后去世，百姓必定悲恸欲绝，士卒们必定士气低落，周边不安分的小方国，还有大批的倭寇在东夷沿海一带蠢蠢欲动。"

窗外一道闪电划过夜空。

武丁半天挤出一句话："秘不发丧。"

子常小声说："可是，宫中已经有一些人知道了。"

傅说说："王后去世，秘不发丧难以做到啊。"

武丁对傅说、子常发火说："那就去做，就去杀，杀到无人可以对外泄露消息。"

窗外，一道闪电划过夜空。

武丁缓和了口气，询问子常："军队里，你有多少嫡系？"

子常不解地问："嫡系？"

武丁说："知根知底、嘴巴牢靠的。"

子常想想说："百十来个吧。"

武丁说："全部调来。"

子常神秘地问："是宫中有人要谋反？"

武丁说："监督工匠们修建陵墓。"

子常问："修建……王后的陵墓？"

窗外，又一道闪电划过夜空。

傅说说："自古修建陵墓都是难以保密的，何况，王后的陵墓必定坟头巨大，在墓区之中十分显眼。"

武丁缓缓地说："寡人要将王后的陵墓修建在王宫之中。"

傅说说："将陵墓建在王宫，是不是不合体制？再说，建在王宫之中，这上朝下朝的，大臣们也都会知道。"

武丁发火说："不是王宫，是寡人的寝宫，就在这庭院之中，没有外人知道。"

窗外又一道闪电划过夜空。

傅说、子常都没有说话。

武丁说："王后生前的物品……不，王宫之中所有王后曾经喜好的物品全部随葬。"

子常小心翼翼地问："殉品……如何安排？"

武丁咬牙说："巴方首领及俘虏一千五百七十人全部殉葬。"

傅说说："王后生前一向宽厚待人，这么多人殉葬，怕是违背了王后的意愿。"

武丁咬牙说："那就让巴方首领殉葬，王后是因他而受伤的。王后若不受伤流血，身体怎么会虚弱到如此程度？"

傅说没有说话。

武丁说："就在寝宫窗外，寡人也好时时凭吊，以求日夜相守。子常，寡人只给你三十天时间，陵墓建成之后不留坟头，所有工匠一律斩杀，绝不允许透出去半点风声。"

窗外又一道闪电划过夜空。

傅说吓得哆嗦了一下。

子常说："是。"

第二十九章　武丁梦醒治水患　妇好长卷绘黄河

清晨醒来的国王武丁汗湿衣襟。他从棺椁旁的卧榻上站起身，确认自己不是在梦中以后，走到棺椁旁，轻轻推开棺盖，看到妇好栩栩如生的样子，感叹道："是你的仁爱与和平改变了我，改变了我大商的命运，我很后悔没有好好珍惜你，我本以为你能和我白头偕老的，谁知你却离开得如此匆忙？你带我进入这长长的梦境，是想告诉我什么呢？你用这个方式告诉我，我们原本应该经历的是这些对吗？你用自己的方式征服了巴方，殷商历史因你而改变。谢谢你为我做的一切，谢谢你通过这样不可思议的方式告诉我。放心吧，我不会再沉沦，也不会再悲伤，我会让大商的所有子民都知道你的仁爱！"

武丁轻轻合上棺椁，舒展了一下身体，走出地宫。

沐浴更衣完毕，武丁国王早早用过饭，走向正殿，从今天开始，他武丁要勤勉于政事！

当众臣踏着曙光进入正殿的时候，发现国王武丁站在地形图下，认真地研究着地形图，他屹立的身形好像一株松柏。群臣们进殿的脚步声也渐渐放轻，唯恐惊扰了武丁。

"大家过来看看这张地图，看看我们殷商的天下。我们不能辜负上天的眷顾。现在天下太平、方国臣服，可是如何治理好这片辽阔的国土，大家想过吗？"武丁缓缓开口。

群臣无言，也站在武丁身后，目视这张地图。

"大家以为，殷商的天下靠什么得来？靠刀兵吗？靠武力吗？现在寡人告诉你们，靠智慧征服天下，靠仁德治理天下！我们都是凡人，都和普通百姓一样，都是有血有肉的凡人。上天将我们放在治理国家的位置上，若能顺应天意，必定国泰民安。而今黄河汛期将至，沿岸众多百姓仰望着我们去帮助他们。我们义不容辞。这是上天托付给我们的，我们必须要做好，不能让洪水毁灭一个村庄，不能让洪水淹没一棵秧苗！"武丁看了一眼侍立的大臣们，继续说道，"黄河河道冗长，需要分段治理，现在寡人就在这里邀请诸位臣工自行认领，每位臣工负责一段河道。殿中众臣包括寡人可分八十一段。我们领完物资准备启程。

软土河段采用木桩夯土加固，沙土河段采用滚石夯土加固，有树木的河畔依靠树木，因地制宜，有石用石，务必要使河道经得起洪水的浸泡和冲刷。另外，尽快调集水军的轻舟，进入内陆为河道清淤，雨季前完工！我们还有一个月的时间，完工后回殷都祭拜天地，给上天一个交代，给百姓一个交代！"

"大王睿智！"

"大王英明！"

群臣在大商的地图前，自行认领了各自负责的区域，心里筹划着如何尽快完成这个艰巨的任务。

"大家不要想着我们是靠自己，沿岸的百姓会帮助我们，只要我们给工钱，他们为了保护自己的家园一定不遗余力！"宰相傅说看到大家脸上的愁容，给出自己的意见。

"微臣认领地段是微臣老家，有的是人手，给不给工钱都不要紧。"一位大臣应声而答。

"微臣的老家有石头，有石匠，只要工钱到位，肯定能如期完工！"

"微臣认领的地段没有熟人，恐怕难以如期完工。"

"微臣不习夯筑之道，恐难以为命，微臣能否请辞？"一位史官颤巍巍地回复。

"微臣不善骑马，现需远涉黄土高原，恐不能完成使命，请大王恕罪。"一位文官模样的跪倒磕头。

注视地图上黄河走向的武丁，缓缓回过头来，开口言道："你们以为寡人是派你们去做苦力、去做监工吗？你们认领的这些河段，是要你们去治理。不仅是河道，还有两岸的风土人情。黄河两岸太平，我殷商太平。你们在寡人这里领了王命，可在当地寻找有能力、可信赖、有影响力的人做副手，指派他们做事，命其每日上报河道加固、雨水汛期、黄河水位情况，并将所需花费统计上奏，便于朝廷正确决策。你们也要定期驻扎巡查，监管所指派之事，以防有作奸犯科者借此违乱纲纪！"

"微臣明白！"跪倒的文官在武丁的手势下站起身回答。

"黄河自古有之，非我殷商开掘！然大禹受命于尧舜二帝，任崇伯和夏伯治理黄河水，改堵为疏导，用智慧驯服了黄河。现今，河道尚存易溃堤之处，需要诸位勤勉治理，给殷商百姓一个安稳的家园。"武丁边说边走向王位，坐下后目视群臣，"今天你们认领的河段，作为你们不变的责任，也是寡人不变的责任。举殷商倾国之力也要治理好黄河，这是上天给我们的职责。"

"大王以百姓安危为己任，是我殷商百姓之福！"宰相傅说对国王武丁今日的改变很是震惊。他猜想是武丁得到了什么启示，仿佛骤然醍醐灌顶、茅塞顿开。

"寡人想起妇好王后曾经派人对黄河进行了军事踏勘，对每一段容易溃堤的河段都做了标注，以防敌人乘虚而入。来人——"武丁命人取来大鼎内的锦盒。

孝己给妇好制作的大鼎被妇好放在了正殿，做了带锁的盖子，封装要物。武丁当时不置可否，现在猛然记起，立刻命人取出里面的珍藏。

当司母鼎被打开端盖的时候，里面的锦盒显露，侍从探身将其取了出来。在锦盒下面还有几个小的锦盒，侍从没有取，只是取出上面一肘长的黑色锦盒，放到武丁的几案上。

武丁手扶锦盒，百感交集。妇好当初将锦盒做成的时候，武丁没有兴趣观看内存何物，只是听了妇好的讲述，甚至没有打开观看一下，如今物是人非，令人内心激荡。武丁做了一个深呼吸，手指有些轻抖地缓缓打开妇好亲自封存的锦盒，一张彩绘白色丝绢映入眼帘。武丁站起身，取出丝绢，吩咐人将桌案拼接，直到丝绢完全展开。

宰相傅说被震惊了。他数了数正殿内的桌子，足有五十张，目测彩绘丝绢三十丈有余。这需要多少时间和精力方能制成啊！他献给武丁的殷商地图用了他三年的时间，这张精细的彩绘河道图至少需要五年的时间方能绘制完成！他很后悔没有在妇好活着的时候向她好好讨教，内心唏嘘一片。

群臣开始很是开心，后来变成惊讶，再后来看到逐渐展开的丝绢几乎都目瞪口呆，因为一幅缩小版的黄河河道图一览无余地进入大家的视野。

最被震撼的还是武丁，如此恢宏浩大的彩绘篇章竟然出自他的王后。他知道妇好经常闭门谢客，甚至不过问他的起居，这让他经常抱怨。原来他的王后是在用心血描绘殷商的现实和远景啊。他还记得妇好带着满眼的血丝清早跑到他的寝殿告诉他这个消息的时候，自己不耐烦的样子和妇好带着轻微的失望依然笑盈盈的样子，一幕幕的情景刺伤着武丁的心，使得他内心刚刚痊愈的伤口顷刻间血流如注：他的妇好！他的至宝！

"笔墨伺候！"武丁抑制住内心的激荡，沉声吩咐道。

侍从们递过武丁常用的笔墨，放在武丁的几案上。

武丁在长卷的起头，写下如下词句：

　　　　妇好横刀跨马，踏遍高原幽谷，使八方朝贡；
　　　　将军握笔燃烛，细绘殷商蓝图，令万众瞩目。

> 君臣展开长卷，九曲黄河尽览，皆惊为神绘；
>
> 百姓得以庇护，万里江山稳固，乃上天赐福。

然后他取来国王印玺，盖在上面，准备作为国宝封存。

宰相傅说见此情景，深施一礼："请大王容臣等将各自治理河段临摹成小绢，高悬于自家门庭日思夜想，以不负王后心血，不负大王重托！"

武丁遂命侍从取来笔墨以及大小丝绢若干，由群臣临摹使用。

武丁也效法群臣，在自己认领的壶口河段认真临摹。他希望妇好亲绘的黄河长卷能够好好保存，陪伴到自己的生命尽头。

用了半天的时间，八十一个河段的临摹图被治理大臣临摹完毕，一棵树、一块石都临摹得非常清晰。每个人都很认真，唯恐错过一草一木，因为大家看出武丁国王的这个架势，以后再要看一眼，恐怕都不能了。

第三十章　武丁壶口改水道　黄河从此润万方

有了妇好彩绘的黄河长卷，观者均如亲临一般，准备起来也就很是得心应手。于是骑马出门的准备车马，坐车出门的准备行李物品，领物资钱粮的也都按例行事。第二天下午的殷都城除了子常镇守外，文武官员以及国王都离开了。

武丁这次没有坐车，他要像妇好一样骑马出门。

坐惯了马车的武丁骑在马上，开始是新奇，然后腰背发酸，之后双腿酸胀。就这样，武丁还是坚持着骑马翻山越岭走到了黄河的壶口河段。在马背上颠簸了几天的武丁想让侍从扶着下马，猛然想到会被妇好笑话，于是强忍着疼痛翻身下马，落地的时候差点摔倒。

侍从赶紧过来，扶着武丁找一块大石坐下。

骑马走了这几天，武丁体会到妇好的厉害了。她不仅能纵马驰骋，还能排兵布阵，还能用智谋攻城略地。而自己只是骑马跑了几天，骨头都快散架了，怎么就这么娇气呢？连个小女子都不如?！

国王武丁的大男人脾气上来了，他就要和自己较个劲，他才三十几岁啊，就算服苦役也是正值青壮年！于是，浑身酸疼的武丁硬撑着没有到客店休息，而是拄着杖仔细地勘察地形。

黄河裹挟着从黄土高原带来的泥沙奔流到此处，两岸石壁峭立，河口收束如同壶口，浑黄色的河水咆哮着向下游冲去，景象蔚为壮观。

武丁蹒跚着走到上游的一个制高点，向下游望去，有几个村庄在下游两岸。如果发生洪水，这几个村庄顷刻间就会被冲毁，人畜房屋都将不复存在。

打开临摹好的卷册，武丁看到在此处有一个记号，自此向上游走五百步可开凿出一个分支，将汹涌的黄河水引入分支河道，以保护下游村庄。

武丁确信这是妇好勘察过的地方，于是打起精神，向上游走去。

侍从和侍卫们连续奔跑几天，也都疲乏至极，本以为体力不支的国王会早早休息，没承想国王丝毫没有疲惫，所以都内心叫苦不迭地跟在后面，随时准备承接王命。

按照图中标志，武丁找到了河流分叉的地方，再次直观感受到了妇好的细心和审慎。

壶口一带的地质是薄层黄土覆盖的石质丘陵，梁茆起伏，沟谷深切，人力无法改变。而此处是一小块塬地，与主丘陵连接的是一段丈余宽的基岩。如果破除此处基岩，河水将自动流入塬地，形成支流，对黄河主水道有泄洪的作用。

武丁做过苦役，懂得炸药的配置和使用，现在一个切实可行的行动方案已在他脑中成形。他要尽快完成壶口河段的治理，用实际行动向自己、向妇好、向群臣证明自己的优秀和出类拔萃。当然，这是武丁内心的想法，打死也不会对他人诉说的。

于是，跟随国王的随从和侍卫们都有事情做了。

作为殷商的国王，武丁是知晓炸药做法的有限几人（大祭司、国王和王后以及宰相傅说）之一。大祭司一直由妇好担任，因此现今殷商只有他武丁和傅说能配置炸药。硝石、炭粉和硫黄按照一定比例配置好，点火即有强大的杀伤力。炭粉和硫黄易得，硝石难弄，这个只有帝王核心阶层才能掌控的物资，对武丁来讲，易如反掌。

有了行动方案，武丁一直以来绷紧的神经终于放松了下来，马上吩咐众人进村安顿。

村民对于武丁一行人的到来有些奇怪，不明白这些官宦之人来到荒僻的村子来是要做什么。

武丁没有向众人隐瞒，当众宣布了自己是殷商的国王武丁，来此是为了疏通治理黄河壶口段，以免汛期来临，家园不保。

看着这些人的高头大马和衣饰雕环，村民们大多没有怀疑武丁的身份，但是还是有几个人不相信。

武丁将国家治理黄河水患的决心告诉大家，希望村民也为了保护家园尽自己的一份力。

武丁吩咐几个村庄的人集合起来，鼓励大家换个地势高的地方居住，因为这里纵有千般好，洪水一来顷刻成汪洋。

"搬家谈何容易？"一老妪颤巍巍地说。

"盖房子需要很多材料，岂是一朝一夕能完成的？"一个首领模样的老者开口说道。

"我爷爷临死的时候跟我说过，要我们有能力的时候搬到上游居住，免得被洪水围困。你是国王，你有能力帮我们搬到上游居住，是吗？"一个穿补丁衣服的小男孩忽闪着晶亮的大眼睛看着武丁。

武丁看着他，想起自己的儿子孝己小时候也是这样，内心涌出一股莫名的情愫，慈爱中有怜惜。他招手让孩子过来，将孩子抱在怀里。

"我是国王，我有能力给你们搭建新居，让你们永远离开这个危险之地。"武丁看着众人，继续说道，"你们还有什么困难？"

"国王为我们搭建新居，这是真的吗？我们真的能离开这里到上游居住吗？"一个抱着孩子的年轻妇人开始哭泣。她是由外乡流落到此地的，早就发现了这里的危险，但是没有能力改变现状。

"来人呐，吩咐下去，带领村民寻找上游搭建新居之处！"武丁吩咐完侍从，继续抱着小男孩，与村落首领攀谈起来。

村落首领试探着与这位自称是国王的人聊了起来，他只知道王后妇好大将军对他们非常好，还说以后不打仗了就会帮助他们远离水患。既然这位自称是国王，一定就是王后妇好的丈夫，应该也不错吧。带着这样的想法，村落首领与武丁有计划、有目的地聊了起来。

在谈到治理水患的时候，村落首领眼含热泪："妇好王后领兵经过此地时对我们允诺，等国家太平了就帮助我们到上游居住，现在等来了大王。"说完，他偷偷观察武丁的表情。

武丁无暇顾及村落首领的窥视，大大方方地从怀里取出临摹好的丝绢，轻轻递给村落首领，同时说道："这是从妇好王后彩绘的黄河画卷上临摹下来的壶口河段，这个河段是寡人负责治理。"

"这真是——"接过武丁递过来的丝绢，村落首领把说了一半的话吞了回去。这是妇好王后画的，就是他当时带着妇好王后勘察的地形，也是他提出的改变黄河上游河道的构想。这个事只有他与妇好王后知道。现在这个自称是国王的人拿出了这个，莫不是他真的是殷商的国王！

"草民跪迎国王！"村落首领起身离座，向着武丁叩头请安。

"草民跪迎国王！"见到村落首领磕头请安，村民们也效法首领，全部跪倒在武丁面前。

"妇好王后怎么没来？我们可想她了。"几个小女孩跪下的时候还不忘记问话。

"王后要治理王宫，照顾王儿，不能前来。寡人代表她来帮助你们！"武丁看到这些淳朴的百姓，内心百感交集。

"我们都听你的，你说怎么办就怎么办！"一个年轻的小伙子开始摩拳擦掌。

"今晚我和侍从们需要一个住处。我们要把上游河道治理好才能帮你们搬家，你们可以提供住处吗？"武丁坦诚地说出自己的困难。

"可以住在我家。"

"可以住我家。"

一时间村民嚷嚷成一片。

村落首领笑盈盈地对武丁说："乡亲们的热情很好，只有我家和几位副首领家里有足够大的地方容外人居住，请国王体察。如若不弃，就由我来安排住宿，您看如何？"

"如此，有劳了。"武丁伸手拍了拍村落首领的手臂。

第二天清晨，武丁和村落首领带着侍从和村中青壮年到昨天确定的地点，准备炸开巨石，给壶口上游黄河水开一条疏导河。

按照武丁的预想，勇士们在巨石旁凿了一个深洞，将黑火药放进去，用引线点燃黑火药，使巨石碎裂。可是当勇士们在实施的时候，发现黑火药只是像爆竹一样响声大，爆炸的威力不够，巨石有轻微破损但是没有被炸开。

武丁看了看剩下的黑火药，按照这样的做法，想要炸开这块巨石肯定是不够的，还能怎么办呢？

村落首领在巨石旁转了几圈，命令村民将巨石周围的杂物清理干净，走到武丁跟前说道："国王陛下，我有个办法可以试一试。用大火燃烧巨石，然后向烧热的巨石泼水。巨石石质松散，可使其破碎！"

一筹莫展的武丁听完，眼前一亮："这办法可行！"

村落首领命令全体村民将干木柴尽可能多地聚集在巨石附近。第一拨村民按照命令点燃木柴。第二拨村民待经木柴两次烧烤的巨石变色后用水泼石头。第三拨村民准备好钎和锤，准备裂石。

熊熊的大火在壶口瀑布上游五百米处燃烧了起来，中间添加了一次木柴。巨石的颜色在火势变小的时候逐渐发生了变化。村落首领命令第二拨村民用大型陶器向大石浇水，巨石冒出了白烟。村落首领吩咐带钎和锤的人上去，用力击打冒烟之处。

燃烧泼水后的巨石有些酥脆，在铁钎和铁锤的冲击下逐层被清除。

到晌午时分，这块庞大的巨石已经从三人多高，变成一人多高了。

武丁非常高兴，他相信巨石很快就会被破除。黄河水从巨石流向土塬，下游的河道也务必疏通好才行。于是武丁吩咐人同时对下游的河道进行疏通，将河水引到有坚硬石壁的河道。

疏通河道的工程一旦开工就无法停止，否则河水就会泛滥。

武丁和村落首领成了工程的总指挥；村里妇孺成为饭食供应主力；劳力们协助宰杀牲畜，犒赏出工出力者。几个村庄的几乎每个人都加入了壶口河段的黄河治理。武丁带来的物资银两也被有序地分配给每位村民，卫士和侍从们也因为自己的出力得到犒赏。

经过所有人三天三夜不眠不息、有条不紊的通力合作，壶口上游的分支河道终于成功贯通过水，壶口河段上游的黄河水多出了一个支流，所有人欢呼雀跃。

武丁命所有人回村庄休息一天，第二天到上游寻找乔迁新居的平坦之地。

第二天天蒙蒙亮，武丁就从村落首领家的炕上早早起身，穿上村落首领的衣服，带着几个贴身随从出发了。

沿着蜿蜒陡峭的河岸，武丁一行人在上游终于找到了一处宽阔平坦之处。他们丈量好尺寸，按照现在村落的总户数划分好房屋数量，在绢帛上设计好院落大小，才回到了村落首领的住处。

刚刚起来的村落首领看到一身露水的武丁和随从很是惊讶，不解地问道："国王陛下这三天没有闭过眼，今天怎么这么早就起来了？"

"我没那么娇气。"武丁改换了自己的称呼，"一会儿召集村民，早饭后出发，我带领大家建设新居！"

村落首领有点不相信自己的耳朵："您的意思是要亲自给我们盖房子？"

"这是我绘制的院落草图。那个地方距此不远，是一处高地，可容纳三十五个院落，够几个村的三十五户人家居住了。只是你要和众人一样了。"武丁递过去一打绢帛，村落首领忙用双手接住。

村落首领在翻看了这些院落草图后，惊呆了。国王画出的房舍院落，比远近村里的能工巧匠盖出的还要漂亮。

怀抱着对未来美好生活的向往，村落里的人除了吃奶的孩子和不能动弹的老者，其他人都加入了建设新家园的劳动当中。三天的打地基工作，一天就被壮年的男劳力们干完了；孩子们捡草；大人们和泥脱坯，一派红火的建设场景。

武丁和村落首领这次没有参与进去，而是在一旁喝茶聊天。

"在你的眼中，美好的生活是怎样的？"武丁首先开口。

"不瞒国王陛下，"村落首领看了一眼穿衣打扮与自己一样的武丁国王说道，"小民梦寐以求的就是在有生之年带领乡亲们住进安稳的新居，没想到因着您的到来这么快就实现了！美好的生活就是现在的样子。我以后一定会教导子孙们效忠国家，铭记您的恩德。"

"殷商是大家的，不是我武丁的。如果每一个殷商百姓都能保护自己的家园，爱惜自己的家园，殷商的繁荣昌盛指日可待！"

"这几个村落的人包括我自己都是流浪到这里的，我们的祖籍不在这里。这里土地很贫瘠，都是山丘，想存活下去很是困难，邻里间都是互相拆借着度日。"村落首领喝了一口茶说道。

"你们可曾想过这里的土地适合种植什么？"武丁也喝了一口茶。

"这里的黄土层比较薄，种地不太适合。"村落首领捋了一下胡须。

"您觉得这里适合做什么呢？"武丁用询问的眼光看着村落首领。

"老一辈曾在这里养蚕织锦，但是因为出行不便，卖不出去，做的人渐渐就少了，最后都放弃了。不过，留在山里的桑树还有很多呢。"村落首领看了看周围，指给武丁看，一棵粗壮的桑树就在附近山坡上矗立着。

"如果你们这里的桑蚕丝质好价廉，我可以让织锦作坊到这里来采购。你们这里如果有好的织锦高手，也可以让作坊到这里来定制丝锦。你们不用出门就可以把货卖出去。"武丁为村落首领倒了一杯茶。

"如果这样就好了，村落家家户户都有能织锦的能工巧匠，平时办婚宴酒席与庆祝小孩满月，大家都穿自己织的锦呢。"村落首领的脸上露出了笑容。

"殷都城和各方国的达官显贵喜欢穿丝锦衣服。只要你们做得好，寡人负责帮你们出售！"武丁说完这句话，内心对自己的形象打了一个折扣。他是大商的国王，怎么被自己说得好像推销丝锦的商客？

"有国王您的这一句话，等搬好家，我就组织乡民成立桑蚕组和织锦组。"村落首领激动得胡子都翘着，眼睛烁烁发光。

"寡人离开之前给你们留下一些定钱，希望壶口的丝锦尽快出现在殷都的街市上！"武丁喝了一口茶，站了起来。"我们下去看看吧。"说完，他与村落首领一起走入了热火朝天的建设工地。

在这个地方建筑房屋本来不是很容易，但是乡民们的热情和智慧都被未来美好的希望给点燃了，不可能的事变成可能，困难的事不再困难。

当一座座漂亮坚固的房屋和院子按照武丁的设计图被建好的时候，武丁组织大家尽快搬迁，因为汛期已经来临了。

搬好家来不及收拾的青壮年立即被征召加入了抗洪固堤的行动中。虽然新开辟的河道疏导了部分洪水，但壶口还是形成了很急的瀑布，村民们原来住过的村庄多半成为汪洋。看着浸泡在水中已经搬空的家园，村民们发自内心地感激武丁国王对他们的帮助。他们自发成立了护堤小组，日夜替换着巡视河堤。

　　武丁感觉自己可以离开了。他把村落首领和村民们召集在一起，将壶口河段上下游眼睛所及之处交给他们看管，留下银钱，号召大家养蚕织锦，然后带着随行人员离开了此地。

　　再次骑上高头大马的武丁，觉得自己灵活多了。侍从们在这次的开辟河道中增长了见识，强健了体魄，也跟随武丁学会了筑屋，可谓收获颇丰。

　　顺着黄河河道回殷都城，武丁边走边巡视和检查，待回到殷都城已经是半个月之后了。

第三十一章　太子失踪国王痛　妇癸率军收各方

回到寝殿没坐多久，大顺就进来禀报："报告大王，孝己太子失踪了。小人得到命令回到小渔村，发现海水倒灌进了渔村，村民都离开了。有人看到孝己太子是带着左邻右舍的三个小孩离开的。原来的长辈都被倒塌的房屋砸死了，他们几个当时在高处练剑躲过一劫。小人四处寻访逃荒的村民，也没有找到孝己太子，只能回来复命。奴才失职，请大王降罪。"

武丁呆住了，自己的儿子孝己失踪了？这是他与妇好的第一个儿子，是他与妇好花费心血最多的儿子，竟然失踪了?!武丁感觉天一下子黑了，没有一丝亮光。

跪在地上的大顺没有听到武丁的责骂，也没有听到武丁的训斥，抬头一看，发现武丁一动不动地坐在那里，泪流满面。

"不能让孝己失踪，你出去寻找吧，找不到就不要回来了。"半晌，武丁一字一句地说。而后他又补充道："这次多带几个人出去，宫里凡认识孝己的，都带上！快去！！"大顺立刻起身离开。

大顺刚刚离开没多久，妇癸带着儿子过来拜见。

武丁没有掩饰，任凭眼泪继续流淌着。

"妇癸携幼子拜见大王！"妇癸和儿子一起跪倒磕头。

母子在地上跪了很久，也没有听到武丁吩咐起身的只言片语。妇癸抬头看了一眼武丁，带着儿子站了起来。

"大王因何泪流满面？"妇癸小心翼翼地问道。

"寡人——"武丁再次失声痛哭。

妇癸屏退侍从，跪在武丁的膝前，说道："大王，臣妾常年在外领兵打仗，没有与大王好好说过几次话。这次回宫本来想和妇好姐姐好好聚聚，不知为何没有看到王后？臣妾与大王生有一子，此生都是大王的人，大王不该把心事都闷在心里，应该和臣妾说说。"

"妇好她——不在了。"武丁再次痛哭。

"大王，臣妾不明白！"妇癸觉得自己的脑子有些不好用。

"妇好王后她——已经不在人世了。"武丁说完，再次哽咽，"刚才，大顺进来禀报，说孝己太子也失踪了。"

"大王的意思是妇好姐姐不在人世了，孝己太子也失踪了？这是谁干的，臣妾一定将他碎尸万段！"妇癸霍地站起身。

"都怪寡人，是寡人无能，没有照看好王后和太子。"武丁凄然低语。

"大王！"见到武丁如此，妇癸也无法冷静如初了。

"是寡人纵容王后给孝己太子养虎为患，孝庚顽皮进入虎山，妇好为了救他被春季发情的老虎咬穿大腿，失血而亡。临终前她嘱咐寡人太子缺乏历练，寡人便派人将他送入民间。刚才侍卫回报，孝己所在的海边渔村海水倒灌，村庄不在了，孝己找不到了。"一口气说完，悲伤中的武丁继续哽咽着。

妇癸本来见到武丁这个大男人哭泣，内心有些轻视，但是听完武丁所言后，瞬间一种母爱涌上心头。武丁是男人不假，但是遇到如此巨大的悲痛和灾难实非常人所能承受。她抱住武丁的头，像妈妈抱住自己的孩子一样，哽咽着说道："我们一起寻找孝己，妇好姐姐——"内心再强大的妇癸也说不下去了。

"王后不允寡人昭告全国祭奠，甚至不允许消息出寝宫，寡人就在寝宫下面为她挖了地宫保存她的身子不腐坏。她还托梦给寡人，让寡人在梦中经历很多的血雨腥风。她让寡人知道，是她改变了大商的国运。她说她的寿数到了，所以用这种方式飞快离开了人世。"

"我想祭拜下王后，可以吗？"泪流满面的妇癸央求着武丁。

"她与你私交甚好，也传授你诸多带兵之道，你可以去看看她。"武丁看着侍立在身旁的贵妃兼水军统领妇癸。

武丁起身，打开地宫大门，带头走了进去。

妇癸没有迟疑，带着儿子走进地宫。她本来想把小王子交给侍从，但是想了想，还是带着小王子走了下去。

阴冷的地宫里，几个衣着厚重的侍从在里面服侍。见到国王带着王妃妇癸和小王子下来，他们有些吃惊，因为武丁吩咐过，此处为禁地，进入者死！

妇癸自然不知道这些，倒是小王子很是好奇的样子，从炎热的寝殿进入凉爽的地宫，很是开心。

武丁来到棺椁前，手扶棺椁说道："王后，寡人带着妇癸来看你了。寡人不准备瞒着她，你的意思也是这样吧？我们的太子孝己失踪了，寡人向你赔罪。"

"妇癸带着王儿拜见姐姐！"妇癸携小王子行大礼叩拜。

叩拜完毕，妇癸独自走到棺椁前，泪流如雨。

"姐姐——"话语未完，她已哭倒在棺椁旁。尽管有心理准备，但是见到棺椁摆在眼前，身经百战的妇癸还是无法自持。她对妇好的敬爱已经胜过她对其他人的感情。她全心全意操练水军，就是要完成妇好的托付。她携幼子在外征战就是不想让妇好的情感出现瑕疵，为了让妇好享受家庭的安宁。为此，她宁愿远涉重洋。而今，再见已是阴阳两隔，永不能见，这让她情何以堪？

幼小的王子没有看到过母亲如此痛哭，有些吃惊，也有些难过。于是，他跪倒在棺椁前，双手朝下，面伏于地，大声说道："妇好母后，孩儿不知道您为什么睡了，孩儿也不知道母亲为什么痛哭。孩儿相信您不愿意看到这样，求您安慰母亲和父王。母亲教导孩儿，妇好母后无所不能。"天真无邪的小王子说完再次磕头。

悲痛中的武丁和妇癸对于幼子的举动很是诧异，停止哭泣，面面相觑，却感到一股不知名的暖流轻轻裹住了自己，瞬间又在阴冷的地宫中消散不见。

"姐姐，刚才是你，对吗？"妇癸当即跪倒在棺椁旁，泪水再次喷涌而出。"芭妞就知道姐姐爱芭妞，芭妞一定完成姐姐的托付！"

"王后，寡人知道你爱芭妞，没想到你对她竟然如此情深义重，你都没有如此对待寡人。"武丁发现自己竟然开始吃醋，还是和自己的贵妃吃醋。

妇癸被武丁的话语逗得破涕为笑，她第一次发现武丁竟然像个小孩一样单纯可爱。

耳边响起一个稚嫩的童声："感谢妇好母后，父王和母亲都笑了，他们不哭了。"

武丁和妇癸以及地宫里服侍的众人都笑了，心上的重患被这个天籁般的声音治愈了。

寻找孝己就提上议事日程。由于涉及国家核心机密，妇癸对于孝己的寻找停留在有限的区域和有限的人手。武丁甚至启动了妇好设下的所有军事眼线，都没有得到孝己的半点消息。

最危险的地方就是最安全的地方，这话对逃亡者如此，对太子孝己也是如此。

海水倒灌进村的时候，太子孝己正带着三个小孩在练剑。比他小几岁的男孩女孩因为对孝己的崇拜，剑法已经学得有模有样了。今天孝己哥哥告诉他们，如果练得好，会给他们一个惊喜。为了这个惊喜，每个人都全力以赴，认真练习着一招一式。练习时，他们听到了一些奇怪的响声，以为是风吹树林的声音，因为山上有风吹过的时候经常发出这样的声响。

当孝己和三个孩子兴高采烈地走下小山的时候，被眼前的情景吓坏了。原来炊烟袅袅的小渔村现在看不见了，只有泛着泡沫的海水。

"爷爷——"

"奶奶——"

三个孩子冲着海水大声哭喊，他们的父母就是这样被海水吞没的，爷爷奶奶给他们讲过，他们知道这意味着什么。

"没事的，你们还有我！"绝顶聪明的孝己顿时明白了一切。小渔村没了，他们的家没有了，但是妇好教给他的做事原则他还记得：危险的时候，保护有生力量。

孝己知道自己还有父王，只要回家就能衣食无忧了，因此他要带着他们回殷都城找父王武丁。马和车都没有了，他们只能走着去了，可是殷都在哪里呢？不怕不怕，母后教过他怎样分辨方位，早上太阳在东方，殷都在内陆。他只要背离大海，就有希望回到殷都了。

带着三个小孩的少年太子，就这样往自以为的殷都方向出发了。没带钱囊，没有吃的，他们只能沿路讨要。沿途村落的百姓不知道这四个孩子从哪里来、往哪里去。他们也不多说话，只要能吃饱，给什么吃什么。

由于不识路，也不知殷都确切的方位，四个人离殷都越来越远，进入了东夷的境地，而这里是妇癸水军的所在。

孝己发现了很多造船用的材料。他跟随母后和父王来过东夷，对水军的造船略知一二，于是自告奋勇加入了造船的队伍。他不是不想尽快见到父王，只是他不能告诉别人他是太子，否则会面临危险，这是大顺告诉他的。

造船的作坊正缺人手，根本不会问你的名姓就会引至麾下。水军工期紧迫，工钱很好，管吃管住，符合孝己的温饱需求，所以孝己就带着三个小孩先安顿下来。他无论如何想不到，就是因为他这样一个妥协的想法，影响了他的一生。

妇癸和大顺汇合后，寻找目标定在少年孝己和三个幼小的孩子，只要发现就立即上报。

一天，两天，三天……一个月，杳无音信。

造船作坊的人每天忙着赶工期，根本不关注这些，于是孝己就在妇癸眼皮子底下"消失"了。

武丁和妇癸从最初的急切寻找，慢慢变成等待消息上门，最后逐渐失望。武丁最后要求：活要见人，死要见尸。

三个月过去了，没有音信。

半年过去了，依然没有消息。

一天正殿早朝。

子常出班奏道："启禀大王，方、鬼方和土方联合起来反叛了，其中方已经骑马踏入王畿，烧杀抢掠。王畿派快马请求援助！"

妇癸统领出班请命："妇癸愿意跟随妇好大将军出征！"

"妇好王后看顾王儿，不必远征。你是统领，也是水军大将军，可独自领兵出征。为了震慑方国，寡人此次亲征！寡人任命你为统领将军！"武丁国王朗声宣告。

"妇癸遵命！"

"寡人命你即刻点兵，午后出征。犯我大商者，虽远必诛！"武丁拍案而起。

在和平的环境里习惯了正常早朝的武臣，听到国王要带兵远征，个个摩拳擦掌、跃跃欲试。

"末将愿随大王出征！"

"末将愿跟随大王灭掉叛国！"

"微臣愿跟随大王，随军服侍。"傅说宰相也出班请奏。

"寡人远征，朝堂不可空置，傅说宰相在朝中镇守，有要事可请示妇好王后。"武丁没有批准傅说的请求，也按照约定的说法，将王后妇好还健在的消息通过这样的方式宣告天下。

"微臣遵命！微臣定当调集钱粮物资供应大军讨伐！"宰相傅说站立一旁。

"子常听命！"武丁扫视群臣。

"微臣在！"子常出班站立。

"此次出征你留下，寡人命你负责殷商所有城池防守，不得出现任何闪失！"武丁安排子常将军留下防守，他要保证内部安稳。

午后，武丁的平叛大军浩浩荡荡地出发了，妇癸带着三千骑兵先行出发，打着妇好的大旗，带着妇好的全部骑兵和装备。

从殷都城到方部落寻常骑马需要五天时间，妇癸和骑兵日夜兼程三天就赶到了被方骑兵攻陷的王畿。

妇癸命令安营扎寨，立即休整。

用过晚饭，妇癸带领几个精兵跨上轻骑，登高远望，暮霭沉沉。

王畿东南靠山，北面临河，西面是一望无际的大漠，本是坚固之城。此次被方骑兵从西面攻陷，说明原本以为无人穿越的沙漠暗藏杀机，她要尽快派人越过沙漠去打探一下。沙漠尽头应该是方部落，探马要乔装改扮，才能将其情况打探清楚。王畿临黄河而建，位于阴山以南河套地区的鬼方，定是经水路进入王畿，而大商水军战船来不及调入内陆，需要用最短的时间造船对鬼方进行剿灭。与王畿隔山为邻的土方，本是夏王朝的后裔，与王畿放牧村落经常有摩擦。现今土方与鬼方和方一起进攻王畿，所以也在定要灭除之列。

回到营帐，将第一次勘察的地形图仔细画在丝绢上，立即休整。

夜半时分，万籁俱寂。妇癸与随从乔装改扮成普通百姓，趁着城门守卫打瞌睡，悄悄潜入王畿城。被侵占的王畿城内弥漫着死亡的气息，家家关门闭户，街上散落着各种物品，显然是逃跑的时候丢弃的。成汤建都的时候，王畿是何等的繁华，此刻却一片萧条。在一个挂着酒幌的偏远角落，妇癸发现了门缝里透出的亮光以及里面轻微的说话声，她把耳朵贴在门上听他们在说什么。

"我们明天就杀出去！"

"嘘，小声点，被巡逻的方骑兵发现，你的脑袋就搬家了。"

"头掉了碗大的疤，痛快的死也比现在为人鱼肉强！"

"已经有人给武丁国王报信了，不几日定会有救兵前来，我们再等几日。"

"再等几日？我堂堂王畿城的女人都被祸害光了！"

"方骑兵异常凶狠，我只是看了一眼，就被抽了几鞭子，大家看看。"

"哎呀，多亏你有药膏，不然……"

妇癸断定这是城中百姓，便轻叩门环。

里面立刻熄灭灯火，鸦雀无声。

妇癸再次轻叩门环，轻轻说道："我是武丁派来的救兵，请打开门。"

等了好一会儿，门开了一个小缝，一个脑袋探出来看了看。妇癸忙道："我们是从殷都过来的，先进门再说。"

看到妇癸和几个黑色衣服的人，又听是一个女人的声音，门开大了一些，妇癸带人挤了进去。

门又被重新关闭。

妇癸进门燃亮火种，将一块黑布挂在门上，扭头对大家说："你们的烛光在外面可以看到，以后夜半议事要在门上挂布，以防被敌方巡逻人员发现。"

"你是妇好？"一位年长的问道。

"我是妇好大将军的学生妇癸，此番前来是打探情报。过几日国王的大军就会赶到王畿，我带领的骑兵三千已在城外驻扎。"妇癸取下面纱，让大家看清自己的面容。

"你是水军统领大将军,我在南部见过你!我们有救了!"一个年轻人激动地低声喊着。

"你们说说城中的情况。"妇癸看着这些人。

"方占领了王畿的内城,有一千五百骑兵;土方和鬼方分别占领东西城,有两千人,还在继续增加中。王畿是王朝老城,看来他们想在此生根了。"一位三十多岁的壮汉说道。

"我们来晚了,让你们受苦了。"妇癸继续道,"你们可以将援兵已到的好消息火速散播出去,并在城中暗中集结,准备明日抢夺内城。我明日一早率兵攻城,将城中敌军吸引出去,你们号召百姓夺取王畿城!"

"太好了,我们现在就去通知!"

"现在是子夜,我们走后,你们三更天行动,明天的王畿城就交给你们了。"妇癸看着屋子里的二十多人,抱拳拱手。

"放心吧,王畿是我们的,一定能夺回来!"三十多岁的壮汉代表大家宣告。

趁着夜色,妇癸和随从悄悄潜出了王畿城。

第二天天微微亮,顶盔掼甲、持枪跨马的妇癸将军就率领骑兵来到王畿城门口准备攻城。

王畿城上巡逻的兵勇发现了,立刻连跑带爬地去汇报。

妇癸吩咐弓箭手准备好,旁边兵丁给准备射出的箭头绑上燃烧的火种。一声令下,燃烧的箭弩飞向城楼,顿时城上火光一片。

"不好啦,着火啦——"

"殷商的大军来攻城啦——"城上反叛的兵丁呼喊着四处乱跑,躲避从天而降的成千上万的火箭。

在内城和东西城温柔乡里的敌军将领们,还没来得及穿上衣服去上马指挥,就被埋伏好的壮丁杀死。

妇癸昨夜暗访过的壮士们一个个身先士卒,带领城中百姓砍断骑兵的马蹄,杀死还在女人怀中的敌兵,打开城门,迎接妇癸的骑兵进城。

妇癸的骑兵迅速占领了东西城,杀向内城。

内城是方占领的地方,城门有守卫,民众无法进入。

妇癸吩咐弓箭手向内城放箭,角楼上的守兵来不及报信就倒了下去。

方的首领自从进入王畿城,留恋王畿城的美酒和美女,夜夜歌舞升平。昨夜他更是被美女的热情感染，三更天才抱着美人安寝，连一大早城外的各种喧闹声都没听见。

妇癸攻下内城城门，骑马进入内城拼杀的时候，方的最高首领还在女人的臂弯中美梦连连。

妇癸抓住一个方将领模样的人，吩咐他带路去捉拿方的最高首领。

寝殿门口的侍卫被妇癸挥枪刺死，根本来不及还手。用大枪撞开殿门，妇癸骑马踏入寝殿。

被妇癸的长枪抵住咽喉的方的最高首领猛然惊醒，被人上前打断手臂。妇癸吩咐人给他穿上衣服，捆绑好带了出去。

太阳升起来的时候，王畿城已经进入了战争的扫尾阶段。百姓们打开院门，协助妇癸的骑兵清理战场和俘虏。

一队队的敌兵被带到城外空地，妇癸吩咐人将他们登记造册，这是妇好教给她的。因为入侵的敌人不是散兵游勇，而是一支支完整的军队，只要没死，都登记好。

清扫战场的结果：侵入王畿城的敌兵被杀死的有五百，被俘虏的有三千人。

其中方最高首领一名，部落首领五名，骑兵一千一百。

鬼方首领两名，兵丁八百。

土方首领一名，副首领五名，兵丁一千。

被砍断前蹄的战马一千八百多匹，缴获各式弯刀长枪无数。

妇癸吩咐人将俘虏脸上烫字关押，首领收监，等候武丁国王大军抵达后再行发落。她还着人骑快马将战报火速报知尚在行军途中的武丁国王，以振奋士气。

行军途中的国王武丁收到妇癸发回的捷报内心大快，吩咐快马报给殷都城的宰相傅说，通报朝廷。

抵达王畿城的武丁，在先祖成汤的正殿提审了方、鬼方和土方首领。按照他的想法，想要杀之而后快，然而想起妇好的怀柔策略，改变了主意。

"尔等入侵我王畿，意欲何为？"坐在成汤曾经坐过的王位上，武丁冷声询问。

"王畿本是我夏朝国都，认祖归宗算是给祖先的报答！"土方首领双手背负，梗着脖子回答。

"既然你来也来了，就在此陪你的祖宗吧。"武丁冷声回答，"来人，将土方首领拉出去，将他的头颅挂在城门口。"侍卫们带刀进来将土方首领带走。

土方的几位副首领吓得一起跪在武丁面前："大王饶命，我们不愿前来，怎奈家人被他关入大牢，我们被逼无奈才攻打王畿。大王饶命，大王饶命！"他们磕头如捣蒜。

"你们中间谁生了儿子？"武丁问了一个问题。

"启禀大王，我们中间只有一人生的是女儿，其他人都是儿子。"几位首领推举出一人。

"生女儿的首领可以回到土方，向你们的方国城主汇报这里的战况。寡人要求你将其他人的儿子各带一名过来，父子皆可活命。如你一人回到土方不再回来，这些人都会因你而死，他们的儿子会向你和你的全家索命，因为你不肯带他们的儿子前来，使得他们的父亲被杀。"

愣了片刻，生女儿的首领欣喜若狂。生儿子的几位首领则愤怒地看着他，眼神要能杀死人，估计生女儿的首领早就被杀死百次了。

"给他一匹马，放他离开王畿！"武丁吩咐道。侍从上来，带他离开了正殿。

鬼方首领和方首领背负双手，梗着脖子，不看武丁。

"你们入侵王畿城，欺凌我王畿臣民，该当何罪？"武丁怒气满胸。

"胜者为王，败者为寇。被你生擒，要杀要剐随你，啰唆什么！"方高级将领一副视死如归的模样。

"寡人敬你是条汉子，不想杀你。你能穿越无人能穿越的荒漠，寡人佩服你的勇气。骑马穿越沙漠，你们用了多长时间？"武丁平静地说。

"五天不眠不休，跨马驰骋。"方高级首领骄傲地回答，宛如雄鹰一样的眼睛斜视着武丁。

"你可知道你的骑兵活着的有一千一百人，寡人打算放他们回家。"武丁拨弄了一下自己的手指，继续说道，"不过这次没有马骑了，他们只能步行回去。你有什么要交代他们的吗？"

"步行穿越沙漠，你要杀死他们吗？风闻你们不杀俘虏，而是善待他们，哪怕让他们做奴隶、做苦工也可以。"方高级首领不再梗着脖子，而是为了他的骑兵向武丁稍微低头。

"你既然对我大商如此了解，定然知晓俘虏都是烫脸放行，全部步行回去，连欧人俘虏都是走着回去的。寡人答应不杀俘虏，定然会放他们回家。难道你作为他们的首领，还不愿意他们回家团聚吗？"武丁宣讲着大商的怀柔策略。

"你是仁慈的大商国王，不会杀死俘虏。可是没有人能步行活着走出那片沙漠。你放他们步行回去，等于杀了他们啊！"方高级首领没有了刚才的傲气，为了兵丁的性命开始说好话。

"你们不是寡人请来的，没有责怪你们入侵王畿城，寡人没有惩罚你们践踏我王畿领土，踩躏我大商子民，而是放你们回去，寡人难道还不够仁慈吗？还是你们自认为比寡人仁慈？"武丁厉声回答。

"我们方的成年男子都随我出征了，我答应他们的家人带他们活着回去。如果他们死在沙漠，还不如现在就杀了他们。我没想到这个女人如此厉害，趁我不备就活捉了我。我不服！"方首领蛮不讲理。

"这样吧，寡人改主意了。"武丁走下王座，踱着方步来到方高级首领面前。"寡人听人劝吃饱饭，怎么能让你部落的男丁都死在沙漠呢？都留下来做苦役吧，寡人派一千五百骑兵跨过沙漠回访你们的家园。你们在王畿怎么对我殷商百姓的，我们十倍还回去，如何？"武丁站在方高级首领面前。

"你不能这样！"方高级首领恨不得用他打遍草原无敌手的独门摔跤把式将武丁摔死。

"这也不行？"武丁显得有些为难，沉吟了一下，忽然说道，"这样，寡人就仁慈一次。放五人回去给你们的家人报信，带五十名幼子过来，然后你们所有人都可以回去，寡人赐你们马匹。"

方高级首领眼光亮了一下，随即神色黯然。他又被耍了。

"你先考虑着，寡人问问别人。"武丁不再理会方首领，坐回王位。

鬼方的两个首领被武丁给弄糊涂了，不知道这个狡猾的武丁准备怎么处置他们。

"你们鬼方与我大商交纳过降书顺表，怎么此次带兵侵犯我大商王畿呢？"武丁冷声问道。

"父王的降书顺表，我觉得有损鬼方威严，非我等意愿。"其中的一个首领回答。

"你是鬼方的什么人？"武丁问道。

"我是鬼方城主的太子。"那个首领骄傲地抬起头。

"看来鬼方城主眼光有问题啊，选一个不服自己的儿子做太子，还真不是一般人能做得出来的。父亲执政有错，也不能在他活着的时候修改，否则就是谋逆！你的师傅们没有教导过你们吗？"武丁厉声问道。

"我们不是谋逆，我们只是认为不公！"鬼方太子狡辩。

"你们的父亲死了吗？"武丁提高声音。

"父王硬朗得很！"另一个鬼方首领不满地反驳。

"父亲健在，你们兄弟二人竟公然撕毁父亲签署的契约，实为不忠不孝！来人，寡人要替你们的父亲管教你们这两个逆子，拖下去各鞭刑五十！"武丁一挥手，侍卫上前将鬼方两王子拖下去行刑。

"你想好了吗？"武丁问了一句扭头看行刑的方高级首领。

"我觉得你是个公正的人，"方高级将领回答，"我希望我们的后代可以接受你们的文化和教导，明是非，讲礼仪。因此，我想归顺殷商！"方高级首领躬身俯首，几位首领也跟着躬身俯首。

武丁沉吟片刻，朗声问道："你们对我王畿的践踏和蹂躏，如何补偿呢？"

"我等无知，恳请大王发落！"方高级首领跪倒在武丁面前。

"此事寡人交由妇癸将军处理吧！"武丁看向妇癸。

"你们进我王畿，杀我百姓，蹂躏我妇女，作为战俘，你们要向他们认罪。交出杀人犯和强奸犯，游街示众两天！"妇癸扬声说道。

"妇癸将军所言极是，我等愿意游街！"方高级首领对于这样的惩罚欣然接受，又开口说道，"方游牧部落没有文化，我们愿意每年提供三千战马和一万骆驼、一万牛羊给殷商纳贡，希望大王派师傅到方教导我族孩童。"

"殷商文化博大精深，寡人要派多少师傅才行呢？不如寡人在王畿设立书院，方孩童可来此学习，吃住皆由王畿方面负责，方亦可安排人员陪读。你意下如何？"武丁语气柔和下来。

"我们可以来王畿居住？"方高级首领像是自言自语，又像是问武丁。

"可以，寡人可命人在王畿城外单独建城给你们居住，你们亦可在王畿城居住。不过，你们此番入城侵占，百姓对你们已有敌意，不宜共处。不如你们择地建新城而居。不知方有多少人愿意前来，寡人可以提前准备。"武丁命人为方众首领松绑，为大首领搬了座位。

"方善踏马游疆，不善建筑房屋。如果大王愿意建城池给我等居住，我们愿意把老弱妇孺安排于此，强悍者继续在原地游牧。粗算也有五千人需寄养于此。"方高级首领费心计算后回答。

"王畿城有三万余人居住，寡人可命人在城外二十里靠近大漠之处为你们建一座万人小城，供你们的老弱妇孺居住。你们可参与建设你们的新城，亦可回去。只是建设新城需要众多人手，寡人希望你们能更多地参与建设，毕竟这是你们将要居住的地方。"武丁循循善诱。

……

鬼方两位王子受完鞭刑后回到正殿，发现方高级首领正拿出铃章与武丁在友好条约上铃印。

"你怎能——"鬼方太子对着方高级首领喊道。

"你给我们的只是蝇头小利，武丁大王给我们的是方部落的世代安居！"方高级首领铃印完毕，收好自己的铃章。

鬼方太子瘫坐在正殿的方石上，不知道是因为刚才的鞭刑还是现在的大势已去。要不是自己将漂亮的妹妹献与方高级首领作为结盟礼物，远在大漠外的狼性方又怎能马踏王畿？而今，武丁以更有吸引力的政治手段收服了这个桀骜不驯的游牧部落，将来又是武丁征服天下的一杆好枪。他的筹划顷刻间烟消云散，还搭进去一个可爱的妹妹，父王得知内情非把自己生吞活剥了不可。

笑吟吟的武丁国王不理会鬼方太子，而是商量三天后宴请方众首领。将鬼方及土方首领均交与妇癸发落。

妇癸既有妇好的怀柔和智谋，又有海边女儿的精明。她命人将鬼方二王子留下，释放鬼方太子带五人返回鬼方城池。她将土方众首领安置在一个大院，着人看守，坐等生女儿的首领带着土方众首领各自的儿子前来。

就这样，武丁采取各个击破之策，招降了方，辖制了土方，震慑了鬼方，版图西北方、阴山以南的河套地区，不再有战事，百姓安居乐业。

《周易·既济》载："高宗伐鬼方，三年克之。"鬼方在三年后被武丁彻底收服了。

武丁在外征战多年，不仅在政治上越来越狠辣，在军事上也越来越强悍，周边方国闻之丧胆，与之交过手的迟方、宙方首领皆顺服。

武丁还统兵南征，开拓南疆征服了荆楚地区，俘获甚多。

《诗·商颂·殷武》追叙武丁的讨伐。诗曰：

挞（勇武的样子）彼殷武，奋伐荆楚。深入其阻（险阻，此指长江天险），裒（通"俘"）荆之旅，有截（缴获，主要是获取铜材）其所，汤孙之绪。维女（汝）荆楚，居国南乡。

大彭和豕韦作为早期商朝诸侯方国，经过数百年的经营，势力有较大发展，居功自傲，功高盖主，不再甘心俯首听命于殷商王朝，拒绝按时纳贡。武丁闻讯，毫不留情地出兵灭掉了他们，自此，以后的历史上不再有关于这两个方国只言片语的记载。

武丁的势力不断向四面八方迅速延伸，直达长江流域，国土越来越大，其面积达到历史上的顶峰。

第三十二章　子明造船强水军　远涉重洋拓疆土

妇癸率领的水军也造出了能长期行驶在海上的大船，由隐姓埋名的太子子明和七王子祖己驾驭着，尝试穿越大洋，登上了不知名的陆地（也就是后来被现代人称为北美洲的陆地），在那里留下了殷商时期的灿烂文化。

子明和七王子（也就是被后人知晓的祖己将军）经历了茫茫大洋的洗礼，终于登上这片不知名的土地。

看着随行的几艘大船还算完整，子明和七王子命人打开舱门，拿出美酒，搭建祭坛，举行祭祀活动。

子明身着祭祀服饰，脸上涂上祭祀的油彩，举起酒樽，祭拜天地，也祭奠葬身茫茫大海的将士们。感谢上天让他们拥有了一片绝对自由的土地，这片土地上没有武丁，只有他们。

子明造船的时候，不知道自己造的船能否经受茫茫大海巨浪滔天的考验，只是尽自己平生所学发挥。现在看着还基本完好的船身，他对自己的技术和能力有了充足的自信，这是他做太子的时候也从来没有过的！尽管他决定只要武丁在世，他就不会再以本名示人，但是在这片远隔重洋的土地上，他可以向人展示自己的真名字了。

"谢谢你们，我子明感谢你们的追随和信赖，在这片土地上，我们一样可以再建一个殷商！"子明说完，众人没有反应，甚至有人询问子明是谁。

本来豪气冲天的子明看到此情此景，"噗嗤"一声笑了，七王子也跟着笑了。

东夷的军兵们只知道芭妏公主也就是妇癸统领大将军，根本不知道子明是何许人也，子明这样说宛如对牛弹琴。子明到现在才真正明白什么叫大势已去，什么叫过气的太子。没人在乎他原来的身份。原来自己一直隐瞒的秘密，在眼前这些年轻水兵的眼里根本就一钱不值。大家只知道他是一位技艺精湛的造船大师，至于他以前曾经是叱咤风云的殷商太子，根本无人记得了。

做一个简单的人，他子明终于做到了。

军兵们往岸上搬运物资的时候，七王子发现远处的树林中有人在窥探，示意子明知晓。

子明吩咐人将船上一筐腌制好的火腿带下来，送到树林边上的空地上。

经历过六个月的海上飘荡，看着在这片广袤的陆地上支搭起来的一座座帐篷，子明和七王子意识到了什么是向往已久的自由！过去的一切，真的不再重要了，这里的一切都是如此新鲜，他们的人生要在这里重新展开！

当初选择登船军兵的条件就是，家中必须有三个以上弟兄。因为他们知道此番远行，要么是死，要么是不再回来。只要能活着登上陆地，他们必脱胎换骨，自由自在地做人。

支搭完帐篷，子明注意到树林边的一筐火腿不见了，便发自内心地笑了。不用语言的交流，在陌生的人群中，美食是最好的沟通纽带。他非常自信，自己腌制的火腿，只要品尝过一口，就会垂涎三尺。

吃过晚饭，祖己命一队人做守卫，其他人就地休息。

一夜安眠，众人在熟睡后醒来。

帐篷外面出现了一只小狗，刚出生没几天的那种，军兵们换防的时候发现的。

子明和七王子接到禀报，出了大帐，看见了这只金黄色的小狗，它非常可爱。子明抱起小狗，用眼角扫了一眼密林，笑了。这是一个友好的信号，他们的火腿被这里的人收下了，还派出了这只小狗过来试探。那就来者不拒，在这片陌生的土地上，他们最想要的是和平。

子明叫过来两个军兵，命令他们专门饲养训练这只小狗，给这只小狗起名叫金毛，因为它通体金黄色。

小狗金毛被富养了一个月后，子明在这天的早晨吩咐人将健壮淘气的小狗放在密林边上，让它去寻找主人。小狗恋恋不舍地离开军兵，跑进了密林。

午饭前，小狗带着一群人回来了。

子明和七王子闻讯走出帐篷观看。

为首的是两名年轻女子，模样长相均相同，只是服饰颜色不同，一黑一白，皆为粗布麻衣，但头上冠宇非常奇特。

待他们走进，子明问道："你们是谁？"

为首的黑衣女子没有回答，只是缓步走到子明面前。黑色衣服的女子上前拉住了子明的手，递给他一颗鸽子蛋大小的红色宝石，说道："爱！"

为首的白衣女子，走到七王子祖己面前，递给他一枚婴儿拳头大的蓝色宝石，说道："爱！"

子明和七王子被这两个异域女子弄糊涂了。尽管两人之前均和欧人有所接触，也熟知他们的语言，但是对现在的情况有些不明所以。

看到宝石没有被还回来，两位女子均露出幸福的微笑，紧紧地依偎着握住宝石男人的手臂。随行的人群随即发出欢呼声，随后开始围着他们跳舞。

子明用欧人的语言问黑衣女子这是什么意思。

黑衣女子诧异于子明会说她们能听懂的语言，高兴地回答："你们是上天派来的男人，我是大首领，嫁给你。妹妹是二首领，看中了他。"她下巴扬起，指向七王子。子明看到七王子也和白衣女子在交谈。

随后，有更多的女子涌向帐外的军兵，如同分好了一样，每人一个，顷刻间配对完毕。

子明和七王子对视了一眼，走到中间，对不明所以的军兵们说："她们对我们没有恶意，说我们是上天派来的男人，要嫁给我们。如果你们不愿意，可以直接告诉他们。我和祖己决定顺从上天的安排，留在这里安家了。"

"我们还能安家吗？"一个年纪稍长的军兵不敢相信似的回答。

"我可以在这里娶亲吗？"一个年轻的军兵问七王子。

七王子一声大喊："集合！"

所有军兵顷刻间集合完毕，子明数了数，足有一百五十人。

"你们冒着生命危险，蒙上天垂怜，跨越大洋来到这里。如果你们不确定这是否是上天的意愿，我们现在就占卜！"七王子大声说道。

随军的卜者拿来龟甲，交给七王子。

七王子吩咐大家围成一圈坐下，女子们也在自己选中的兵丁身旁坐下。

卜者将龟甲用火烤热，看到裂纹后，大声宣告："吉！"

七王子看过龟甲，对军兵们说："占卜宣告的是上天的旨意，上天同意我们在此安家，所以，你们可以成亲了！"

军兵们从开始的冷场到跳起来欢呼，甚至有人连上衣都抛了出去。

子明举手示意，大家安静下来。

"虽然上天同意我们在此娶亲，但是身为大商男儿，我们要按照大商的礼仪迎娶我们的新娘。因此，大家回去准备一下，三天后由随军祭司为大家主持婚礼。我们可以跟随她们，去看看是否有稳定的居所。如果没有，婚礼后我组织大家建房子，不能让我们的妻子儿女跟我们住在帐篷里过日子！"子明毕竟是成汤的子孙，临场不乱。

七王子在殷都没有成亲，很多道理不如子明清楚。他补充了一句话："女子送给我们礼物，表示喜欢我们。我们也要拿出我们的聘礼，给喜欢我们的女子，这才是我大商男人的气度，不能被这里的女子看扁了！同时，我要求大家，婚礼后我们依旧是一支军队，要随时准备征战。这一次征战不是为我们，是为我们的子孙！"七王子不愧为将军，他没有被眼前的场景所迷惑，他和子明一样，不打算再回殷商。他会在这片陌生的土地上活出成汤子孙的样子，不能被后人耻笑。

听完七王子的训话，军兵们冷静下来，思索着自己的未来。

三天后，子明作为祭司主持了所有人的婚礼。他失去太子身份后第一次流出热泪，他非常感谢父亲小乙废掉他太子的身份，不然他如何能拥有这样丰富多彩的人生？同时他祭拜天地，在遥远的大洋彼岸遥祝武丁国王能将殷商复兴强大，而他留在殷都的儿女们能长大成人，做自己喜欢的事！

婚礼后三天，子明召集军兵们为这里的人搭建坚固的房屋。海边不适合长期居住，子明带人选址在高地建房。

这里的女子和大多数殷商女子不同，非常健壮，甚至超过妇癸统领，所以在劳作上非常勤快，而且非常聪明，各种活计一学就会。

本来计划三个月建好的庭院房屋，子明带着大家只用了两个月就建好了。

子明又设计了一个特殊的院子，是仿照殷都的王宫大殿建造的，只不过是一个微缩版。

七王子看到图，过来找子明。

"大哥，你莫非还想回到殷都？"七王子问道

"我们不回去了，但是作为成汤的子孙，我要让我的儿子和孙子以及这里的每一个殷商后裔都记住，我们是殷商的子孙，我们的故乡在大洋彼岸，我们的根不在这里。"说完，子明泪湿双眼，继续说道，"我要在这里摆放列祖的牌位，让后世永远铭记。用最好的永不腐坏的材料刻印上我们的记号，证明我们是殷商的子孙！"

"大哥，我听你的！"七王子抹着眼泪去寻找材料。

建造大殿，子明用了六个月的时间，比先前建造的一百五十套普通院宇用的时间都要长。子明和七王子拼命将记忆中的宫殿活化在这片土地上，但是材料不同，造出的样子总是让人不太满意。

终于，用尽了这里所有的材料，一座三丈高的殷商宫殿建好了。

女人们讶异于大殿的气势和宏伟，这是她们做梦也不会想到的样子，对这群上天派来的男子们更增加了无以言表的崇拜。

子明吩咐所有人当晚沐浴更衣，男女分房而睡，因为第二天他要举行祭祀大礼。

第二天天不亮，子明和七王子就起来准备。听到动静的人们也都陆陆续续从自己的院宇出来，男人们穿着自己的军装，女人们穿着节日的盛装。

子明用油彩将自己的脸涂成大祭司的样子，身着长袍，带领所有人在大殿内向着成汤和叔父盘庚、父王小乙的牌位跪下，朗声说道："不肖儿孙子明带领所有殷商男儿在此跪拜祖先。我们远涉重洋来到这里，拓展疆域，恳请祖先允准我们在这里繁衍殷商的文化，我们发誓世世代代做殷商的子孙。"

子明又命令卜者在玉圭上刻下殷商的历史，以便给子孙们看。

第一块玉圭刻上"俎娀茧翟"，茧翟是有娀氏的长女。

第二块玉圭刻上"妣辛"，帝高辛氏是黄帝的曾孙，也是殷商的一位祖先。

第三块玉圭刻上"亚俎司多月，蚩尤多，瞒，并"，是祭祀少昊、尤、先祖多妇。

第四块上玉圭刻上"十二示土"，土即社，"十二示社"是殷商祭祖的制度。

子明凭着记忆，刻下了一块块玉圭，供奉在大殿的中心位置。

子明吩咐卜者带一只公羊和一只公牛上来。子明绑好公羊和公牛，在祭台上挥剑杀了，鲜血流入祭祀血池。

子明向天祭拜："感谢上天留存我们的性命，感谢上天护佑我们，感谢上天赐给我们家室。我们在此祭拜，祈求上天继续恩待我们，赐我们五谷丰登、子孙茂盛。我们一定顺应天命，在这里建设一个全新的殷商国度！"

众人跪倒，行大礼叩拜。这里的女子们已经在各自丈夫的教导下学会了殷商的祭祀礼节，如果不是远处的海浪声时时提醒着，人们还以为又回到了殷都。

于是，在子明和七王子的治理下，这个弱小的部落逐渐强大起来。七王子又带兵围剿了周围的部落，收服了他们。

几年后的一天，一个将领带着一个军兵来找子明。

"报告将军，我想回殷都，给父母报一个平安，让他们知道我还活着。我昨晚做了一个梦，我的母亲想我们兄弟俩，哭瞎了眼睛。"将领言道。

"或者我们兄弟俩回去一个，留在这里的照看我们的孩子，我们都生了两个儿子。"军兵补充道。

"是到了可以回去的时候了。"子明喃喃自语，"你们先回去，我和祖己将军商量下。"

子明找到刚刚领兵征战回来的七王子祖己。祖己在这里也生了两个儿子。子明把想回去的想法说了出来。

"我最近也总是做梦，梦到太后在哭泣。"祖己回答。

"这样的情绪应该很多人都会有。这样，我们下午召集一下，看看有多少人愿意回去？"子明喝了一口茶。

"好的，我先去准备航海用的战船。"祖己迈步出门。

"等一下！"子明喊住了祖己，"你是大将军，你召集众人询问，我去准备战船！"

于是，两人分头行动起来。子明一直以来没有放弃对战船的保养，铆扣和连接处的青铜件经常刷油防止生锈。并不是他想着回去，这只是他长久以来作为造船技师的习惯。现在，如果有人愿意回殷都给家人报个平安，给武丁报个平安，尽管他不在乎武丁是不是知道，他相信他能替大家准备好坚固的大船。

祖己大将军得到的反馈是，五十人愿意回去报个平安，然后带亲眷过来。其他不能回去的人也都将自己的需求托付给他们，希望他们见到自己的家人后将平安的信息报去。

准备好一路的需用，祖己跟自己的妻子和两个儿子告别，告诉他们自己一定会回来。在妻儿泪眼蒙眬的注视中，祖己将军率领的船队出发了。所谓船队，其实是祖己的一艘大船和三只小船。

"邦畿千里，维民所止，肇域彼四海"，说的就是武丁殷商王朝的广大疆域。而此刻的武丁根本料想不到几年杳无音信的远洋水军还有幸存者，现在正在返回殷都的途中。

第三十三章　倭寇入侵殷军败　妇癸祖己及时归

殷都的王宫正殿，众臣议事。

武丁说："寡人刚刚得到南夷国报告，数千倭人从沿海强行登陆，烧杀劫掠，十分猖狂。南夷国士卒已经后撤了一百余里。然而，战火还在蔓延。妇癸水军自从几年前进入茫茫大海，至今杳无音信，不然小小南夷焉敢闹事！"

傅说说："自妇癸统领和她的水军消失于茫茫大海后，倭寇就时常登陆侵犯。这次又占据了数十个岛屿，我大商万万不可示弱。"

牧正大臣说："南夷沿海距离京城数千里之远，再说，几个小岛又无大用，不如平原可以耕种放牧，臣以为国王不必为此劳神。"

武丁说："糊涂！那些倭人不仅占据了岛屿，更是占据了大片陆地田园，南夷国的臣民死伤无数。南夷国是大商的属国，那里的臣民也是大商的臣民，那里的每一寸土地都是大商的领土，领土之争寡人岂能视而不见、充耳不闻！此次反击战，寡人决定调集一万兵力。寡人将与王后一起亲征剿灭倭寇，一来安抚东夷国的臣民，二来彻底驱逐倭寇。"

牧正大臣有些担心，咳嗽一声说："外界纷纷传言，说王后受伤，已经病逝，士卒们军心不稳……"

武丁严厉喝道："谣传。再有传谣者，斩！"

众臣议论纷纷，显然，已经有不少人听说了王后病重甚至死亡的消息。

子常看着他们，有些不安。

夜晚，天空繁星高悬。寝宫的庭院里，香炉冒着青烟。妇好陵墓前，武丁带着儿子孝庚及三个义子、妇妌在祭奠妇好。孝庚等少年在哭泣。武丁心烦意乱，训斥道："不许哭！"

武丁独自祷告说："王后妇好对大商有功，武丁祈求成汤、祖甲、祖乙等大商先王在阴间迎接妇好，精心照顾妇好。"

武丁磕了三个头，然后直起腰来又对太子孝庚说："孝庚，你是王位继承人，妇好是你的母亲，你看她的庙号如何定啊？"

孝庚抽泣着摇摇头，他并不清楚母亲妇好的庙号应该如何确定。武丁又说："母辛……如何？就定母辛吧。司母辛，是你哥哥孝己送给母后的大鼎上刻的名字。如今，孝已不在了，你们就称谓她司母辛。"

孝庚点点头。武丁看了妇妌一眼，妇妌正好也朝武丁看了一眼，眼睛里充满了羡慕、嫉妒。

武丁并没有理会妇妌，而是从怀里掏出那块锋利的石块，供奉在妇好墓前。

武丁跪在妇好墓前，再次叩首祈求说："王后，又要打仗了，武丁请求王后显灵，保佑战斗胜利。"

白天，王宫大殿里只有武丁一人坐着看地图。傅说慢吞吞走了进来，小声报告说："国王，按照国家制度，应当册立新的王后。可是，目前的情形，只能秘密册封。臣推荐妇妌，妇妌为人热情周到、极尽礼数……"

武丁平静地说："论进宫时序当是妇妌，怎奈王后去世的消息被她传得尽人皆知。"

傅说说："百姓传说的大多是王后重病卧床，并非去世。再说，册封王后一事必须保密，不能公开经过众臣廷议。若是国王您不批准，如何秘密册封新王后呢？"

武丁翻阅着手中的羊皮地图，说："我还要为征伐倭人做准备。你知道的，若知王后病重，士卒们的士气将低落到无以复加的地步。我今晚还要私下再为王后举行祭礼，请她在天之灵保佑大商旗开得胜。"

傅说出主意说："是啊，士卒们也听说王后病重。哎，是不是可以制作一个木头人，扮作王后，鼓舞士卒的气势，威胁倭人？"

武丁放下地图，说："不可。我大商王国何必行如此欺诈之举？"

傅说说："国王息怒，这不是为了打仗嘛，仅仅鼓舞士气而已。不然，我大商军队长途行军疲惫不堪，如何才能顺利打败倭人？"

武丁皱起了眉头，没有再说话。傅说接着说："臣刚才也通知了王妃妇妌，请她前来与国王一起商议下一步作战的计策。臣以为，若是王妃妇妌可以出征参战，她完全可以冒充王后妇好。这样，可以使得王后妇好病重或者去世的传言不攻自破。"

傅说见武丁没有反驳，用手对门口示意。王妃妇妌缓缓走进大殿，来到武丁身边。

傅说对妇妌施礼说："王妃一定知晓，商军已经调往南夷前线，国王也将御驾亲征，然而，士卒们士气低落，难以确保一战必胜。傅说求您了，您与王后妇好十分相像，您就扮作王后妇好，仅此一次，仅仅是为了鼓舞士卒的士气，毕竟国王要御驾远征倭寇。"

妇妌听闻此言，面无表情，也不说话。

武丁摆摆手，傅说退了出去。

武丁紧盯着妃子妇妌问："那夜祭奠王后，你为何心生嫉妒？你当寡人看不出来？"

妃子妇妌跪下说："说实话，臣妾也想象妇好姐姐那样有机会辅佐国王，那样臣妾死后也可以像姐姐一样立有庙号。姐姐被子嗣称为司母辛，臣妾就被称作司母戊，也可以有大鼎陪葬。"

武丁冷冷地说："司母戊？那你就担当起重担，披挂出征。你做了，寡人会命令后人为你铸造大鼎，也在大鼎上刻上你的名字，让子孙后代称谓你司母戊。"

妃子妇妌一惊："臣妾手无缚鸡之力，如何能够打仗御敌？"

武丁说："你看中的不仅仅是司母戊的称谓，而是王后的冠冕。对不对？你毫无作为，如何晋封王后？"

妃子妇妌为难地说："可是……"

武丁严厉地训斥道："倭寇侵犯，大敌当前，寡人尚且御驾亲征，你有什么理由不能一起赶赴前线？"

妃子妇妌开始抽泣："臣妾是担心国王，毕竟战场上刀枪无眼。"

武丁咬着牙说："王后已死，王后的精神一定要在大商流传，在天下流传。我们应和平待人，但绝不能示弱。寡人存活一天，就会推行一天这样的精神，大商不允许有弱者存在。大商已经兴盛了三百年，寡人一定要让大商再兴盛三百年。"

妃子妇妌仍在抽泣。

武丁冷笑道："哭什么？若不是王后宽恕你，你早就已经死了。你是否以为，你的女仆参与子明谋害太子孝己、协助子明围攻王宫一事，寡人始终不知？不，寡人早就得知了，你犯的是死罪！若不是王后阻拦，寡人早就赐你自戕，还会出兵灭了你们井方部族。"

妃子妇妌吓得哆嗦了一下，此时，她开始感觉到自己与妇好的差距。

武丁拔出了佩剑，说："一个死过的人，还害怕死亡吗？"

"当啷"一声，武丁将佩剑扔在了妃子妇妌面前。武丁恶狠狠地说："昔日之事，寡人可以原谅你，但是，寡人是国王，心中以国事为重。你不愿为国出力，你就自裁吧，寡人不会留你在身边。寡人会尊重王后的意愿，保全你的名誉，也不为难你们井方部族。"

武丁站起身来走了，离开了大殿。

妃子妇妍慢慢拿起了长剑，慢慢架在了自己的脖子上。

妇妍恨自己今天才发现武丁是如此冷酷无情之人，她不如就此别过。可是她的儿子，她幼小的儿子……

妇妍扔下长剑，跑回寝殿，她不能死，她要为自己的儿子好好地活着。

四岁的小王子正在寝殿与乳母玩耍，妇妍听到儿子正这样说："等我长大了，也要学习孝庚哥哥，为母亲做大鼎，纪念她的养育之恩。"

"这才是好孩子，母亲听到一定会非常开心的。"乳母适时教导孩子。

妇妍把心一横，进了自己的屋子，开始化妆，更衣。

东夷战场上，武丁骑马过来，向周围等候多时的兄弟们施礼："三弟、四弟、五弟。"

众王子也纷纷向武丁施礼："大王！"

武丁大声对大家说："寡人前来东夷之前，途径泰山，封禅之后书写了一篇文章，记述封禅告祭之始末，说明封禅泰山的意义，申明寡人封禅是为苍生祈福，铭赞大商先祖之功绩，表明自己励行慈、俭、谦三德的诺言，然后命人刻在了泰山石上。文字刻在甲骨上易损坏，刻在石头上可以永久保存，不论谁到了泰山都可观看，然后口口相传，使天下尽知大商的伟大。今日，倭人劫掠烧杀，搅乱了南夷。寡人已命宰相傅说联系南夷各部，寡人将御驾亲征，愿意与大家齐心协力，夺回被霸占的土地。"

众王子齐声喊道："齐心协力，夺回被霸占的土地。"

忽然，殷商军队发生了骚动，穿着军装的少年望着远处惊奇地喊道："姐姐？我姐姐！你们快看，我姐姐来了！"

妃子妇妍装扮的妇好出现在战车上，战车向战场奔驰而来。她像王后妇好那样身披红色斗篷，手扶大钺，身后绣有"好"字的大旗迎风飘扬。坐在地上的殷商士卒异常振奋，纷纷站立起来惊呼："王后来了，王后没有死。王后来了！兄弟们，我们有希望了！"

士卒们纷纷围拢过来，聚在妃子妇妍战车的周围，纷纷呼喊"王后万岁，大商必胜"！妃子妇妍没有想到自己装扮成妇好受到士卒们如此拥戴，激动得泪流满面。

此时，数百倭人武士和南夷的叛乱分子在对面列阵。远处，一艘倭人大船隐约可见，或许，这是他们做好准备在最后关头被迫撤离的工具。

整齐的殷商军队队列前面，商王武丁骑在马上，大声喊道："挞彼殷武，奋伐倭寇，驱逐外敌，中兴大商。"

殷商士卒齐声高喊："驱逐外敌，中兴大商。"

"冲啊！"武丁骑马冲锋。

"冲啊！"众将官骑马冲锋。

子常率领着殷商骑兵在冲锋。

妃子妇妌激动地流下眼泪，拔剑高呼："冲啊！"

殷商步兵跟在战车之后向前冲锋。

叛乱分子开弓放箭，不少殷商士卒中箭倒下。然而，殷商士卒前赴后继，箭矢难以阻挡殷商军队的步伐。叛乱分子纷纷败退。前方已经看见大海了，叛乱分子再无退路。突然，数百名倭人弓箭手排成一排站出来放箭，这次的箭矢仿佛雨点一般飞向了冲过来的殷商军队。

武丁的战马中箭了，他和许多殷商骑兵一样摔落马下，有倭人过来准备活捉武丁。子常的战马也中箭了，他几经努力，终于拉住了即将摔倒的战马。

妃子妇妌的战车倾覆了，她被压在战车下。她拔出佩剑，拼命割断自己腰间的绳子。妃子妇妌钻出倾覆的战车，试图拽出大钺，却因力气不足难以拽出。无奈，她只得坐在地上双脚蹬着战车，使尽全身力气从战车下拖出了九公斤重的大钺。

沉重的大钺也带倒了妃子妇妌，倒在地上的妃子妇妌对着倭人大喝一声："放开我丈夫！"怎奈倭人太多，她的声音被淹没在乱军中。

早已阵亡的子常趴在地上，没有任何回应。微风吹过，子常的衣角微微掀动，然而，他再不可能为大商尽力了。

军兵们拼命从倭人手中救出武丁和妇妌。武丁转身看着大海，大声喊道："驱逐外敌，中兴大商，尽灭倭人，夺回轩辕鼎。杀呀！"

妃子妇妌擦掉了眼泪，用剑将红色战袍割下一根布条，捆住受伤的小腿，猛地站起身来，挥剑向海边冲去："杀呀！"

"杀呀！"穿着军装的少年向前冲杀。

"杀呀！"殷商士卒向前冲杀。

海水里到处都是厮杀的战士，从倭人大船上射出的箭，射伤了许多殷商军兵，倭人逐渐占据上风。

突然，远处海面上出现了几艘大船，从大船上射出了无数冒着火苗的箭矢，射向倭人大船，倭人大船在海上着起了大火。

倭人武士很奇怪这几艘大船是从哪里来的，只能眼巴巴地看着自己的战船被烧毁，内心的斗志也随着战船的烧毁而坍塌。

殷兵见状，士气大振，纷纷杀向倭人武士。倭人无处可退，被击杀在水中，血染银滩。

……

武丁和妇姘看着从几艘大船上走下来的妇癸和祖己，不敢相信自己的眼睛，直到二人跪倒在自己脚前。

"末将来迟，请大王恕罪！"二人同时说。

武丁颤抖着双手，扶起几年不见的妇癸和祖己。他没想到他们还活着。

"你们这是去了哪里？我大商的水军竟然还活着！"脸上布满血污的国王武丁发出呐喊。

"我和祖己将军此次在外海相遇，才知道彼此都活着，于是日夜兼程赶回来向大王报告。我开拓了一片岛屿，祖己在大洋彼岸也开拓了疆土。水军还在，是我们考虑不周，没能及时回传消息，请大王恕罪！"妇癸没有告诉武丁，她的船和兵丁被风浪打翻，流落荒岛，九死一生。

武丁扶起妇癸，握住她的手，激动得说不出话。他相信如果不是万不得已，他的妇癸早就回来报信给他了，而此时不是说这些的时候。

殷商的水军打扫了战场，包扎了伤兵，海边恢复了平静。

妇癸看着打扮成妇好的妇姘，给了她一个大大的拥抱。她知道妇姘平日连只老鼠都会害怕，而今，却冒充妇好上阵杀敌，这样的女子她敬佩。

"寡人准备封妇姘为后，也准备封妇癸为后！"武丁看着拥抱在一起的妇癸和妇姘。

七王子祖己将军上前单腿跪下："臣弟隐姓埋名，请王兄恕罪！"

武丁和妇姘、妇癸都愣在那里。

武丁用手扶起祖己将军，仔细辨认，才认出了七王子。

"七弟，寡人以为你已经死了，太后为此眼睛都哭瞎了。"武丁抱住七王子。

"王兄，臣弟跨越了万里海疆，已经在大洋彼岸娶妻生子。因梦到母亲想念臣弟，臣弟方冒死回来。臣弟在外海遇到妇癸统领，与之汇合一处，没想到竟然在此地遇到王兄和王嫂被倭人围困。王兄，臣弟还有一事回禀，水军的所有大船都是子明打造的，他隐姓埋名就是为了让大商的水军异军突起。他在大洋彼岸已娶妻生子，并在彼岸建造祭堂，让不能回来的殷商子孙世世代代纪念和传扬殷商的国号。他委托我看望他在殷都的儿女。如果他们愿意，可随我一起返回大洋彼岸的国度。"

"好啊，父王泉下有知也会为你们高兴。"武丁非常高兴，因为他的哥哥活着、他的弟弟活着，九世之乱的诅咒在他的朝代结束了。

"原来我手下赫赫有名的祖己大将军竟然是七王叔哇，莫怪王嫂肉眼凡胎没有认出！"妇癸开心地打了七王子一拳。

"你如何能认识他？他在你进宫的时候就离开了。"武丁笑着解释。

"此地不是讲话之地，我们上船吧，大王和姐姐可以在我的战船上沐浴更衣，总不能满身血污地叙旧吧。"妇癸搀扶着受伤的妇妌，有些顽皮地看着武丁。

凯旋的国王武丁，乘着大船沿水路往殷都进发。沿途的方国和部落再次见到殷商的水军战船，各种谣言不攻自破，纷纷宴请国王武丁一行人，并送上丰厚的贡礼。武丁有战船撑腰，对方国和部落首领的献礼是来者不拒。

船队经过八百里洞庭，武丁重燃万丈豪情，与洞庭主把酒言欢后，登船小憩。他诗兴大发，吟诗一首：

衡山吞四水，孕物哺三湘。百里稻苗圃，千年鱼米仓。
楚云飞北鸟，吴地洒春光。仲夏藕花白，清秋蟹籽黄。
湖中波淼淼，日下水茫茫。夜映一轮月，晨消万顷霜。
东南皆俊美，沅澧有芬芳。渔屋逍遥乐，农家耕织忙。
蒸肴调桂酒，把盏饮椒浆。拊鼓歌舒缓，陈竽瑟浩倡。
开门语繁会，隔牖笑琳琅。盛世无苦毒，君欣欣乐康。

现在他特别想问下妇好：他武丁是否可以与爱妻妇好比翼齐飞了？

武丁的船队回到殷都，举国欢腾。

武丁封赏妇妌为王后，封赏妇癸为王后大将军，同时宣告妇好王后已经去世。他要给妇好王后一个隆重的葬礼，也要给妇癸和妇妌一个隆重的加冕典礼，并决定在典礼后由两位王后举行祭拜天地的盛大祭祀。

在祭祀大典上，武丁携两位王后与文武群臣祭拜天地。

后记　历史与现实的交汇处

武丁国王，是华夏历史上掌政长达五十九年的古代帝王。

他政治清明，善于用人。对于武丁和妇好的故事，很多人并不是很清楚。不过随着越来越多的学者和考古学家对这段历史研究的深入，武丁和妇好的形象也逐渐清晰起来，被越来越多的人所熟知。

毕竟是三千年前的历史人物，他们的思维方式和行事风格究竟怎样，现代人不得而知，只能从有限的甲骨文中略知一二。但是我相信他们也和我们一样，是有着鲜活生命和浓烈情感的中国人。武丁从一个苦役成为名声赫赫的一代帝王，需要经历什么样的心路历程，我们无法体会，只能跟着他一起经历、一起流泪、一起成长。

王后妇好作为一位古代女子如何率兵征战，成为威震列邦、令敌人闻风丧胆的大将军，又缘何英年早逝，我们也无从知晓，只能揣测着给出令人唏嘘且可能不尽如人意的解答。她有如华丽的惊叹号戛然而止，又仿佛划过夜空中的彗星，照亮了一段历史的进程。

王后妇癸是何许人，甲骨文中没有太多注解。小说中安排她组建殷商水军，并横跨大洋，进入美洲大陆，成为印第安人的祖先，不是为了蹭网络与学术热点，而是故事的自然发展。仿佛只有这样，才能将妇癸与废太子子明和七王子的才华展示清楚。古人不比现代人愚钝，我们的先祖也不比我们笨。船舶不是现代人的发明创造，而是古代祖先的设计与构想。因此，受过宫廷顶级教育的废太子为了证明自己不是一无是处，奋发图强成为顶级的造船技师，建造出能跨越茫茫大海的大船，也当然不足为怪。

关于殷商后代是不是印第安人的祖先，小说中给了清晰的交代，这里不再赘述。

武丁治理黄河与妇好绘制的万里长卷，与2019年9月国家出台的治理黄河的整体布局不谋而合，这或许是天意。毕竟黄河是中华民族的母亲河，国家的执政者必然关注，必然会花心思治理，因为国泰民安是睿智英明的领导人首先关心的。百姓安居乐业，国家才能长治久安。

太阳之下没有新事。脚踏实地的武丁及殷商百姓遇到了砥砺前行、披荆斩棘的妇好；恰逢盛世的我们也遇到了愿意撸起袖子加油干的新一代领导集体，盛世中国必定让我们不负此生。

仅以此书献给我们敬仰的老一辈国家领导人、为了民族复兴而奉献出毕生精力的科技工作者和在自己的岗位上兢兢业业的爱国者们。

对人的爱或许会被辜负，对国家的爱永远不会被辜负。